論創海外ミステリ13

RONSO KAIGAI MYSTERY

# Miss Pym Disposes

Josephine Tey

# 裁かれる花園

ジョセフィン・テイ

中島なすか 訳

論創社

## 読書の栞（しおり）

ジョセフィン・テイは、英国史上悪名高きリチャード三世の甥殺しの真相を、怪我をして入院中のアラン・グラント警部が解き明かす『時の娘』（一九五一）によって、英国はもとより、日本でも高い知名度を誇っている。同書は、ベッド・デテクティヴという新しい探偵スタイルを生み出し、高木彬光にインスパイアを与え、『成吉思汗の秘密』を書かせたことで知られている。だが、こうした受容のされ方は、テイに本格ミステリの作家というレッテルを付与する結果にもなった。『時の娘』に続いて、もうひとつの代表作とされている『フランチャイズ事件』（四八）や『美の秘密』（五〇）といったグラント警部シリーズが紹介されたが、いわゆる論理による謎ときの興味を中心とした作風の典型からは微妙にずれていたためか、これ以降の紹介が途切れてしまった。

　最近になって『ロウソクのために一シリングを』（三六）や『魔性の馬』（四九）などが紹介された。特に、ノン・シリーズ作品である後者が好評を得て、テイの真価がようやく知られるようになったことは、喜ばしい。本書『裁かれる花園』(四六)もまたノン・シリーズものの一冊であり、テイの戦後第一作にあたる。

本書の魅力は、テイ自身の体験に基づいて、女子体育大学の教師や学生たちが活写されている点にある。物語が半分以上進んでも事件ひとつ起こらないにもかかわらず、退屈させることがないのは、さすがである。さらに、じわりじわりとサスペンスが醸成されていく語り口は絶妙という他はない。『時の娘』にも見られた観相学的発想も興味深いが、本格ミステリの作家として受け取られていた時代なら、一部の読み巧者を除けば、黙殺されていたかもしれない。だが、ルース・レンデルのノン・シリーズ作品や、レンデルの別名であるバーバラ・ヴァインの作品に親しんでいる現在の読者なら、本書をミステリとして紹介されても、違和感は覚えないだろう。

正義とは何かという重いテーマを扱いながら、過剰な陰鬱さは抑制され、明晰でユーモアあふれる語り口でまとめられている。そして、最後に示される皮肉に満ちた真相は、本書がハイブロウな犯罪文学ではなく、探偵(についての)小説に他ならないことを示しているといえよう。

装幀　栗原裕孝

目次

## 主要登場人物

ルーシー・ピム……………………………心理学書でベストセラーを出した作家

＊

メアリー・イネス…………………………優秀な二年生
パメラ・ナッシュ…………………………通称ボー・ナッシュ。美貌の二年生代表
バーバラ・ラウス…………………………実技が得意な二年生。筆記が苦手
テレサ・デステロ…………………………通称ナッツ・タルト。ブラジル生まれの二年生
ジョーン・デイカーズ……………………慌て者の二年生
トーマス……………………………………二年生。ウェールズ出身。よく寝坊する
オドネル……………………………………二年生。アイルランド出身。エドワードの熱烈なファン
マシューズ／ウェイマーク
ルーカス／リトルジョン…………………二年生。「四使徒」たち

＊

ヘンリエッタ・ホッジ……………………レイズ体育大学の学長。ピムの旧友
キャサリン・ラックス……………………論理学の教師
マダム・ルフェーヴル……………………バレエ教師
フロイケン・グスタヴセン………………スウェーデン人。二年担当の体操教師
ドリーン・ラッグ…………………………一年担当の体操教師

＊

ドクター・イネス…………………………メアリーの父。開業医
ミセス・イネス……………………………メアリーの母
エドワード・エイドリアン………………役者。ラックスの幼なじみ
リック………………………………………テレサの従兄

# 1

鐘が鳴った。ガランガランしつこい、猛烈な音だ。

静まり返っていた廊下に鐘の音が響き渡り、朝の静寂が破壊される。建物の開けっ放しの窓から小さな中庭へと、音があふれ出す。中庭の草は、朝日を浴びつつも、まだ露に濡《ぬ》れて灰色に見える。

小柄なミス・ピムはびくっとした。信じられない気分で灰色の目を片方開け、よく見えないまま腕時計を探る。もう一方の目も開けた。腕時計はおろか、ベッドサイド・テーブルもないようだ。そう、ないのは当然だわ、ミス・ピムは思い出す。ベッドサイド・テーブルはない、それは昨夜気づいたことだ。腕時計は枕《まくら》の下に入れなければならなかったのだ。ミス・ピムはもぞもぞ腕時計を探す。やれやれ、なんて音なの！　ぞっとする。枕の下にはないようだ。たしかに置いたのに！　ミス・ピムは枕ごと持ち上げてみたが、出てきたのはいまいましいブルーと白のリネンのハンカチだけだ。枕を放り、ベッドと壁のすき間をのぞいてみる。ああ、腕時計らしきものが見える。ベッドに腹ばいになり、できるだけ腕を伸ばしてみた。人差し指と中指の先でつまんで持ち上げる。今度落としたら、ベッドの下にもぐりこむはめになる。意気揚々と腕時計をかざし、ほっとため息をついて仰向けになった。

「五時半」を、時計の針は指していた。

なんと五時半だ！

ミス・ピムは呼吸を止め、信じられない気持ちで文字盤を見た。まさか、いくら体操を教える元気一杯の大学だからって、五時半に始まったりするかしら！　もちろん、なんだってありえる──なんといっても、ベッドサイド・テーブルもベッドサイド・ランプも置いていない世界なのだ──それにしても五時半とは！　腕時計をピンク色の耳に当ててみる。ちゃんとカチカチ鳴っている。ミス・ピムは目を細めて枕《まくら》にあごを載せ、ベッドの向こうの窓越しに庭を見た。そう、たしかにまだ早朝だ。世界は無感動に、また一日が始まったと告げている。やれやれ！

ゆうべ戸口で、大柄で堂々たるヘンリエッタは言った。「よくお眠りなさい。学生たちは、あなたの講義が気に入ったようよ。あしたの朝、またね」

でも、五時半の鐘の音について教える気にはならなかったようだ。

なんてこと。でもさいわいなことに、彼女のお葬式の鐘ではない。ミス・ピムも鐘の音で区切られる生活を送ったことはあるが、それは遠い昔のことだ。二十年近くも前のこと。現在のミス・ピムの生活でベルが鳴ることがあるとしたら、上品にマニキュアを塗った指先をベルの押しボタンに載せるときくらいのものだ。轟音《ごうおん》が弱々しい音に変わり、やがて沈黙が下りると、ミス・ピムは壁のほうに向き、幸福な気分で枕に頭を沈めた。わたしのお葬式じゃない。草の露も何もかも、若さのためのものだ。まばゆいほど輝かしい若さ。それらは彼女たちのものだ。ミス・ピムはもう二時間眠ることにした。

ミス・ピムはかなり子どもっぽく見える。ピンク色の丸顔に小さな平べったい鼻。茶色の髪はカールさせるために、あちこち見えないようにピンで留めてあるものの、ぺたんこになっている。そんなカールのために、ゆうべは葛藤《かっとう》を味わったのだ。汽車の長旅とヘンリエッタとの再会と講義のおかげで、へとへとだった。彼女の心弱い内なる自己が、翌日の昼食を摂ったら、おおかた退散することになるだろうと告げていた。パーマをかけてまだ二カ月だから、一晩くらいピンで留めなくてもだいじょうぶ、とささやいていた。けれど、絶えず打ち勝とうとしてきた、この内なる自己をこらしめるために、またヘンリエッタに義理を果たすために、毎晩の儀式どおり十四本のヘアピンを押し込んだのだ。ミス・ピムはすでに、強いほうの自己を思い出していた（おかげで今朝は、自分を甘やかしてしまったという良心の呵責《かしゃく》を味わずにすんだ）し、ヘンリエッタの期待に応えようという意志が持続していることに、自分でも驚いていた。学校では、小さないくじなしの四年生だったミス・ピムは、六年生のヘンリエッタをたいそう崇拝していた。ヘンリエッタはリーダーに生まれついた少女だった。その才能は、周囲の人間がちゃんとつとめを果たすよう取りはからう際に、とくに発揮された。だからこそ、卒業後秘書の訓練を受けたにもかかわらず、今は二年制の体育大学の学長におさまっているのだ。体育に関して、ヘンリエッタは何も知らなかった。そして、ルーシー・ピムのこともすっかり忘れていた。ルーシーのほうでヘンリエッタを忘れていたのと同じように。ミス・ピムがあの本を書いて状況は変わった。

ルーシーの見解はそうだった。「本」だ。

ルーシーはまだ、「本」のことが信じられない気持ちだった。それまで彼女の人生は、女子学生にフランス語の会話を教えるのが仕事だった。だが四年間教職についたのち、生き残っていた片親も亡くなると、年に二百五十ポンドの年金がころがりこんできた。ルーシーは、片手で涙をぬぐいながら、もう一方の手で辞職願を差し出した。女校長は羨望《せんぼう》をあらわに、遠慮のない言葉を手向けたものだ。世の中には投資という有意義な方法があり、ルーシーのような洗練された文化的な人間の期待にかなうような暮らしをするには、二百五十ポンドでは「ゆとり」がないだろう、と。忠告にもかかわらずルーシーは退職し、教師として働いていたキャムデン・タウンから離れたリージェンツ・パーク（ロンドン中央部の公園）の近くに、たいそう洗練された文化的なフラットを見つけた。ガスの請求書がぼう大な金額になったときなどは、フランス語のレッスンをして「ゆとり」を生み出した。そしてあり余る暇な時間は、心理学の本を読んですごしていた。

そもそも最初に心理学の本を読んだのは、好奇心からだった。おもしろそうに思えたからだ。

一冊目が終わってから、ほかの心理学の本もこんなにばかばかしいのか確認するため、残りの本も読みあさった。同分野の本を三十七冊読破したところで、心理学に対する独自の見解を編み出した。当然のことながら、それまでに読んだ三十七冊の書籍の内容とは異なる見解だ。それらの本は余りにばかばかしく、かつ腹立たしく思われ、ルーシーはただちにすらすらと反論を書き始めたのだった。専門用語を抜きにして心理学について語る訳にはいかず、彼女の反論はまったく学術的なものであると感じさせた。

ある日、階下《した》から聞こえてくるラジオに悩まされて、反故紙《ほごし》（ルーシーの少なからぬタイプミスの産物だ）の裏側を使って苦情の手紙を書いたことが、彼女の人生を変えた。が、このときこれが「本」になるとは考えてもいなかった。

スタラード様

夜十一時以降のラジオ聴取をおやめいただけないでしょうか。お宅の騒音にはひどく悩まされております。

かしこ

ルーシー・ピム

ルーシーが顔も知らなかったスタラード氏（スタラードという名は、階下《した》のドアの外側のカードに書いてあった）は、その晩直々にやってきた。スタラード氏はルーシーの手紙を握っていた。それはひどく恐ろしげな眺めだった。ルーシーは意味のある音を発する前に、何度も息を吸い込まなければならなかった。だがスタラード氏は、ラジオの件で気を悪くした訳ではなかった。どうも出版社で原稿閲読の仕事をしているらしく、手紙の裏に書かれていた深層心理に関する記述に興味を持ったのだ。

尋常な時代に心理学の本を出したいなどと聞かされたら、出版社の人間は気つけにブランデーを所望しただろう。だが昨年、イギリスの大衆はふいに作り話に飽きてしまい、シリウスから地球までの距離だの、ベチュアナランド（ボツワナの英領時代の名称）の原始的な踊りの内的意味だのといった深遠な話題に興味を示すようになってきた。出版社は状況を打開すべくやっきになっており、すなわち人々の奇妙で新しい知識への欲求を満たすことに苦慮していたため、ミス・ピムの著作は諸手を挙げて迎え入れられたのである。ミス・ピムは社長から昼食に招待され、自著の出版許可書に署名した。これだけでも幸運なことだったが、神の定めによりイギリスでは、大衆が作り話に飽きていただけではなく、インテリ層もフロイトやＣＩＡの本に飽きてしまっていた。猫も杓子《しゃくし》も、何か新しいものの登場を待ちわびていた。そこへ救世主ルーシーが現れた。ある朝目覚めると、ルーシーはたんなる有名人どころか、ベストセラー作家になっていたのだ。あまりのショックに、家から飛び出すとブラックコーヒーを三杯流し込み、リージェンツ・パークに座って午前中一杯、目の前をじっと見つめてすごした。

ヘンリエッタの手紙をもらったころには、ルーシーはベストセラー作家になってから何カ月も経っていたので、教養のある人々の前で「自分のテーマ」について講演するのには、慣れっこになっていた。ヘンリエッタの手紙には、二人の学生時代をなつかしみ、しばらく自分の学校にきて学生たちに講義をしてほしい、と書いてあった。ルーシーは大勢の前で演説することにいささかうんざりしていたし、ヘンリエッタのイメージは年が経つにつれてぼんやりしたものになっていた。丁重な断りの手紙を書こうとした矢先、パブリックスクールの四年生のときに、自分の本当の洗礼名はルーシーではなく、大時代な「レティシア」だとばれたことを思い出した。長年隠しごとをしてきたなんて、恥ずべきことだった。四年生たちは名前をさんざん笑い、ルーシーは、わたしが自殺したらお母様は悲しむかしら、と思った。そうなったとしても、自分の娘にこんなたいそうな名前をつけた張本人はお母様なのだから、と考えた。そこにヘンリエッタが登場し、ルーシーをからかう軽薄なやからを猛烈に攻撃した。彼女の痛烈な批判のおかげで、レティシアという言葉を誰も二度と口にしなくなった。ルーシーは家に帰り、川に身投げする代わりにローリーポーリー（伸ばした生地にジャムを巻いて焼いたプディング）を心ゆくまで味わったのだ。ルーシーは洗練された文化的な居間に座りながら、昔ヘンリエッタに抱いた篤《あつ》い感謝の念が蘇《よみがえ》ってくるのを感じた。そこで、喜んでヘンリエッタのところに一晩だけ（生来の用心深さは、感謝の念で帳消しにはならなかった）泊まって学生に心理学の講義をする、という返事を書いた。

日光をさえぎるためにシーツを引き上げながら、きのうは大成功だった、とルーシーは思った。あんないい聴衆はめずらしい。学生の輝く顔が何列も並び、たんなる講堂が花園のように見えた。そして、惜しみなく温かい拍手。何週間にも渡って学識者たちのお義理の拍手を聞いてきたあとでは、くぼませた手と手を打楽器のように打ち鳴らす拍手の嵐は心地よく感じられた。質問もたいへん知的なものだった。談話室に掲示があったように、心理学はカリキュラムに沿った話題だったとはいえ、日々筋肉運動に従事していると思われる若い女性たちが、講演を知的に認識できるとは予想もしなかった。むろん、質問したのはほんの数人だ。だから残りの学生が、ことごとく低能である可能性は否定できない。

ともあれ、今夜は自宅のすてきなベッドで休み、ここでの出来事が夢のように感じられることだろう。ヘンリエッタは是非あと数日留《とど》まるようにとすすめ、ルーシーもちらとそれも悪くないかと思った。けれど、夕食にはショックを受けた。豆と牛乳のプディングは、夏の夜のメニューとしては気をそそらない。腹持ちがよくて栄養満点、それくらいはわかっている。でも何度も食べたい代物ではない。職員のテーブルにはね、とヘンリエッタは言う。いつでも学生と同じものが出るの。ルーシーは、自分が目の前の豆料理をいやそうに見ているから、そんなことを言われたのかしら、と思った。豆料理にご機嫌なふりをしているつもりだったけれど、うまくいかなかったのだろう。

「トミー！　トーミー！　ああ、トミー、起きなさいよ。お願いだから！」

ミス・ピムはたちまち目が覚めた。必死の叫びは、この部屋で発せられているのか。それから、部屋の二番目の窓が中庭に張り出しているのを思い出した。中庭はせまく、庭越しの話し声は筒抜けなのだ。ルーシーは横になったまま、動悸《どうき》を鎮めようとした。幾重にもなったシーツから目を出すと、つま先の盛り上がりが見え、その向こうの壁には長方形の窓がはまっている。彼女のベッドは部屋のすみに置かれ、一つの窓は右側の壁の後ろのほうに、もう一つの窓は左側の脚部の向こうの庭側にある。枕からは、細長いガラスを通して中庭の向こうの開いた窓が半分見えるだけだった。

「トーミーー！　トーミーー！」

ミス・ピムのところから見える窓に、黒髪が現れた。

「ねえお願いだから、誰か」とその頭の主が言う。「トーマスに何か投げて、デイカーズのばか騒ぎをやめさせてよ」

「まあ、グリーンゲージ、ダーリン、あんたって無慈悲なけだものね。あたしガーターが切れて、困ってるのに。トミーはきのう、一本しかない安全ピンを持ってっちゃったの。タペンスハペニーのとこのパーティーで、タマキビガイを刺すのに要るのに。それまでに返してよこさなかったら——トミー！　おお、トミーー！」

「ちょっと、うるさいわよ」とまた声がした。今度は低いトーンで、ちょっと間があった。手まねで山ほど情報を出しているにちがいない。

「で、その手旗信号はどういう意味なの？」黒い頭の学生が訊《き》く。

「ばかね、言ったでしょ。彼女、あそこにいるのよ！」今度は、できるだけ声をひそめているつもりのようだ。

「誰が？」

「ピムって女よ」

「ばかね、あんたたち」またデイカーズの声だ。甲高く、抑制されていない。世界中の人間に愛されているような幸せそうな声だ――「ほかのお偉方と一緒に、寮の正面の部屋で眠っているわよ。ねえ、頼んだら余分な安全ピンを貸してくれると思う？」

「ファスナー派に見えるけどね」新しい声が加わる。

「静かにしなさいよ！　ベントレーの部屋にいるって言ったでしょ！」

今度は本当に静かになった。ルーシーには、黒い頭がこちらの窓にさっと向くのが見えた。

「どうして知ってるの？」また別の声がする。

「ゆうべ、ジョリーが夜食を持ってきてくれたときに言ってた」ミス・ジョリッフェは寮母だ、とルーシーは思い出す。ジョリーというあだ名《ゆかいな》にブラックユーモアが感じられることに感嘆した。

「神は真実をのたまう！」ファスナー派を主張した声が、おごそかに言った。

鐘の音が静寂を破った。皆を起こしたのと同じ、しつこい轟音《ごうおん》だ。最初の一打ちが聞こえるやいなや、黒い頭は引っ込み、上から聞こえていたデイカーズの声は、落し物を探すような嘆きの調子をおびるのがわかった。学生たちはその日のつとめで頭が一杯になり、社交上のへまを云々するどころではなくなった。鐘の音に負けないくらい大きな音が沸きあがった。ドアがばたんと閉まる音、廊下をばたばた走る音、呼び合う声。誰かがトーマスがまだ眠っていることを思い出し、周囲の窓からひらひらしたものを振って合図しても起きないとなると、鍵《かぎ》のかかったドアをトントン叩く音がする。そして、中庭の芝を通る砂利道をかけていく足音が聞こえた。だんだんと、階段を走る音よりも砂利道を走る音のほうが大きくなり、ぺちゃくちゃしゃべる声が最高潮に達し、そして聞こえなくなった。学生が遠ざかったせいか、講堂のなかのように辺りが静まり返り、砂利道の向こう側で誰かが飛び降りる音がした。一歩進むごとに、「ちぇっ、しくじっちゃったなあ、もう、まったく――」とののしっている。寝すごしたトーマスなる学生にちがいない。

ミス・ピムは、見知らぬトーマスに同情した。ベッドはいつだって魅惑的な場所だ。眠気が覚めないうちに鐘の轟音か仲間の嘆き声に起こされるとしたら、起床は拷問同然だろう。ウェールズ人ね、きっと。トーマスといえばウェールズ出身と決まっている。ケルト人（現代のウェールズ人の別名）は早起きが嫌いだ。かわいそうなトーマス。とても気の毒なトーマス。ミス・ピムは、午前中に起きる必要のない職を、トーマスに探してやりたくなった。

再び眠気に襲われ、ミス・ピムはベッドに身を沈めていく。「ファスナー派みたい」というのは、誉め言葉かしらと思う。安全ピン型の人間なんてすてきとは思えない、だからたぶん――。

ミス・ピムは眠りに落ちた。

# 2

ミス・ピムは、身長百八十センチのコサック兵たちから、ロシア式の鞭打《むちう》ちの刑を受けていた。罪状は、ファスナーのほうが進歩的であるにもかかわらず、旧式な安全ピンに固執した、というものだ。背中を血が流れる……拷問にあっているのは聴覚だった。また鐘が鳴っている。ミス・ピムは、洗練されてもいなければ、文化的でもない言葉を吐き、起き上がった。もう真っ平、昼食が終わったら、一分だってこんなところにいるもんですか。ラルボロー二時四十一分発の汽車がある。必ず、二時四十一分発に乗るのだ。さよならを言って友情に報いる義務を終えたら、心は退散できる喜びに打ち震えるだろう。脱出のお祝いとして、プラットフォームで二百グラムのチョコレート・ボックスを奮発しよう。週末に体重計に乗ったら恐ろしい結果が出るだろうけれど、かまいやしない。

体重計のことを思ったとたん、洗練された文化的な「入浴」をしなければ、ということが頭に浮かんだ。ヘンリエッタは、職員用バスルームまで遠くて申し訳ないと言っていた。そして、お客様なのに学生用ブロックに泊めることも申し訳ない、と。スウェーデンからきたフロイケン・グスタヴセンの母親が、一つしかない職員用ゲストルームに泊まっているうえ、二週間後の毎年恒例の卒業公演を見て出来栄えを批評するまでは、もうしばらく帰らないつもりだそうだ。ルーシーは自分の土地勘――友人たちには、方向音痴と評されている――では、職員用バスルームにもう一度たどり着けるかどうか、あやしいものだと思った。あの電気が煌々《こうこう》とついた人気《ひとけ》のない廊下をうろうろしたあげく、講堂辺りにさまよいこむなんて、考えるだけでぞっとする。そしてもっと避けたいのは、夜明けとともに起きた学生でごったがえしている廊下にのこのこ出ていって、寝ぼすけはどこで体を洗ったらいいのかと尋ねることだ。

ルーシーはいつもこんなふうに考える。一つの出来事を視覚化するだけでは、十分でない。その反対のことも想定すべきなのだ。ルーシーは長いこと座ったまま、どうせぞっとするなら、どちらがいいかしらと考えていた。無為の感覚を楽しみ、次の鐘の音、どたばた走り回る音や声が、朝の静寂を台無しにするのを待っているのはいい気分だ。ルーシーは腕時計を見た。七時半だ。

もう洗練されない非文化的人間でいい。そして通いの家政婦がいつも言うように「自分らしく」しよう――結局のところ、お湯につかるなんて近代のばかげた習慣にすぎないのだし、チャールズ二世がちょっとばかり臭ったんならともかく、わたしはただの平民、それが一回入浴しそこなったくらいで文句を言うなんて――と、ノックの音がした。救いの手が差しのべられたのだ。ああ、神の喜びよ、わたしの孤立状態もこれで終わりね。

「どうぞ」無人島に到着した人間たちを迎えるロビンソン・クルーソーよろしく、ルーシーは歓喜の声を上げた。ヘンリエッタが、「おはよう」を言いにきたに決まっている。そんなことも思いつかなかったなんて、ばかみたい。ルーシーはいまだに、ヘンリエッタが自分のために何かしてくれるとは思えなかった。心のなかはいくじなしのままだ。まったくのところ、わたしはもっと「有名人」らしく精神を洗練させる必要があるわ。わたしだって、髪型を変えるとか、クエイ（十八〜十九世紀のフランスの心理学者）を見習って日に二十回以上も同じことをくどくど言うとかしたらいいのかも――「どうぞ！」

ヘンリエッタではなかった。ノックの主は女神だった。

女神は、金髪、明るいブルーのリネンの体操着、海のように深いブルーの瞳、そして最高にうらやましい脚の持ち主だった。ルーシーは、いつでもほかの女たちの脚が気になる質《たち》だった。なぜなら、自分の脚にひどくがっかりしていたので。

「まあ、すみません」と、女神は言った。「まだお目覚めじゃないかもしれないってこと、忘れてました。学校では奇妙な時間割ですごしているものですから」

ルーシーは、こちらの怠惰をこんなふうに言いつくろってくれる女神に感謝した。

「お着替えの最中にお邪魔して、申し訳ありませんわ」女神は床のまんなかにころがっているミュールを発見し、魅入られたようにそのブルーの目でじっと見つめた。ペールブルーのサテンのミュールだ。とても女らしくて、途方もない値段で、とても軽い。最高にばかばかしい無駄づかいの品だ。

「ちょっとばかみたいでしょう」ルーシーが言った。

「ミス・ピム、実用一点張りでないものを見る気分がおわかりかしら！」女神は言ってから、気が散ったおかげで用事を思い出したとでもいうように続けた。「ナッシュと申します。二年生の学年代表ですわ。あした、二年生のティーパーティーにお越しいただけないかと思って参りました。毎週日曜には、庭でお茶をいただく習慣なんです。二年生の特権です。夏の午後に野外に出るのはとてもいい気持ちですよ。是非、ご招待したいのです」と、ミス・ピムに向かってたいそう好意的な笑顔を見せた。

ルーシーは、あしたはもういないのだと説明した。今日の午後出発するつもりだから。

「まあ、そんな！」ナッシュという娘は抗議した。その口調に本心を言っていることが感じられ、ルーシーは心温まる気分だった。「いけないわ、ミス・ピム、お帰りにならないで！ お帰りになってはいけません。ご自分が天からの使いだという自覚がおありにならないんですわ。ここにはめったに――魅力的な方が見えないのです。ここはまるで修道院。やるべきことに追われて、外の世界について考える時間もないのです。今は二年生にとって最後の学期です。何もかも陰鬱《いんうつ》で息が詰まりそう――卒業試験と卒業公演、職探しや何やかやで――みんな死人みたいな気分で、平衡感覚のかけらもなくしてしまいました。そこへあなたがいらっしゃった。

外の世界を知る洗練された方が――」ナッシュはそこで言葉を止めた。笑いながらも、真剣さを感じさせる。「わたしたちを、お見捨てになってはいけません」

「でも、金曜にはいつも外から講演者がくるでしょう」ルーシーは指摘した。「天からの使い」だなどと言われたのは、生まれて初めてだ。ここは常識的に対応しなければ。ふつふつと嬉《うれ》しがる気分が湧《わ》いてくるのが不本意だった。

ミス・ナッシュは、前回までの三人の講演者について明晰《めいせき》に、的確に、きわめて辛辣《しんらつ》に描写した。アッシリアの碑文について語る八十代の老人、中央ヨーロッパについて語るチェコ人、そして脊柱側湾症《せきちゅうそくわんしょう》を語る接骨医。

「セキチュウソクワンショウってなあに？」ルーシーは訊《き》いた。

「背骨のゆがみのことです。そんな話をして、学校がちょっとでも楽しく明るい雰囲気になるとお考えでしたら、とんでもないことですわ。講演は実社会について教えるものだってことになってますけれど、率直に、かつ無作法を恐れずに申し上げれば」――明らかにナッシュはその両方を楽しんでいた――「ゆうべお召しになっていたワンピースを拝見したのは、どんな講演を聴くよりいいことでしたわ」

あの衣装は、最初に出した本がベストセラーになったとき、目玉が飛び出るような大金を投じて買ったもので、今でもルーシーのお気に入りだ。ヘンリエッタに見てもらいたくて、着てきたのだ。さっきより、さらに嬉しい気分になってきた。

だが、有頂天になって分別をなくすほどではない。まだ豆料理のことは忘れていない。ベッドサイド・ランプがないことも。用事を頼むための鐘はないうえ、それ以外のことを告げるための鐘は、のべつ鳴っているではないか。だめ、やっぱりラルボロー二時四十一分発の汽車に乗らなくちゃ。たとえ、レイズ体育大学の学生全員が道にひれ伏して大声で泣いたとしても。ルーシーは、約束のことをもごもご話した――差し迫った大事な面会の約束で、手帖《てちょう》が一杯だと解釈されるように――ところで話は変わるけれど、職員用バスルームまで案内していただけないかしら。「廊下をうろうろしたくなかったし、呼び鈴もなかったのよ」

ミス・ナッシュは、サービスの悪さについては同情してくれた――「この部屋には呼び鈴がないのだから、エリザはここまできてお呼びするべきでしたわ。エリザっていうのは、職員のメイドです」――そして、さしつかえなければ学生用バスルームをお使いください、そのほうがずっと近いから、と言う。「もちろん、小部屋になっているタイプです。仕切り壁は全身を隠せませんし、床は緑がかったコンクリートです。職員用バスルームの床はトルコ石のモザイクで、気のきいたイルカの模様がついています。でも、お湯は同じですから」

ミス・ピムは学生用バスルームを使えると知って喜んだ。バス用品をそろえながら、頭の半分では、ミス・ナッシュが教師に対して学生らしい敬意をまるで払わないのはなぜだろうと考えていた。記憶にある気がする。すぐに、誰と似ているのか思い出した。メアリー・バーハロウだ。同級生たちは皆、フランス語の不規則変化動詞を教える教師を畏《おそ》れ尊敬していたが、彼女だけはまるで対等な者のようにふるまっていた。メアリー・バーハロウの父親が「億万長者みたいなもの」だったからだ。さりげなく対等なふるまいがチャーミングなメアリー・バーハロウとひどく似ているからには、やはり同じような父親がいるのだろう、とミス・ピムは結論を出した。のちにルーシーは、ナッシュの名を聞いた者は誰でも、そのことを口にするのを知る。「パメラ・ナッシュのおうちは、たいそうお金持ちなんですよ。執事がいるんですからね」誰もが必ず「執事」と言う。生活の苦しい医者や弁護士や歯医者やビジネスマンや農家の娘たちにとって、執事などというのは黒人奴隷と同じくらいめずらしい存在なのだ。

「今、授業中なんじゃないの?」ミス・ピムは、日光の差す廊下が静まり返っているので、学生たちはどこかに集まっているのだろうと思って尋ねた。「五時半に起きるからには、朝食前にすることがあるんでしょう?」

「ええ、そうですわ。夏には朝食の前に授業が二コマあります。運動と運動しないものと。テニスの練習と身体運動学、といったふうに」

「シンタ——なんですって?」

「身体運動学ですか?」ミス・ナッシュは無知な人間に知識を伝える方法を一瞬考え、引用するような口調で話した。「高い棚から取っ手つきの水差しを下ろすとする。その際の筋肉運動について述べよ」ミス・ピムはわかったという印《しるし》にうなずいた。「でも、冬には人並みに七時半起床です。今のような特別な時期には、必修以外の勉強をします——公衆衛生学とか赤十字とかいろいろ。でも、こういったことを終えてしまったら、来週からの卒業試験の準備期間として使えるのです。準備期間はとても短いので、ありがたいのですよ」

「お茶の時間のあとやなんかは、暇なんじゃないの？」

ミス・ナッシュはおもしろがっているようだった。「それがちがいますの。四時から六時まで午後の大学附属クリニックでの実習があります。外来患者がきます。偏平足から大腿骨骨折《だいたいこっこっせつ》まで、あらゆる症状の人がくるのです。六時半から八時まではダンスのレッスン。フォークダンスではなくて、バレエです。フォークダンスは朝練習します。ダンスは芸術ではなく、運動とみなされています。夕食を終えるころには、もうすぐ八時半というぐあいです。試験勉強を始めるころには、すっかり眠くなっています。たいていは、眠気と知的欲求との戦いですわ」

二人が階段に通じる長い廊下に出ると、あわてふためいて走る小さな姿が見えた。片側に骸《がい》骨《こつ》の頭部と胸郭、もう片側に骨盤と二本の脚を抱えている。

「ジョージで何してるの、モリス？」ミス・ナッシュは近づいて言った。

「おお、どうか引き止めないで、ボー」びっくりした一年生は、息を切らせて言う。グロテスクな荷物をしっかり右の腰に抱え、ルーシーたちの前をかけ抜けようとする。「そして、あたしを見たことを忘れて。つまり、ジョージを見たことを忘れてちょうだい。五時半の鐘が鳴る前に起きて講堂に戻すつもりだったんだけど、寝すごしちゃったのよ」

「ジョージと徹夜してたの？」

「いいえ、二時ごろまでよ。あたし――」

「電気はどうしてたの？」

「旅行用の膝《ひざ》かけを窓に留めたに決まってるじゃない」一年生は、わかりきったことを説明するのにいらいらしていた。

「六月の晩をすごすには、けっこうな舞台装置ね」

「最悪だったわ」ミス・モリスはそっけない。「でも、付着点を頭に詰め込むには、ほかに方法がないのよ。だからお願い、ボー、あたしを見たことは忘れて。先生たちが朝食に降りていく前に、ジョージを戻さなくちゃならないんだから」

「それは無理よ。誰かに会うはずよ」

「そんな、おどかさないでよ。今だってびくびくしてるんだから。胴体部分の組み立て方を思い出せるどうか、自信ないわ」ミス・モリスは先に階段をかけ降り、寮の玄関に消えていった。

「まるで『鏡の国のアリス』ね」ミス・ピムは一年生の後姿を見て感想を述べた。「付着って、針仕事みたいなことかと思ってたけど」

「付着がですか？　筋肉がついている骨の箇所のことですよ。本で勉強するより、骸骨模型を見るほうがずっとわかりやすいんです。だからモリスはジョージを誘拐したのです」ナッシュは寛大さを見せて笑った。「なんて行動的なのかしら。わたしが一年のときは、講堂の棚から骨を何本か抜き出したけれど、ジョージを持ち出そうなんて思わなかったわ。一年生の生活に垂れ込める陰鬱《いんうつ》な雲なんですわ、解剖学の最終試験て。これに通らないと進級できないんですもの。実技に取りかかる前に、人体のことはすべて知っていなくてはならないので、解剖学の最終試験は一年時にあります。ほかの最終試験のように、二年で受ける訳にいかないのです。こちらがバスルームですわ。わたしが一年のころは、クリケット運動場の端の長い草は、一年生がグレーを抱きしめて隠れるので、日曜ごとにあちこちが踏みかためられていました。学校から本を持ち出すのはご法度ですし、日曜日には外の世界にふれるために、お茶を飲みに出かけたり、教会や田舎に行くことになっています。でも夏学期にそんなことをする一年生は、いやしません。自分とグレーに都合のいい静かな場所を見つけるだけ。学校からグレーを持ち出すのは、一苦労でしたわ。グレーって何かご存知？　昔客間のテーブルにあったような、家庭用聖書くらい大きい本のことです。レイズの女子学生の半分が妊娠してるって噂《うわさ》が立ったこともあります。でも妙なシルエットになっているのは、よそ行きのベストにグレーを隠しているせいだってばれましたけれどね」

　ミス・ナッシュは蛇口をひねり、バスタブに勢いよくお湯を入れ始めた。「学校中の学生が日に三度か四度入浴するから、ナイアガラみたいにお湯を出さなくてはならないのですよ」お湯の音に負けない声を張り上げる。「朝食に間に合わないかもしれませんね」ミス・ピムがちょっとがっかりして、なんだか小さな女の子みたいに見えたので、ミス・ナッシュはつけ加えた。

「わたしがトレーで何かお持ちしますわ。お気になさらないで、したいんですから。お客様まで八時に行かなくちゃならないって法はありませんもの。お部屋で静かに召し上がりたいでしょう」ドアに手をかけて立ち止まった。「それから、滞在期間を延ばしていただきたいわ。そうなったらわたしたち、大喜びです。どれだけ嬉《うれ》しいか、想像なさるのは無理だわ」

ミス・ナッシュはほほえんで、出て行った。

ルーシーは温かいお湯に身をゆだね、ほのぼのと朝食のことを思った。おしゃべりの氾濫《はんらん》のなかで会話しなくてすむなんて、ありがたいこと。あのチャーミングな娘がトレーを持ってきてくれるとは。気がきいてるし本当に親切だ。若い人たちと一緒に、もう一日二日すごすのも悪くないかも——。

ミス・ピムは危うくバスタブから飛び出しそうになった——バスルームから十メートルと離れていないところから、正気の沙汰《さた》と思えない鐘の轟音《ごうおん》がまた響いてきたのだ。これで決まりだ。ミス・ピムはバスタブのなかで身を起こして石けんを塗る。ラルボロー二時四十一分発に、一分だって遅れるものか。絶対に乗り遅れてはいけない。

八時五分前を警告する鐘の音がやむと、廊下をばたばたかける音が聞こえてきた。ミス・ピムの左の二つのドアが開き、お湯がじゃあじゃあ落ちる音がする。そして聞き覚えのある甲高い声。「ねえったら、あたし朝ごはんに大遅刻しちゃうけど、汗みどろなのよお。おとなしく座ってプラズマの組成を調べていればよかったんだけど、プラズマのこと、なあんにも知らないんだからさ、おまけに火曜は物理の最終試験だし。でも、こんな気持ちのいい朝に——あれ、あたし、石けんどうしたんだっけ?」

ルーシーは、あんぐり口を開けた。朝五時半に始まって夜八時に終わるような学校で、わざわざ汗みどろになって必要のない運動までする元気旺盛《げんきおうせい》な人間がいるのだ!

「おお、ドニー、ねえ石けん置いてきちゃった。あなたの投げてちょうだい!」

「あたしが終わるまで待ってよ」デイカーズのきんきん声と対照的な、落ち着きはらった声が答える。

「ねえ、お願いだから急いでよ。今週もう二回も遅刻しちゃって、二回目のときはミス・ホッジがすっごくいやーな顔をしたのよ。そいでね、ドニー、十二時に『肥満症』の患者を診てもらうのは無理かしら?」

「無理ね」

「見かけほど重くはないのよ。ただ――」

「受け持ちの患者がいるもの」

「そうよね。でも、かかとをくじいた小さな坊やだけじゃない。ルーカスなら『斜頸《しゃけい》』の女の子と一緒に診られるかも――」

「だめ」

「そう、だめかもと思ってたけど。ねえ、あたしいつプラズマをやったらいいか、わからないのよ。胃の膜のことだって、ちっともわかんないし。四つもあるなんて信じられない。何かの陰謀よね。ミス・ラックスは牛の胃の組織を見なさいっておっしゃるけど、そんなんで何がわかるのかと思うわ」

「石けん投げるわよ」

「ありがと、ダーリン。あなたって命の恩人。いい匂《にお》いだなあ。すっごく高級そう」石けんを塗るために一瞬黙ると、小部屋の主は右側のバスタブに誰か入っていることに気づいた。「お隣はだあれ、ドニー?」

「知らない。ゲージじゃないの」

「そうなの、グリーンゲージ?」

「いいえ」びっくりしたルーシーは答える。「ミス・ピムですわ」言ってしまってから、気取っているみたいに聞こえなければいいと願った。

「まさか、ほんとは誰なのよ?」

「ミス・ピムです」

「物まねがうまいのね、誰だか知らないけど」

「リトルジョンでしょ」冷めた声が言った。「彼女、物まねが好きだもの」

ミス・ピムはあきらめて、バスタブに寄りかかった。

誰かがいきなりお湯から立ち上がる、ばしゃっという音がした。バスタブの縁に濡《ぬ》れた足がしっかと立ち、濡れた指先が仕切りをつかみ、その上から顔がのぞいた。長い青白い顔で、人懐っこい子馬に似ている。くせのない金髪を束ねてねじり、おおざっぱにピンで留めていた。妙に人好きのする顔つきだ。こんな混乱した状況でも、ミス・ピムは瞬時に、デイカーズが疲《ひ》労困憊《ろうこんぱい》した仲間に押しつぶされずに、いかにしてレイズの最終試験まで到達したのかを、見て取った。

ぎょっとし、赤面すると同時に、仕切りの上のデイカーズの顔にはおもしろがっている様子がありありと見えてきた。顔はいきなり引っ込んだ。仕切りの向こうから絶望したような声が聞こえてくる。

「おお、ミス・ピム！　おお、ミス・ピム！　心から謝罪します。わたし、最低の人間です。まさかここにいらっしゃるなんて――」

ルーシーは、大人物扱いに気をよくした。

「お気を悪くなさらないでください。その、あまりひどく悪くなさらないで。わたしたち、人のはだかには慣れているものですから――つまりその――」

デイカーズが言わんとしているのは、このような環境ではこの手の失敗は重要視されない、ということだとルーシーは理解した。そして、決定的な瞬間は太目のつま先をつつましく石けんの泡でおおっていたので、はだか云々に関しては含むところはなかった。ルーシーは親切心から、ひとえに学生用バスルームを使っている自分に非があるのであり、ミス・デイカーズはちっとも気にすることはない、と言ってやった。

「わたしの名前をご存知なのですか？」

「ええ。明け方安全ピンを求めて叫んでらしたから、目が覚めてしまったわ」

「おお、身の破滅だわ！　もうあなたのお顔を見ることができません」

「ミス・ピムは最初の汽車でロンドンに戻るはずよ」もっと向こうのバスから、それごらんなさいという調子の声が聞こえた。

「あれは、わたしの隣のオドネルです」とデイカーズ。「アイルランド生まれなの」

「アルスター出身です」オドネルは無感動につけ足す。

「ミス・オドネル、はじめまして」

「ここには、気のふれた人間ばかりだとお思いでしょうね、ミス・ピム。でも、みんながデイカーズみたいじゃありませんのよ。ちゃんと分別のある人間も、教養のある人間だっています。あしたお茶にいらっしゃれば、おわかりになりますから」

ミス・ピムがお茶には行かないと言う前に、低い音がバスルームにしのびこんできた。それはすぐにガランガランという轟音《ごうおん》になった。鐘の音が大きくなるにつれ、空襲警報のようなデイカーズの嘆き声は、嵐のなかのカモメの鳴き声同然、かき消されてしまった。大遅刻になりそう。だけど石けんを貸してもらえてとてもありがたかった、命拾いしたわ。それで、運動着のベルトはどこ？　ミス・ピムがこれまでの失敗を見逃してくださるなら、自分は分別ある女性で洗練された大人だと証明することができます。それになんといっても、わたしたち全員、あしたのお茶にお迎えするのを、とっても楽しみにしているのです。

学生がどたどた行ってしまい、ミス・ピムは一人取り残された。鐘の音がだんだん聞こえなくなり、バスタブのお湯を落とす音も聞こえなくなった。

# 3

二時四十一分。午後のロンドン行き急行列車が時刻表どおりラルボロー駅を出発するころ、ミス・ピムはヒマラヤスギの木陰で芝生に座り、こんなことしてばかみたいかしら、でもまあいいわ、と思っていた。陽光おだやかな庭はいたく心地よい。それにとても静かだ。土曜の午後は試合をすると決まっているようで、学生たちは一丸となり、クリケット競技場で郡内の強敵クーンベ校と試合をしていた。試合がなくとも、ここの若者たちにはさまざまなすごし方があった。胃の内側とクリケットの勝敗のあいだに大きなへだたりがあるにしても、学生たちはどちらもなんなくこなしているようだ。ヘンリエッタは朝食後ルーシーの部屋に入ってきて、週末もここですごせば新しい経験ができると言った。「あの子たちは一人ひとり個性があるし、生き生きしているわ。授業内容はとても興味深いものだし」おそらくヘンリエッタの言うとおりなのだろう。一瞬一瞬が、この風変わりな世界の新しい一面との出会いだった。昼食時には職員用テーブルに座り、栄養面では驚異的に「バランス満点」という得体の知れない料理を食べながら、職員の面々と親交を深めた。ヘンリエッタはテーブルの上座に座り、食事に心奪われた様子でがつがつ食べていた。反対にミス・ラックスはよくしゃべった。ミス・ラックスは——骨ばっていて、十人並みの容姿で——論理学の教師で、観念のみでなく自分の意見においてもすぐれた講師だった。ミス・ラッグは一年生の体操教師で——大柄でエネルギッシュで若く、肌はピンク色だ——見たところ観念などというものは持ち合わせておらず、意見を表明することがあれば、それはマダム・ルフェーヴルの受け売りだった。バレエ教師のマダム・ルフェーヴルは、めったに口をきかないものの、いったん口を開けば深みのあるとび色のビロードのような声で話し、それをさえぎる者などいない。末席についているのは、二年生の体操教師フロイケン・グスタヴセンとその母親だ。フロイケン・グスタヴセンは、まったく口をきかない。

昼食のあいだ中ルーシーが目を離せなかったのは、フロイケン・グスタヴセンだ。この端正なスウェーデン人の薄いブルーの瞳《ひとみ》には、茶目っ気が感じられ、ひどく魅力的だった。生真面目なミス・ホッジ、才気走ったミス・ラックス、頭のからっぽなミス・ラッグ、エレガントなマダム・ルフェーヴル——謎《なぞ》めいた長身のスウェーデン人の薄いブルーの目に、彼女たちはどう映っているのだろう?

スウェーデン人のことをあれこれ考えながら昼食を終えてしまうと、ルーシーは南米人の訪問を待った。「デステロは試合には出ないのよ」と、ヘンリエッタは言っていた。「だから午後は、あなたにつき添わせるわ」ルーシーは誰にもつき添ったりしてほしくなかった——一人でいることに慣れていたし、気に入ってもいた――が、イギリスの体育大学にいる南米人というのは、興味を引かれる存在だった。昼食のあと、ルーシーにばったり出会ったナッシュが、「午後はお独りになってしまうのではないかしら、クリケットがお好きでなかったら」と言った。そこに通りかかった二年生の一人が、「心配ないわよ、ボー。ナッツ・タルトがお世話することになってるから」と言い、「ならよかった」とボーは答えたのだ。彼女にとってもはや、ナッツ・タルトというあだ名が深い意味もなく、なじんでしまってなんの抵抗も感じないようだった。

だがルーシーはナッツ・タルトとの対面を楽しみに、自分で「驚異的な食事」と名づけたものがこなれているあいだ、日の当たる庭に座っていた。「ナッツ」はたぶんブラジル人だ。「いかれた」とか「ばかな」を意味する最近の俗語なんだろう。でも「タルト」は娼婦《しょうふ》ってこと？ まさか！

自転車置き場に急ぐ一年生が、ルーシーを見てにこっとした。おたがい、今朝廊下で会った相手だと気づく。「無事にジョージを戻せたの？」と、ルーシーは呼びかけた。

「ええ、おかげさまで」小柄なミス・モリスはたいそう嬉《うれ》しそうな顔をした。立ち止まり、片脚でぴょんぴょん跳ぶ。「でも、今度はちがったトラブルに巻き込まれているんです。わたし、ジョージのウエストに腕を巻きつけていたのです、彼をしっかり組み立てるために。そこへミス・ラックスがいらっしゃったの。もう言い逃れできないわ」

「人生きびしいわね」ルーシーも同意する。

「それでも、これで付着のことがしっかり頭に入ったと思いますの」小柄なミス・モリスはこう言い、芝生をかけ抜けていった。

いい子たちだわ、とミス・ピムは思った。素直で、清潔で、健康的な子どもたち。ここはしごく気持ちのいいところだ。地平線のかなたにぼやけて見えるのは、ラルボローの煙だろう。ロンドンもあんなふうに決まっている。ここに座っているほうがずっといい。お日様はまぶしいくらいだし、バラの香りがむせかえるようだ。人懐っこい若者たちが、人懐っこい笑顔を向けてくれる。ルーシーは太目の足をちょっと伸ばす。ジョージ王朝風の「本館」が芝生の向こうで陽光を浴びて輝くのを、ほれぼれと見つめた。泊まっている学生寮の棟が、裏から見るとタクシーの料金メーターみたいなのが残念だ。でも現代建築としては、レイズ校の建築物のアンサンブルは満足すべきものだろう。本館のすてきに均整の取れた講堂群と、学生寮の小ぎれいで現代的な小さなベッドルーム。理想的な集合体だ。ぶかっこうな体育館は、それらの陰にうまく隠れている。月曜に帰る前に、二年生が体育館で運動するところを見なくては。ルーシーにとっては、二重の喜びだ。完璧《かんぺき》に訓練された運動の専門家を見る喜び、そして自分は生きているかぎり二度と肋木《ろくぼく》をよじ登らなくていいと確認できる、筆舌に尽くしがたい喜び。

学生寮の角から、花模様のシルクのドレスに身を包み、幅広のあっさりした日よけ帽をかぶった人物が現れた。すらりとした、優美な姿だ。それを目撃したルーシーは、無意識のうちに南米人なら丸まっちい、しまりのないタイプだと思い込んでいた、と気づいた。なぜ「娼婦《タルト》」呼ばわりされているのかもわかって、笑みが浮かぶ。レイズ校の禁欲的な若い学生たちはふつう、花模様の服など着ないだろう。こんなに露出が多い服も着そうにない。そして、絶対にこれほど幅の広い日よけ帽などかぶるまい。

「ごきげんよう、ミス・ピム。テレサ・デステロです。ゆうべの講演を拝聴できなくて、残念ですわ。ラルボローでレッスンがありましたので」デステロは何気ないようで意識した優雅な仕草で帽子を取り、すべらかにルーシーの側の芝生に放った。彼女の何もかもがなめらかで、流れるようだ。声、ゆったりした話しぶり、肢体、仕草、黒髪、ハニーブラウンの瞳《ひとみ》。

「レッスン？」

「ダンスのレッスンです。売り子をしている女性向けに教えているんです。彼女たちは熱烈で正確で、でもむちゃくちゃなんです。来週は、みんながチョコレートの箱をプレゼントしてくれるはずですわ。今シーズン最後のレッスンですし、あたくしのことが好きだし、なんといってもそういう習慣なんですから。あたくし、ペテン師みたいな気分になるでしょうよ。詐欺罪を犯したみたいに。踊り方というのは、誰も教えることなどできないのですから」

「みんな、楽しんでいるのでしょうね。よくあることなの？　その、学生さんはよく外で教えたりするの？」

「みんなやってますわ。それが練習になるのです。学校や女子修道院やクラブで練習するのと同じこと。クリケットはお嫌い?」

突然ちがう話題になって、ルーシーはびくっとした。嫌いではないけれど、とくにクリケットの試合など見たくないのだと説明する。「あなたは試合に出なくていいの?」

「あたくしは、どんな試合にも出ません。小さな玉を追いかけて走るなんて、愚の骨頂ですわ。この学校には、ダンスを学びにきたのです。ダンスの教育に関してはすばらしい大学ですもの」

それはそうかもしれないけれど、とミス・ピムは言った。でもロンドンになら、体育大学とは比較にならないほど高度なダンスの教育をするバレエ学校があるでしょうに。

「まあ、そのためにはまず幼いうちから始めなくてはならないし、ほんものの熟練《メティエ》が必要になります。あたくしには、それが欠けていますもの。ただ、好きでやっているだけですから」

「で、教えるつもりなの? お国に帰ってから——ブラジルでしたっけ?」

「あら、それはありません。結婚するはずです」ミス・デステロは端的に言った。「イギリスにきたのは、不幸な恋愛を経験したからなのです。それはそれは魅力的だったけれど、まったくもって相性の悪い男性でした。それで、傷心を癒すためにイギリスにきたのです」

「お母様はイギリス人なんでしょう?」

「いいえ、フランス人です。祖母がイギリス人なのです。あたくし、イギリス人を尊敬してますの。ここまでは」と言って、優雅に手を上げ、首の高さで手首をまっすぐにした。「ひどくロマンチックなのに、ここから上は常識のかたまりです。あたくし、祖母のところへ行って、最高のシルクの椅子《いす》に泣き伏しました。『どうしたらいいの、どうしたらいいの?』って。おわかりのように、恋人のことですけれど。祖母が言うことには、『鼻をかんで、国を出なさい』。そこであたくしは、パリに行って、屋根裏部屋で一つ目の絵やらお盆に載った貝殻の絵を描いて暮らすと言いました。でも、祖母はこう答えたのです。『いけません。イギリスに行って、少し汗をかきなさい』って。いつでも祖母の忠告にはしたがってきましたし、ダンスが好きで得意でもあったので、ここにきたのです。レイズに。ダンスだけしたいと言ったとき、あの人たちはちょっとばかにしたような目つきで見ましたけれど——」

それが、ルーシーが不思議に思っていた点だった。このチャーミングな「ナッツ」は、どうやってこのまじめなイギリスの大学、ある種の職業訓練校に、入学を許可されたのだろう?

「——それが、ケニヨンという学生がトレーニングの最中に神経衰弱になってしまって——よくあることなんですの、不思議だとお思い?——それで欠員ができてしまいました。あまりかんばしいことではなかったので、学校側はこう考えたのでしょう。『それじゃあ、気のふれたブラジル女をケニヨンの部屋に入れて、授業参加を許可すればいい。それで不都合はまったくないし、名簿の人数がそろう』」

「では、二年生として入学したの?」

「ええ、ダンスのために。あたくしはすでにダンサーでしたもの。でも、一年生と一緒に解剖学の授業を受けました。骨っておもしろいわ。ほかの講義にも、好きなだけ出ました。全科目、聴きました。衛生工事《プラミング》は別ですけれど。そんなの下品ですもの」

「衛生工事」とは、衛生学のことだろう、とミス・ピムは解釈した。「講義はおもしろかった？」

「一般教育の授業でした。彼女たち、ナイーブだわ、イギリスの女の子って。九歳の男の子みたい」そう言って、ミス・ピムがまさかと笑うのを見つめる。ボー・ナッシュにはナイーブなところなんて全然ない。「さもなければ、十一歳の女の子です。『のぼせあがったり《ハヴ・レイヴス》』するんですもの。『のぼせあがる』ってどういうことかご存知？」ミス・ピムはうなずいた。「マダム・ルフェーヴルがやさしい言葉でもかけようものなら、みんな卒倒しかねないんです。あたくしだってそうなることはありますけれど、驚いたときだけだわ。お小遣いをためて、フロイケンにお花を贈ったりもします。彼女の頭にあるのは、スウェーデンの海軍将校だけなのに」

「なぜ知っているの？」ルーシーはびっくりして訊《き》いた。

「テーブルに載っていますもの。彼女の部屋の。彼の写真が、ですけれど。第一、彼女は大陸人です。『のぼせあがったり』しないわ」

「ドイツ人はするわ」ルーシーは指摘する。「有名な話よ」

「平衡感覚に欠けていますからね」デステロはドイツ人を一蹴《いっしゅう》する。「スウェーデン人はそんなふうではありません」

「どちらにしても、フロイケンはささやかなお花のプレゼントを喜ぶのじゃないかしら」

「喜ぶもんですか。窓から投げ捨ててしまうわ。プレゼントなんかよこさない学生のほうが、お気に入りのようですよ」

「まあそう？　『のぼせあがって』いない学生もいるということ？」

「それはそうです。少しはね。たとえば、スコットランド人たち。二人います」まるで、ウサギが何羽いるのか話しているような調子だ。「けんかするのに忙しくて、余分な感情を持つ暇がないのですわ」

「けんかですって？　スコットランド人は誰よりも結束がかたいと思っていたけれど」

「ちがう風《かぜ》に属していれば、そんなことはありません」

「風？」

「気候の問題です。ブラジルにいればよくわかります。『ア、ア、ア、アー』（真っ赤な唇を開けて、やさしく誘うような声を出した）という風が吹くところでは、人は親切になります。けれど、『シュ、シュ、シュ、シュッ』（歯のあいだから意地悪そうな声を出す）という風が吹くと、ちがう気質の人間ができるのです。ブラジルでは海抜によって人が変わりますけれど、スコットランドでは西海岸に住むか東海岸に住むかで変わるのです。イースターの休暇中に気づきました。それで、スコットランド人を理解することができましたの。キャンベルの住むところには『ア、ア、ア、アー』という風が吹くので、あんなに怠け者でうそつきで、そのためたいへん人好きもするのです。スチュワートは『シュ、シュ、シュ、シュッ』地方の出身だから、正直で勤勉で、岩のような良心の持ち主ですわ」

ミス・ピムは笑ってしまった。「あなたの言うとおりなら、スコットランドの東海岸には聖人ばかりが住んでいることになるわね」

「けんかには、個人的な理由もあるだろうと思いますわ。客人へのもてなしが裏切られたというような」

「休暇に人を連れて帰ったら——ぶしつけな行為をされたとか?」想像力たくましいルーシーの脳裏に、誘惑される恋人、スプーン泥棒、家具にできたタバコの焼け焦げが浮かんだ。

「おお、そうではありません。二百年以上も昔のことです。雪深い季節に、大虐殺があったのです」デステロは「大虐殺」という裁きを下《くだ》した。

この発言に、ルーシーは大笑いした。キャンベル族はいまだにグレンコーの谷底で暮らしているのか！　ケルト人は偏狭な民族だ（一六九二年グレンコーにおいて、イングランド王に対する不忠のかどでマクドナルド族が、年来の敵キャンベル族に虐殺された）。

ルーシーがずっとケルト人について考えをめぐらせていたので、ナッツ・タルトは彼女を見上げた。「あたくしたちを標本にするためにいらしたの、ミス・ピム?」

ルーシーは、ミス・ホッジとは長いつき合いなので休暇をすごしにきたのだ、と答えた。「どちらにしても」好意的につけ加える。「体育大学の学生を標本にしても、心理学的におもしろいとは思えないわ」

「おもしろくない?　なぜです?」

「それは、正常《ノーマル》すぎるし、いい子すぎるからよ。余りにね」

デステロの顔に、かすかにおもしろがる表情がよぎった。それまで、こんな顔をしなかったのに。意外にもルーシーは傷ついた。まるで、ナイーブすぎると非難された気分だった。

「そうは思わないの？」

「一人でもいるか――二年生で――ノーマルな人を思いつきたいのだけれど。すぐ浮かばないわ」

「冗談でしょう！」

「ここでの生活をご存知でしょう。どんなに練習しているか。ここで何年もトレーニングして、最終学期までノーマルでいるなんて、なかなかできませんわ」

「ミス・ナッシュはノーマルじゃない、ということ？」

「おお、ボーね！　彼女は意志堅固な人だから、悩みは少なかったかもしれません。でも、彼女のイネスへの友情をノーマルと言えますか？　うるわしい、それは事実ですけれどね」デステロは、あわててつけ足した。「とやかく言うようなつき合いではありません。でも、ノーマルではないわ。まるでダヴィデとヨナタン（旧約聖書に出てくるイスラエル王とその親友）みたいなあいだ柄ですもの。幸福な組み合わせだけれど――」デステロは片手を振って、ふさわしい言葉を見つけようとする。「とても排他的なのです。使徒たちもそうです、四人しかいませんけれど」

「使徒たち？」

「マシューズ、ウェイマーク、ルーカスそしてリトルジョン（十二使徒のうち、マタイ、マルコ、ルカ、ヨハネの名を含む）です。そんな名前だから、一緒に大学にきたんだわ。そして、是非信じていただきたいのですけれどね、ミス・ピム、四人一緒にものを考えるんですの。屋根裏に部屋が四つあります」デステロは、棟の最上階の四つの屋根窓のほうに頭をかたむけてみせた。「四人のうちの誰かにピンを貸してと言ったら、『あたしたち、持ってないわ』と答えるんですよ」

「でも、ミス・デイカーズがいるじゃない。彼女にどこか問題がある？」

「発育停止です」ミス・デステロは言い放つ。

「冗談でしょ！」ルーシーは自説を主張したくなった。「幸せな、単純明快な人間だわ。自分にもまわりの世界にも満足しきっている、しごくノーマルな子じゃないの！」

ナッツ・タルトは突然にっこりした。開けっぴろげで、腹蔵のない笑顔だった。「そうですわね、ミス・ピム。デイカーズのことでは折れましょう。でも今は彼女たちにとって最後の学期だということをお忘れなくね、今学期が。ですから、何もかもがはなはだしく誇張されているのです。誰もがちょっとばかり、気がふれているのです。本当のことですわ。生まれつき臆病《おくびょう》な学生にとっては、いつもの千倍も恐ろしい学期です。誓って、野心家の学生にとっては、野心が激情に変わるときです。ほかにもいろいろとね」彼女は身を起こして結論を述べた。「彼女たちが送っているのは、ノーマルな生活ではありません。彼女たちがノーマルだなんてお考えになっては、いけませんわ」

# 4

「彼女たちがノーマルだなんてお考えになっては、いけませんわ」ミス・ピムは、日曜の午後、土曜と同じところに座り、芝生に集まっている幸せそうで至ってノーマルな若い顔を眺めながら、デステロの言葉をつぶやいた。いい気分で、若い女性たちを見渡す。彼女たちのあいだに抜きん出た者はいなかったとしても、いやしい者など一人もいない。日焼けしてきびきびと動く娘たちには、病的性質どころか疲労の影すら見当たらない。彼女たちは、過酷なカリキュラム――それは、ヘンリエッタも認めていた――を生き抜いてきたのだ。その結果、このようなすばらしい学生ができあがるのなら、過酷さにも意義があるのではないか、とミス・ピムには思われた。

いつも一緒に暮らしてきた結果、「使徒たち」がどこか見かけが似ていることがわかったときには、愉快になった。姿形はちがっていても、夫婦がどこか似通ってくるのと同じだ。使徒たちは、全員同じような丸顔に、うきうきと何かを期待しているような表情を浮かべている。体格や血色のちがいに気づかされるのは、しばらく経ってからなのだ。

寝坊したトーマスがまぎれもなくウェールズ人であることもわかって、ミス・ピムは楽しかった。小柄で浅黒い先住民だ。そしてオドネルは、今やバスルームの声の主という存在から、やはりまぎれもないアイルランド娘という存在になった。長いまつげに白い肌、大きなグレーの瞳《ひとみ》の持ち主だ。二人のスコットランド人は、そこまで特徴がはっきりしないが、それでも見分けがつくようになった。赤毛のスチュワートが、芝生に置いた皿のケーキを切り取った。「クロフォードの店のケーキよ」心地よいエジンバラなまりで彼女は言った。「ブザーズのケーキしか知らないかわいそうなあんたたちも、食べてみなさいよ」キャンベルはヒマラヤスギの幹に寄りかかり、バターつきパンをゆっくり味わっていた。ピンク色の頰《ほほ》に茶色い髪の、ぼんやりしたかわいい子ちゃんタイプだ。

南アフリカから来た平面的で古典的な顔立ちのハッセルトをのぞけば、あとの二年生は、エリザベス女王言うところの「ただのイギリス人《ミア・イングリッシュ》」ばかりだった。

美人の特徴とは逆の方向にある特徴で際立っているのは、ボー・ナッシュの親友メアリー・イネスだ。ミス・ピムは奇妙な快感を覚えた。外見だけでなく内面もすぐれた友を選んだとは、まことにボーらしい、と思うのだ。イネスがとびきりの美人だ、ということではない。かなり目に迫っている眉毛《まゆげ》のために、顔つきに力強さ、思慮深さが感じられ、本来の骨格の美しさが目立たなくなっているのだ。快活なボーと異なり、イネスは物静かな性質だ。ずいぶん話をしたのに、いまだに笑ったところを見ていない。昨夜職員たちとすごしたあと、部屋で着替えをしているときのことだった。ボーがドアをノックして言った。「何かご不便はないかと思って参りましたの。それに、お隣のメアリー・イネスもご紹介したくて。困ったことがおありでしたら、いつでもイネスがお手伝いいたします」そしてボーはおやすみのあいさつを告げ、イネスにあとを任せて立ち去った。イネスは魅力的で知性ゆたかだが、どこか不安を抱えているような印象があった。おもしろくもないのに笑顔を見せることはない代わり、親切だし、如才なくもてなしてくれた。最近ルーシーが出入りしている学術的、文学的な世界では、それはめずらしいことではなかったが、陽気で感情表現の大げさな大学生の世界では、人を拒絶していると受け取られかねない態度だ。その危険がある。だが、ルーシーの本、そしてルーシー自身に興味を示す様子には、拒絶などみじんも見られない。

こうしてヒマラヤスギの木陰に座ってイネスを眺めながら、メアリー・イネスは人生が楽しくないだけであんなふうなんだろうか、とルーシーは思う。長年、顔の特徴の分析には自信を持っているし、最近はかなり確信を抱いている。たとえばルーシーが知るかぎり、眉《まゆ》が鼻の近くから始まり眉尻が上がっているのは決まって、何かたくらんでいるずるいタイプだった。そして誰かが——ジャン・ゴードンだったっけ?——考察したように、公園で演説している人間の周囲を観察していると、鼻の高い人間は立ち止まって演説に耳をかたむけ、低い人間は聴かずに行ってしまう。そこでメアリー・イネスのまっすぐな眉毛ときりりと結んだ口元を見ると、目標を目指して一心に努力している人間は笑うことなどできないのかもしれない、とも思えてくる。なんとなく、現代人の顔らしくない。では——なんなのか？

歴史の本で見た誰かに似ている？ 画廊で見た肖像画のようなものか？

いずれにせよ、女学校の体操教師の顔ではない。それだけは断言できる。メアリー・イネスの丸顔は、過去の歴史に属する人間の顔だ。

絶えずルーシーのほうを見たり、ちがうほうを見たりしながら軽口を叩《たた》いている娘たちの顔のうち、二つだけはすぐ好きになれないタイプだった。一つはキャンベルの顔だ。従順で口元にしまりがなくて、どんな男の言いなりにもなりそうな顔つきだ。もう一つはラウスと呼ばれる娘の顔だ。そばかすだらけで、口元を真一文字に結び、警戒心が強そうに見える。

ラウスはティーパーティーに遅れてきたのだが、彼女の登場は一瞬の妙な沈黙を招いた。ルーシーは、鷹《たか》が飛んできたとき、鳥のさえずりがぱたっと止まる様子を連想した。だが沈黙にはわざとらしいところはない。悪意は感じられない。まるで、ラウスの到着に注目するためにおしゃべりを中断したような雰囲気だが、この特別な集まりにすすんで招き入れるような心くばりはまったくなかった。

「遅くなってしまったわ」と、ラウスは言った。一瞬の静けさのなかで、誰かがすげなく「がり勉！」と言ったのが、ルーシーに聞こえた。つまり、ミス・ラウスは教科書からなかなか離れられなかったのだろう。ナッシュがラウスを紹介し、ラウスが皆と同じように芝生に座ると、中断された会話が再び始まった。つねに変わり者に同情的なルーシーは、遅刻してきた娘を気の毒に思った。だがミス・ラウスの北国風の容貌《ようぼう》を観察するうちに、親切心など起こすことはなかった、という結論を出した。ピンク色のかわいいキャンベルが、好感を持つには余りに柔和だとすれば、ラウスはその反対だった。ブルドーザーでもこないかぎりミス・ラウスはびくともしないだろう、とルーシーは思った。

「ミス・ピム、まだわたしのケーキを召し上がっていませんね」デイカーズが言った。ものおじするようすもなく、ルーシーに向かって昔からの知り合いのような口をきく。今度は自分の椅子《いす》に寄りかかり、人形のように脚を投げ出している。

「どれがあなたのケーキ?」大学のバターつきパンや「日曜日の」菓子パンのなかで、おやつの箱から出てきたさまざまなお菓子が、農業品評会に仕立てのいいスーツを着てきた人間のように目立っているのを見ながら、ルーシーは訊《き》いた。

デイカーズの持ち寄りは、バターの砂糖衣つきチョコレート・サンドイッチのようだった。ルーシーは、友情のために（そして食いしんぼうの言い訳として）、もう一度だけ体重のことを忘れることにした。

「日曜のお茶には、いつも自分のケーキを持ってくるの?」

「いいえ、まさか。あなたに敬意を表したんですわ」

デイカーズをはさんで、ルーシーの反対側に座っていたナッシュが笑った。「ミス・ピム、ご覧になっているものは、食器棚の生き残りの寄せ集めなんですよ。体操のトレーニングをしながら、こっそりお菓子を食べない学生なんていません」

「大学での生活を通じて、空腹に苦しまなかった時期なんて一瞬もありません。恥をかきたくないから朝食ではがつがつしませんけれど、三十分もすれば、体育館の跳馬の台だって食べたくてたまらなくなるのです」

「だからこそ、あたしたちの唯一の罪は――」ラウスが言いかけると、スチュワートに背中を蹴《け》とばされたので、危うくつんのめりそうになった。

「わたくしどもは、あなたの足下に夢の世界を披露しました」ラウスの言いかけをつくろうように、ナッシュがおどけて言った。「じっさい、これは炭水化物でできた豪華なじゅうたんですわ」

「あなたのためにドレスアップするかどうか、おごそかな会議を開いたのですよ」デイカーズはまわりの人間にチョコレート・サンドイッチを切り分けてやりながら、過去のしくじりなど忘れたように言った。「でも、とくにお好みがあるようには、お見受けしませんでした」笑い声が上がったので、あわててつけ加える。「一番いい意味で言っているんです。ふだんどおりであることを、お望みだろうと思ったんです」

学生たちは、各人の好みや必要性に応じて、あらゆる種類の衣服を着ていた。ショートパンツ、ブルーのリネンの競技用体操着、淡い色調の洗濯可能なシルクのドレスの者もいる。花模様のシルクのドレスは見当たらない。デステロは、修道院の尼僧たちとお茶を飲むためにラルボローに出かけているのだ。

「話は変わりますけれど」とオランダ人形（継ぎ目のある木彫りの人形）のようなゲージが口を開いた。デイカーズが嘆き声を上げた朝五時半、中庭に面した窓に黒い頭を見せ、誰かトーマスにものを投げて起こしてと言った学生だ。「話は変わりますけれど、ミス・ピムに敬意を表す気持ちは強いのですけれど、刻一刻と最終試験が迫っているのです。体育大学の二年生並みの早変わりの名人でも、日曜の晴れ着に着替えるには最低五分は必要です。わたしたちのぼろぼろの普段着を認めてくださったおかげで――」出席者の人数をたしかめ、暗算のためにいったん休む。「人類の知識に一時間二十分の貢献をしてくださったのです」

「あたしの分、五分を引いてもいいのよ」デイカーズが、たくみに舌を伸ばしてバターの砂糖衣の出っ張った部分を口中におさめながら言った。「昼からずっと大脳皮質をやっつけていたの。よくわかったのは、あたしには皮質がないってことだわ」

「あなたには、皮質があるわよお」スコットランド人らしく散文的な頭のキャンベルが、スプーンからたらたら垂れるシロップのようなグラスゴーなまりで、異を唱える。こんなわかりきったことを説明するキャンベルには、誰も注意を払わない。

「わたしにとっては」オドネルが言う。「生理学で一番いやなのは、柔突起だわ。七つに分かれているのに、高さ五分の一センチもないものの断面図を描くところを想像してみてよ！」

「そこまで人間の体を細かく知る必要があるの？」ルーシーが質問した。

「火曜日の朝には、必要です」寝坊犯のトーマスが答える。「それさえすぎれば、一生忘れて暮らせます」

ルーシーは月曜の朝に体育館をたずねる約束を思い出した。最終試験の週には、体操の勉強はないのかしら。とんでもない、と学生たちは言う。二週間後に卒業公演が迫っているというのに。卒業公演というのは、僅差《きんさ》で最終試験ほど厄介ではないと思われているようだ。

「わたしたちの親は、みんなきます」使徒の一人が言った。「そして――」

「わたしたち全員の両親、ということです」別の使徒が口をはさむ。

「――ライバル校からもきますし、町中の――」

「ラルボローの町中の市民も、押しかけます」三番目の使徒がつけ足す。使徒の誰かが話を始めると、自動的にほかの三人があとに続くようだ。

「そして郡のお偉方が全員」四人目が発言を終える。

「殺人的です」最初に口を開いた使徒が、代表して締めくくる。

「あたしは、卒演、好きだわ」ラウスが言った。またしても、妙な沈黙が下りる。

敵意は感じられない。反応がないだけだ。学生たちは、ラウスに視線を向けたが、無表情でまたそらした。誰も今の発言にコメントしない。無関心のなかで、ラウスは孤立した。

それから「自分たちができることを、お客さんに見せるのは楽しいと思う」と、やや弁解がましくつけ足した。

今度も黙殺だ。ルーシーは、これほど完膚なきまでのイギリス人による拒絶の沈黙に出会ったことがなかった。完璧《かんぺき》に残酷だ。同情の余り、こちらまで身がすくんでくる。

だがラウスは、そう簡単にひるまない。目の前の皿を凝視し、何かつまもうと手を伸ばす。

「ポットにお茶が残ってるかしら?」と訊《き》いた。

ナッシュが大きな茶色のポットに手を伸ばし、スチュワートが使徒の話の続きを引き継いだ。

「本当に殺人的なのは、ポストの抽選で引いた結果を待っているときです」

「ポスト?」ルーシーは言った。「就職先のこと? でもなぜ抽選なの? 自分が応募したところはわかっているはずでしょ?」

「応募する必要がある学生はとても少ないのです」ナッシュは説明しながら、濃い紅茶を注ぐ。「たいていは、いろいろな学校から十分皆にいき渡るだけの募集がきます。これまでレイズ出身の体育教師を採用したことのある学校が、空きのできたときだけ、ミス・ホッジに誰か紹介してほしいという手紙を書くのです。とても上級の職や責任のある口が空いたときには、職場を変えたい卒業生が紹介されます。でも、ふつうは卒業見込みの二年生がおさまります」

「雇う側は得をします」使徒の一人が言った。

「初任者ほど一生懸命はたらきますから」と、使徒その二。

「安い報酬でも」と、その三。

「喜んで指名を受けます」その四が言う。

「おわかりのように」と、スチュワート。「学期のなかで一番恐ろしいのは、ミス・ホッジの部屋に呼び出されて、自分の運命を告げられる瞬間です」

「さもなければ、ラルボローから汽車が出て、しかも全然呼び出されていないときです」と言ったのはトーマスだが、明らかに無職のまま故郷の山に引っ込んだ状態を思い浮かべている。

ナッシュはゆったり脚を伸ばし、ルーシーにほほえみかけた。「言うほど恐ろしいことでもないんですよ。すでに口を見つけている学生が多いので、競争の心配はないのです。ハッセルトは南アフリカで仕事をするために、帰ることになっています。使徒四人組は丸ごと医療の仕事を選びました」

「マンチェスターでクリニックにつとめるつもりです」使徒その一が説明する。

「とてもリュウマチの多いところで」

「姿の変形した人だらけです」

「おまけに、売春婦」——その四が機械的に、前者三人を補う。

ナッシュは慈悲深い笑みを見せた。「そして、わたしは母校に競技のコーチとして戻ります。ナッツは——デステロは、もちろん職探しなんかしません。ですから、今仕事を求めている人間はそう多くないのです」

「すぐ肝臓の勉強に戻らなかったら、卒業もできないかもしれない」トーマスが、まぶしさに小さく丸い茶色の目をしばたたかせながら言う。「そんなことで、夏の夜をすごさなきゃならないなんて」

学生たちは、まるで抗議するようにぐずぐずと体の位置をずらし、再びおしゃべりに興じ始めた。だがトーマスの警句に心が痛んだ様子で、ぱらぱらと持ち物をまとめて席を立っていった。絶望した子どものように、日が差す芝生をのろのろと横切っていく。まもなくルーシーは、バラの香りと虫の羽音とかげろうに包まれ、一人取り残された。

三十分ほどそのまま座り、木の影が足元からゆっくりと伸びていくのを、至福の境地で眺めていた。そこへ、デステロがラルボローから帰ってきた。大学構内の車道を、まるで「平和通り」を行くような優雅さで歩んでくる。ティーパーティーで目にした騒々しい若さとは、似ても似つかない。ミス・ピムに気づいたデステロは、進路を変えた。

「それで」とデステロ。「有益な午後をすごされましたの？」

「利益を求めてお茶を呼ばれたのではないわ」ルーシーは、かすかに刺を含んだ言葉で応じた。「こんな楽しい午後は、めったにありません」

ナッツ・タルトは相手を凝視して立っている。

「あなたは、たいそうよい方ですのね」ミス・ピムの言葉におかまいなくデステロは言い、学生寮のほうにのんびりと歩いていった。

突然、ルーシーはひどく若者じみた気分になり、それが、まったく気に食わなかった。花柄のワンピースを着た小娘が、わたしを未熟でまぬけな人間扱いするとは！

ルーシーはつと立ち上がり、ヘンリエッタを探しに行った。わたしは「ルーシー・ピム」。あの「本」を著し、学識ある人々の前で講演し、人名事典にその名が載り、人間の精神に関わる仕事で権威あると認められた人間なのだ。

# 5

「大学内の犯罪ってなあに?」夕食後ルーシーは、ヘンリエッタとともに階段を上がりながら訊《き》いた。大きな明かり取り窓のある踊り場でいったん立ち止まり、応接間へと急ぐ者たちをやりすごして、小さな中庭を見下ろす。

「運動場の通路への近道に、体育館を通り抜けることね」即座にヘンリエッタは答えた。

「そうじゃなくて、ほんものの犯罪の話よ」

ヘンリエッタはするどくルーシーを見たが、一瞬ののち言った。「まあルーシー、ここの女の子たちみたいに学業がたいへんだったら、犯罪をたくらむ暇もないし、実行するエネルギーも残らないわ。なぜ、そんなことを思いついたの?」

「きょうのお茶会で、誰かが何か言ったのよ。学生たちの『唯一の犯罪』について。いつもお腹が空いていることと関係あったようだけど」

「ああ、そういうこと!」ヘンリエッタは愁眉《しゅうび》を開いた。「食べ物をくすねる件ね。ええ、それはちょくちょくあるわ。これだけの規模の集団なら、なかには誘惑に弱い者だっていますよ」

「厨房《ちゅうぼう》から食べ物を盗《と》るということ？」

「いいえ、学生たちの部屋から盗るのよ。そういうことをするのは一年生だけれど、たいてい自然におさまるのよ。悪意の現れではないの。ただ意志薄弱なだけ。金銭や装飾品を盗もうなんて思わなくても、ケーキの誘惑には勝てない学生がいるの。甘いケーキなら、なおさらのこと。エネルギーを消耗しているから、体が砂糖を求めているのね。食堂では食事量の制限なんかしていないのに、みんないつでも空腹なのよ」

「ええ、はげしい運動をしているわね。学年で課程を修了できる率は、だいたいどれくらい？」

「これだけの学生のうち」ヘンリエッタは、中庭を横切って芝生へ向かう二年生のほうにうなずきながら、答える。「八十パーセントは卒業します。それが平均。途中で脱落する学生は、一学期か、まあ、たいがいは二学期には脱落するわね」

「それだけではないでしょう。こういう生活をしていたら、事故もあるんじゃないの」

「それは、事故もありますよ」ヘンリエッタは向きを変えて、再び階段を上がり始める。

「テレサ・デステロの部屋に以前いた学生は？　事故にあったの？」

「ちがうわ」ヘンリエッタはそっけない。「神経衰弱になったの」

友人のでっぷりした尻に続いて幅のせまい階段を昇っていたルーシーは、その口調にひっかかるものを感じた。リーダー格だったヘンリエッタは、よくこんな口調で話したものだ。「トイレの床に、ゴム長靴が脱ぎ捨てたままになっていないようにね」こう言われたら、黙ってしたがわなければならないのだった。

察するに、ヘンリエッタは、愛する大学が犠牲を要求する場所だなどとは考えたくないようだ。この学校は、すぐれた若者のための明るい未来へ開かれた門なのだ。もし一人や二人の人間が、門は外に開かれたものではなく障害物だと認識するとしても、それは不幸なことだが、門を造った人間の落ち度ではないという訳だ。

「修道院みたい」とナッシュはきのうの朝、言っていた。「外の世界について考える時間はないのです」それは事実だった。ルーシーは、学校の日課を目撃していた。ゆうべは学生が夕食に行ったあとの談話室で、二日分の新聞が手つかずで置かれているのを見た。だがせまい世界だったとしても、尼寺はおだやかな世界でもある。競争はなく、守られた世界だ。ここの不安に満ちた苛烈《かれつ》な生活は、尼寺とはまるでちがう。共通点は「没頭」だけだろう。それはせまい世界にちがいない。

それでも、そんなにせまい世界かしら、とルーシーは応接間に集まった面々を熟視する。ほかの大学だったら、同じような人間しかいないだろう。理科大学だったら科学の学生だけ、神学校だったら神学者だけ。だがこの細長いチャーミングな部屋には、見事な「家具」とチンツ（光沢のある平織り綿布）があふれ、背の高い窓が開けられて暖かい夜気が草やバラの香りを運んでくる。一つの部屋に、さまざまな世界がつどっている。マダム・ルフェーヴルは、第一帝政様式のかたいソファーの上で、ほっそりした肢体を優雅に横たえ、緑色のホルダーで黄色のタバコをくゆらせている。演劇的な世界の代表だ。油絵、芸術そして技巧の世界に住んでいる。ミス・ラックスはかたい椅子《いす》の上で背筋をぴんと伸ばして座り、学問の世界を代表している。総合大学、教科書、議論の世界だ。若いミス・ラッグは、コーヒーを注ぐのに忙しいが、スポーツの世界の代表だ。身体的で、競争好きで、頭を使わない世界の住人だ。そして「客員」講師にして今宵の客人エニド・ナイト博士は、医学界の代表だ。海外の代表は欠席している。フロイケン・グスタヴセンは、英語をしゃべらない母親とともに自室に引き上げていた。二人で心おきなくスウェーデン語の会話を楽しんでいるのだろう。

これらすべての世界が、もうすぐ卒業する学生たちに結実しているのだ。少なくとも訓練の範囲はせまくはない。

「で、うちの学生をどうお思い、ミス・ピム？ 午後中、一緒にいらしたのでしょう？」マダム・ルフェーヴルが、大きな黒い瞳《ひとみ》で射すくめるように見ながら訊《き》く。

ばかげた質問だわ、とルーシーは思った。どうしたら、尊敬すべきよき中産階級のイギリス人夫婦から、マダム・ルフェーヴルのような陰険な蛇が生まれるのだろうとも思った。「わたしの目には」ルーシーは思ったままを言えるのが嬉《うれ》しい。「レイズ校のよい例にならない学生は、一人もいませんでしたわ」ヘンリエッタの厳格そうな顔がぱっと明るくなったのがわかった。この大学はヘンリエッタの全世界なのだ。ヘンリエッタは、レイズ校に生き、レイズ校を動かし、ここでの仕事に存在価値を見出しているのだ。レイズは彼女の父、母、恋人そして子どもなのだ。

「皆、よい子ばかりです」ドリーン・ラッグは嬉《うれ》しそうに同意する。まだ学生時代を脱してから日が浅く、教え子を仲間とみなしているのだ。

「彼女たちは絶滅寸前のけだものです」ミス・ラックスは辛辣《しんらつ》な意見を述べる。「ボッティチェリがスパゲッティの一種だと考えているんですから」ミス・ラックスは、ミス・ラッグが手渡したコーヒーの濃い茶色を見つめる。「ということは、スパゲッティが何かも知らない訳です。つい最近ですけど、栄養学の講義の最中にデイカーズが立ち上がって、夢をこわされたと抗議しましたよ」

「ミス・デイカーズに関して、何かがこわされるなんて驚きだわね」マダム・ルフェーヴルが、茶色のビロードのようなものうげな声で発言する。

「どんな夢をこわしたのですか？」窓辺の腰かけから、若い博士が尋ねた。

「スパゲッティ類は小麦粉を練って作るのだ、と言っただけです。それで、デイカーズがイタリアを思い描いた絵は粉々になったらしいのです」

「どのような絵だったのですか？」

「マカロニがそよぐ畑があるのだ、と言っていました」

とても小さなコーヒーカップに砂糖を二つ入れていた（小麦粉の袋みたいなスタイルなのにそん

なことができるなんて、幸せな人！　とルーシーはうらやむ）ヘンリエッタが言った。「それでも、彼女たちは犯罪とは無縁です」

「犯罪ですって？」教師たちは、訳がわからない。

「ミス・ピムはね、レイズ校で犯罪がないか調べているのです。心理学者ですからね」

知識の追求についてのこのような解釈に意義を唱える間もなく、マダム・ルフェーヴルが発言した。「では、協力いたしましょうよ。恥ずべき過去を洗いざらい見直すことにして。どんな犯罪があったかしら？」

「去年のクリスマス学期に、ファージングが無灯火で自転車に乗っていたかどで、法廷に召喚されました」ミス・ラッグが口を切った。

「犯罪」とマダム・ルフェーヴル。「犯罪ですよ。ささいな軽罪ではなくて」

「もし平凡な素行不良の人間というのなら、男狂いのけがらわしい女がいました。土曜の晩には、ラルボローの兵舎の門をうろうろしていましたよ」

「ええ」ミス・ラックスも思い出した。「ここを放り出されてから、どうなったのか、どなたかご存知？」

「プリマスの船員避難所で配膳係《はいぜんがかり》をしています」ヘンリエッタが言ったが、皆が笑ったので目を大きくした。「何がおかしいのか、わかりませんね。この十年間に起こった本当の犯罪といえば、皆さんよくご存知のとおり、腕時計事件です。でも、それだって」大切な教育機関に傷をつけまいとして、言い添える。「たんなる窃盗というより、執着でした。彼女が盗んだのは腕時計だけで、それを利用することはありませんでした。まったく悪びれずに、たんすの引き出しにしまっていたのです。九個ありましたね。腕時計への執着ということですよ」

「そのまま行けば、今頃は金細工士や銀細工士と一緒のはずね」マダム・ルフェーヴルが言う。

「その後のことは、知りません」ヘンリエッタはまじめくさって答える。「ご家族がおうちで見ていると思います。たいへん裕福な家庭なのです」

「ということで、ミス・ピム、犯罪発生率は〇・数パーセントではないかしら」マダム・ルフェーヴルは、ほっそりしたとび色の指を振る。「あたくしたちは、退屈な集団なのですよ」

「いささか、ノーマルすぎるのです」ミス・ラッグが口をはさむ。「たまにはちょっとしたスキャンダルがあるのも、けっこうなんですけど。逆立ちと上方旋回以外にも、何かないとね」

「その逆立ちと上方旋回を拝見したいのですが」ルーシーは言った。「明朝、二年生を見学しに行ってもよろしいかしら?」

それはもう、二年生を見てちょうだいな、とヘンリエッタが言った。卒業公演のプログラムで忙しいから、すべてルーシーだけのための演技になるわね。「あの学年は最高に出来がいい部類に入るのよ」

「二年生が火曜日に物理の最終試験を受けているあいだ、体育館を使ってもいいでしょうか?」ミス・ラッグが質問し、皆が時間割について議論し始めた。

ミス・ピムは窓側の腰かけに移り、ドクター・ナイトに話しかけた。

「先生は、柔突起というものの断面図を教えていらっしゃるのですか?」

「いえいえ。生理学は通常の科目です。キャサリン・ラックスの担当ですよ」

「では、何を講義なさるの?」

「ああ、いろいろなことです。公衆衛生。いわゆる『社会病』。さらによく言われる人生の現実。あなたのご専門ですよ」

「心理学ということ?」

「ええ。ここでの仕事は公衆衛生ですけれど、専門は心理学です。ご著書はすばらしかったですよ。常識に裏打ちされていて。そこに敬服します。抽象的な問題についてもったいぶるのは簡単ですから」

ルーシーはちょっと赤くなった。同じ世界の人間から賞賛されるほど、名誉なことはない。

「そして、むろんわたしは大学の医療顧問でもあります」おもしろがっているふうで、ドクター・ナイトは続ける。「名目だけですわ。学生たちは、健康そのものですからね」

「でも――」ルーシーは言いかけた。彼女たちがアブノーマルだと言い張るのは、デステロという部外者だ。それが本当なら、目の前の訓練された観察者もまた、部外者としてそれに気づいているはずだ。

「それは、事故はありますとも」医者はルーシーの「でも」を誤解して言った。「学生たちの生活はちょっとした事故の連続ですよ――打ち身、捻挫《ねんざ》、脱臼《だっきゅう》ほかもろもろのね――ですが、深刻なものはめったにありません。わたしがきてからは、ベントレーだけです――あなたが泊まっておられる部屋の主だった学生ですよ。脚を骨折して、来学期まで休学です」

「でも――きついトレーニングの連続で、過酷な生活でしょう。誰も神経衰弱にならないのですか?」

「ええ。そういう例もないわけじゃありません。最後の学期はとくに大きな試練です。学生にとっては、恐怖が凝縮されたようなものでしょう。評定クラスや――」

「評定クラス?」

「ええ。教師と仲間が居並ぶ前で、体操とダンスの授業を受けて、その出来によって採点されるのです。極度の緊張を強いられます。評定クラスはすべて終わりました。でもまだ、最終試験や卒業公演や就職活動や学生生活との別れやら、もろもろのことが控えています。たしかに、消耗しますよ、気の毒に。それでも、彼女らは驚くほど立ち直りがはやいのですよ。最初はひ弱そうだった学生も、なんとかやり抜きます。コーヒーをもっといかがです? わたしも飲みますから」

彼女はルーシーのカップを持ち、テーブルに行った。ルーシーはカーテンのひだに寄りかかり、庭を見た。日はすでに沈み、景色の輪郭がぼやけている。顔に吹き寄せる柔らかな風には、かすかに露の気配が感じられる。この建物の反対側のどこかで(学生用談話室か?)ピアノがかなでられ、少女が歌っている。チャーミングな声だ。気負わない澄んだ声だ。玄人《くろうと》めいたてらいもなく、四分音を使いすぎることもない。歌はバラードだった。古めかしく感傷的だが、自己憐憫《じこれんびん》や気取りにおぼれてはいない。のびやかな若い声が、のびやかな昔の歌を歌っているのだ。ずいぶん長いこと真空管と電池の産物以外の歌を聴いていないことに気づいて、ルーシーはショックを受けた。今ごろロンドンは、疲弊した空気にラジオの音が騒々しく鳴っていることだろう。でも、ひんやりしたいい香りのするこの庭では、若い女性が心から愛する歌を歌っている。

ロンドンには長くいすぎたかもしれない、とルーシーは思った。生活を変えなければ。南海岸辺りで、ホテルを探そうか。外国に行くのもいい。世界に若さがあることを忘れていた。

「歌っているのは誰かしら?」コーヒーカップを受け取りながら、ルーシーは訊《き》いた。

「スチュワートじゃないですか」ドクター・ナイトは興味なさそうに答えた。「ミス・ピム、頼みを聞いていただけませんか?」

ルーシーは、お医者様の助けになれるなんて、大喜びだと答えた。

「ロンドンで開かれる医学会議に出席したいのです」ドクター・ナイトは、陰謀を打ち明けるような小声で言った。「それが木曜なのですが、心理学の講義と重なってしまいました。ミス・ホッジには、しょっちゅう会議に出ていると思われていますから、もう休講にはできそうもないのです。でも、あなたが代わりに講義をしてくださったら、万事まるくおさまるでしょう」

「でも、あした昼食がすんだら、ロンドンに帰るつもりですけれど」

「そんな！」気落ちしたドクター・ナイトは抗議する。「どうしてもお帰りにならなければいけないのですか？」

「妙な話だけれど、たった今ぜんぜん帰りたくないと思っていたところよ」

「では、お帰りにならないで。一日二日滞在を延ばして、わたしを救ってください。ミス・ピム、お願いです」

「ヘンリエッタは代理のことをどう思うかしら？」

「そりゃもう、お喜びになるに決まってます。疑うなんてとんでもない。わたしはベストセラー作家でもなければ、有名人でもありませんもの。最新の教科書を書いた訳でもないし――」

ルーシーは小さな身振りで降参を表明したが、目はまだ庭のほうに向けていた。なぜロンドンに戻る必要があるのだろう？　ロンドンの何が呼んでいるのだろう？　何も、誰も待っていない。このとき初めて、あの洗練された優雅な一人暮らし、有名人としての暮らしが味気ないものに感じられた。ちょっとばかりせますぎるし、非人間的かもしれない。そんなことがある？　満足していたけれど、いささか温かみに欠けていたということ？　人とのつき合いがない訳じゃない。たえず、誰かと会っていたもの。でも今考えてみると、あれは同じ人種ばかりだった。マンチェスター郊外からやってくるミセス・モントモランシーは別だ、家政婦だもの。それから週末にときどき声をかけてくる、ウォルバーズウィックのセリア伯母さんも例外だ。

あとは小売りの商人たち。でもそれをのぞけば、出版にも学問にも関わりのない人間とは、まったく口をきかない生活を送ってきたことになる。そしてこの二つの世界の紳士淑女は知的で感じのいい人ばかりだったにしても、彼らの興味の範囲が限られていることは否定できない。あの人たちとは、社会保障やはやりの歌や競馬で誰が勝ったかなんてことは話せない。あの人たちにはそれぞれ「興味の対象」がある。つき合いのなかで、彼らは著作権使用料にしか興味がないことに、ルーシーは感づいていた。ルーシー自身は、著作権使用料のことはぼんやりとしかわからない。自分のそれとなると、ちんぷんかんぷんだ。その種の話題にはとてもついていけなかった。

何より、あの人たちは誰も若くない。

少なくとも、ここにいる若者たちほどは若くない。年齢からすれば若いと言える知り合いも数人はいる。それでも世俗の垢《あか》と本人のうぬぼれによって、すっかり若さは失われていた。世界の夜明けのような若さに出会うのは、生活を変えるにはいいことだ。人に好かれるというのも気持ちがいい。

滞在を延ばす理由をごまかそうとしても、なんにもならない。ついきのうまで魅力的に——絶対的に魅力的に——思えた文明の光に再会するのを、なぜ見合わせようとするのか？　人に好かれるのが心地よいからだ。

この二、三年というもの、ルーシーは無視され、ねたまれ、あがめられ、へつらわれ、そしていろいろと教養を深めた。けれども、温かい個人的なつき合いとは、受け持ったパブリックスクールの四年生と別れを告げて以来縁がなかった。当時遺産を相続して間もなかったルーシーは、手作りのハンカチをもらい、グラディスなんとかという生徒のお別れのスピーチを聞いたのだ。この若さと好意と温かさに満ちた雰囲気のなかに留まるためなら、せまい部屋や鐘の音や豆料理やバスルームの件など目をつぶってもいい。

「ドクター・ナイト」背後でしゃべっていた若いミス・ラッグが、声を上げる。「使徒たちから、マンチェスターのお医者さんに紹介状を書いてくれって、頼まれた？」

「はい、頼まれました。声をそろえて。もちろん承知しましたよ。喜んで引き受けました。彼女たちは大成功するでしょう」

「一人だけだと、使徒はまったくの役立たず」ミス・ラックスが言った。「なのに四人一緒だと、工業地帯でも十分やっていけるくらい、てきぱきするのよ。四人集まると六倍半になるなんて、使徒以外じゃ考えられない。誰も『サンデー・タイムズ』を読まないんだったら、ベッドに持っていきますけど」

ほかに読みたい人間などいそうもなかった。昼食後、最初にルーシーが目に留めて以来、それは手つかずのままだ。そしてルーシーの知るかぎり、手をふれたのはミス・ラックスだけだ。

「今年の二年生はうまいぐあいに出ていきそうですね。あたくしたちの助けなしでも、やれそうなくらい」マダム・ルフェーヴルは語る。「いつもほど不満もなさそうね」学生の不満になど同情していないようすだ。冷笑しているだけだ。

「いつも驚かされるけれど」ミス・ホッジは冷笑のかけらもなく言う。「毎年、学生たちは世間の仕事にうまくおさまっていきますね。学生の準備ができたとたんに、欠員が出るのです。まるで――まるで同じ機械の部品のように。驚かされるし、喜ばしいことです。長年レイズ校ですごしてきましたけれど、一人の不適応者もいなかったと思いますね。ところで、コードウェイナーズ校から手紙が来ました。エジンバラのね。マルカスターが結婚するので、代わりの者がほしいそうです。マルカスターを覚えている、マリー？」ヘンリエッタは、自分に次いで古参のマダム・ルフェーヴルのほうに向いた。マダム・ルフェーヴルの洗礼名は、偶然にもヘンリエッタと同じ平凡なマリー《Mary》だった。

「そりゃあ、覚えていますとも。気の抜けたまぬけな娘でした」マダム・ルフェーヴルはジャンプ・ロンド（片脚で半円または円を描くダンスの技）ができるかどうかだけで学生を判断するのだ。

「いい子でしたよ」ヘンリエッタは温和に言う。「コードウェイナーズ校なら、シーナ・スチュワートがぴったりだと思いますね」

「そのこと、お話しになりましたの？」ミス・ラッグが訊《き》いた。

「いいえ、まだです。なんでも一晩考えることにしていますから」

「お話しなさらなくては、つまり」マダムが口をはさむ。「きのうの昼食の前にコードウェイナーズのことをお聞きになったはずです。あれが最後の便でしたからね。それなのに、あたくしたちは今ごろ聞いているのですから」

「さほど重要ではなかったのですよ」ヘンリエッタは言い訳がましく答える。そしてふやけたといってもいい表情でつけ加えた。「でも、わたしは『最高のポスト』についての噂《うわさ》を聞いているのです。誰かにとっての、本当にすばらしいチャンスです」

「教えてください」一斉に声が上がる。

だがヘンリエッタは教えなかった。まだ正式な通知はきていないし、もしかしたら正式な通知も申込書もこないのかもしれません。はっきりするまで、話さないほうがいいのです。そう言いながらも、ヘンリエッタは訳ありげに嬉《うれ》しそうにしていた。

「じゃ、お先に失礼しますよ」ミス・ラックスは『タイムズ』を手に取り、もったいぶっているヘンリエッタに背を向けた。「あすの昼食まではいらっしゃるのでしょう、ミス・ピム？」

「それが」ルーシーは急な意思決定の必要に迫られた。「もう一日か二日いてもいいかしら？ あなたにすすめられたけれど」ヘンリエッタに思い出させた。「ここは楽しくて――ちがう世界を見るのは、おもしろいし――それにきれいなところだし――」やれやれ、なんて間の抜けた答弁だろう。有名人ルーシー・ピムにふさわしいふるまい方を、身につけなかったのか？

だがルーシーのしどろもどろな答弁は、職員連中の歓声にかき消された。ミス・ラックスまでが喜びに顔を輝かせているのを見て、ルーシーは心を打たれた。

「木曜までいらして、二年生の心理学の講義を代行してくださいませんか。わたしをロンドンの会議に行かせてください」ドクター・ナイトは、まるでたった今思いついたように提案する。

「まあ、いったいどうしたらいいのか――」ルーシーはとまどったふりをして、ヘンリエッタを見た。

「ドクター・ナイトは、いつも会議に行ってしまうのです」ミス・ホッジは感心しないふうに言ったが、非難の口調ではない。「でももちろん、学生たちに二度目の講義をしてくれたら、わたしたち嬉しいし、光栄だわ、ルーシー」

「お受けします。ただの客人じゃなくて、職員の臨時メンバーだなんて、嬉しいわ。喜んで、おつとめいたします」ルーシーは振り向いて、ドクター・ナイトにウィンクした。ドクターは、有頂天でルーシーの腕を握りしめる。「もう学生寮に戻らなくては」

ルーシーはおやすみを言って、ミス・ラックスとともに部屋を出た。

ミス・ラックスは寮の裏へまわりながら、ルーシーを横目で見た。だがルーシーはそのアイスグレーの目に、好意的な光を見た。

「本当にこの動物園がお気に召したの?」ラックスは訊《き》く。「それとも、ボール紙にピンで留めるためのものを探しているだけなのかしら?」

きのうの午後ナッツ・タルトが発したのと同じ質問だ。標本を探しにいらしたの? では、同じ答えを示して、ラックスの反応を見てみよう。

「あら、ここが好きだからいるだけです。体育大学なんて、アブノーマルなものを探すには向かない場所でしょう」問いではなく主張を返し、相手の反応を待った。

「そんなことはないのでは？」ミス・ラックスは言った。「汗だくで疲れきって眠ったら理性を失って、感情だけが残るでしょう」

「そうかしら？」ルーシーは驚いた。「くたくたに疲れたら、一刻もはやく眠りたいという感情しかなくなると思うわ」

「くたくたになって眠るのはいいのです。それはノーマルだし気持ちいいし、安全です。死ぬほど疲れて目が覚めたときに、問題が始まるのです」

「どんな問題？」

「この議論に関する仮定上の問題です」ラックスはすらすらと言う。

「それで、くたくたに疲れて目が覚めるのが、ありふれたことだとおっしゃるの？」

「まあ、わたしは医療顧問ではないから、聴診器を持って調べてまわる訳にはいきません。でも最終学期には、二年生の六人に五人は疲れがひどくて、毎朝がちょっとした悪夢だと思いますよ。疲労がこういう段階になると、感情面もノーマルではなくなります。進路に横たわる小さな障害がエヴェレストにもなるのです。不用意な言葉は、治療を必要とする悲嘆を招きかねません。ちょっとした失望が、突如として自殺に結びつくのです」

ティータイムの面々の顔が蘇《よみがえ》ってくる。日焼けして、よく笑う幸せそうな顔、顔。それは、気楽そうでおおむねかなりの自信を感じさせた。あののびやかで健康的な人間の集団のどこに、緊張やら不機嫌の兆候があるのだろう？　どこにもありはしない。たしかにきびしい学校生活を嘆いてはいたものの、それはユーモラスでからっとした言いようだった。

みんな、疲れているかもしれない。それは事実だ――疲れないほうが、どうかしている。だがアブノーマルの域に達しているかといえば、そんなことはない。ルーシーは信じられなかった。

「ここが、わたしの部屋です」ラックスは言って、一息置いた。「読むものをお持ち？　きのうお帰りになるつもりだったのなら、なさそうですね。何かお貸ししましょうか？」

ラックスはドアを開け、小ぎれいな寝室居間兼用の部屋を見せた。装飾といえば版画が一枚と写真が一枚あるきりで、壁には本がずらりと並んでいた。隣室から、スウェーデン語のおしゃべりが聞こえてくる。

「かわいそうなフロイケン」ルーシーが耳をそばだたせていると、不意にラックスが言った。「ずっとホームシックだったんですよ。久しぶりに母国語で身内の話ができて、嬉《うれ》しいにちがいないわ」それから、ルーシーが写真を見ているのに気づいて、「妹です」

「とてもおきれいね」ルーシーは言ってしまってからすぐに、意外そうな口調になっていないといいけれど、と思った。

「ええ」ラックスはカーテンを引く。「蛾《が》が入ってくるのがいやなの。あなたは？　妹はわたしが十代のころ、生まれました。わたしが育てたようなものです。今は医学校の三年生です」

ルーシーのそばにくると、一瞬ともに写真を見つめた。「では、何をお貸ししたらいいかしら？

ラニヤン（二十世紀米国の作家、ジャーナリスト。ユーモラスな短編を書いた）からプルースト（十九～二十世紀。フランスの小説家）まで、なんでもありますよ」

ルーシーは『若き訪問者たち』を手に取った。ずいぶん前に読んだきりなのに、見たとたんに顔がほころんだ。ある種の反射作用だった。まったく無意識の反応だ。顔を上げると、ラックスもほほえんでいた。

「ああ、わたしにはけっしてできないことだわ」ルーシーは残念そうに言う。

「何を？」

「世界中を笑顔にする本を書くことよ」

「世界中でもないわ」ラックスは、さらににこにこして言った。「従妹《いとこ》は途中までしか読みませんでした。訳を訊《き》いたら、『本当とは思えないから』ですって」

ルーシーは笑顔のまま、本を抱えて自室に向かった。あしたの汽車に乗らなくてもいいのが嬉《うれ》しく、また美しい妹を愛し、ばかばかしいものを好む、十人並みのミス・ラックスのことを思った。E字型の棟の長い廊下に入ると、ボー・ナッシュが向こう端の階段の下に立っていた。肩の高さにハンドベルを持ち上げたかと思うと、棟中に轟音《ごうおん》を響かせた。ルーシーは立ち止まって耳をふさいだが、ボーはそれを見て笑い、やかましいものを目一杯鳴らした。拷問具を手にたたずむボーは美しかった。

「『就寝時刻』の鐘を鳴らすのは、学年代表の仕事なの？」やっとボーが鳴らすのをやめると、ルーシーは訊いた。

「いいえ、二年生みんなが一週間交代でします。今週はわたしが当番なのです。名簿のアルファベット順にまわってくるので、一学期に一回を越えることはありません」それからミス・ピムを見て、おどけて内緒話のように言った。「わたし、おもしろがっているふりをしていますの——みんな、時計と睨《にら》めっこするなんて恐ろしく退屈だと思っていますから——けれど、騒音を立てるのは大好き」

そうでしょうとも、ルーシーは思った。元気一杯で無神経なのだから、騒音が好きなんだろう。ふと、ナッシュが好きなのは音ではなくて、掌中《しょうちゅう》に感じられる権力なのではないか、と思った。だがその考えは、すぐ捨てた。ナッシュは意のままになる人生を送ってきた人間だ。いつだって、ほしいものがあれば、頼むなり手に取るなりすればよかったのだろう。代替物で満足する必要などなかったはずだ。彼女の人生は満足の連続だったのだ。ボーはベルの轟音が気に入っている。それだけだろう。

「ともかく」ナッシュは、ルーシーと一緒に階段を降りながら言う。「『就寝』を告げる鐘ではありません。『消灯』の合図です」

「こんなにはやいとは思わなかったわ。わたしも守らなくてはいけないかしら？」

「まさか。オリンポス（ギリシャ神話に登場する神が住んだと言われる）の神々は好きなように行動すればいいのですから」

「下宿中の神も？」

「下宿に着きましたよ」ナッシュは言い、明かりのスイッチをつけると脇《わき》にさがって、ルーシーを明るい小部屋に入れた。電気の傘もない部屋はひどく明るく、消毒薬の臭《にお》いがしている。えも言われぬ夏の宵とジョージ一世風の応接間の優雅さにふれたあとでは、まるでアメリカのぴかぴかした雑誌のイラストを見る気分だ。「お目にかかれてよかったですわ。実はお話がありますの。あしたは朝食をお持ちすることができません」

「そんなの、かまわないわ」ルーシーは口を開く。「どちらにしても、起きる時間を――」

「ああ、そういう意味ではありません。そんなことでは。若いモリスが、代わりに運びたいと言ったのです――一年生ですけれど――それで――」

「ジョージを誘拐した人ね？」

「ええ、そうです。あの場にいらしたのでしたね。あの子です。あなたの最後の朝食を運べなかったら、人生が完璧《かんぺき》にならないと思っているようでしたよ。だからわたし、サインをせがんだり、お邪魔になるようなことさえしなければ、代わってもいいと言ったのです。かまいませんわよね。モリスはいい子ですし、大喜びすると思います」

ルーシーはいっこうにかまわなかった。たとえ、角膜が濁っていて人殺しをしそうな黒人が運んでくるとしても、一人静かにがちがちのトーストをかじることができればいいのだ。モリスに感謝するわ、と言った。「それに、あしたが最後ではないの。滞在を延ばして木曜にも講義をするつもりよ」

「まあ、そうでしたの！　すてきだわ。とっても嬉《うれ》しい。みんな喜ぶでしょう。わたしたち、元気になりますわ」

「わたしは薬？」ルーシーは鼻にしわを寄せた。

「いいえ、強壮剤です」

「誰かにとっては、シロップね」ルーシーは言いながらも、嬉しかった。

嬉しさの余り、ちまちましたヘアピンを決まった場所に刺すあいだも、飽きて投げ出したくなったりしなかった。顔にクリームを塗り、いつにないおおらかな気持ちで鏡を見る。きつい明かりのもとで見ると、魅力もないし、てかてかしている。少々太ったおかげでしわが消えたのは、まちがいない。スコーン（柔らかく平らで丸いパンケーキ）みたいな丸顔でいなければならないのなら、少なくともすべすべしたスコーンでなければ救われない。そして今ルーシーはこう考える。人は、自分にふさわしい容貌《ようぼう》を持つ。ガルボ（ハリウッド女優）のような鼻があったら、それに合った服装をしなければならない。ミス・ラックスみたいな頬骨《ほおぼね》だったら、それにふさわしい行動を取らなければならない。ルーシーはいまだかつて、何かにふさわしいふるまいができたためしがなかった。自分の書いた「本」にさえ、ふさわしくなれないのだ。

やがてベッドサイド・ランプがないことを思い出し――学生がベッドで勉強しないようにとの配慮だろう――明かりを消して庭に面した窓辺に行き、カーテンを開けた。開け放たれた窓辺に立って冷たい夜気の匂《にお》いをかぐ。レイズは静まり返っている。おしゃべり、鐘の音、笑い声、抗議する大声、ばたばたという足音、バスルームのお湯の落ちる音、学生の行き来する音、それらすべてがこの巨大な静寂のかたまりに結晶したようだ。静かな闇《やみ》がさらに暗く感じられる。

「ミス・ピム」

離れた窓のどこからか、ささやき声が聞こえてきた。

わたしが見えるのかしら？　まさか。カーテンが開いたかすかな音に気づいただけだろう。

「ミス・ピム、滞在を延ばしてくださって、わたしたち嬉《うれ》しいんです」

大学で噂《うわさ》が伝わるスピードといったら！　ナッシュがおやすみを言ってから十五分と経って

いないのに、ニュースは棟の反対側にまで知れ渡っているのだ。

ルーシーが返事をする間もなく、小さな庭を囲むたくさんの窓から、ささやき声のコーラス

が聞こえてきた。そうです、ミス・ピム。喜んでいます。嬉しいわ、ミス・ピム。そうよ。そ

うよ。よかった、ミス・ピム。

「おやすみなさい、皆さん」ルーシーは声をかけた。

おやすみなさい、皆は答えた。おやすみなさい。とっても嬉しいな。おやすみなさい。

ルーシーは腕時計のネジを巻き、椅子《いす》を引き寄せて載せた――部屋で唯一の椅子を。こうす

れば、あすの朝、枕の下をもぞもぞ探さなくてすむだろう。ついきのうの朝までは、ここから

抜け出したくてたまらなかったなんて、信じられない気分だった。

それはおそらく、自負心の強い心理学者は流行遅れの「予兆」などとは無縁だから、不思議

の国から小鬼がやってきて、うつらうつらする耳にこうささやいてくれることもなかったためだろう。「ここを立ち去るがいい。すべてうまく行っているあいだに、出てゆくのだ。行け。ここから去れ」

# 6

教師たちが並んで朝の礼拝から帰っていくのを待つために、学生たちがひざまずいた姿勢から立ち上がると、寄木の床に椅子《いす》がきしむ音が響いた。「臨時職員」となったルーシーは、ベッドで朝食を摂るなどという職員らしからぬ行為の埋め合わせに、八時四十五分の礼拝に出席した。礼拝の最後の数分間は、目の前にずらりと並んだ脚の集合体の観察にふけり、その個性のゆたかさに驚嘆していた。朝のこととて服装は一様であり、誰もが手を組み合わせて頭を垂れていたものの、各人の一組の脚は顔と同じくらい一人ひとりの特徴を表していた。どれくらい個性的かといえば、頑固そうな脚、浮ついた脚、小ぎれいな脚、鈍そうな脚、疑り深そうな脚といったぐあいで、ルーシーはもうふくらはぎのカーブとかかとを片方見れば、誰だか当てることができる。デイカーズかイネスかラウスかボーか、見分けられる自信がある。最前列の端のエレガントな脚は、ナッツ・タルトだ。ということはカトリックの修道女たちは、ナッツが英国国教会の祈禱《きとう》を聞いても、気にしないのだろうか？　棒のような脚はキャンベルで、あの

――。

「アーメン」ヘンリエッタが宗教的熱情をこめて言う。

「アーメン」レイズ校の学生たちはつぶやき、椅子をキーキー言わせながら立ち上がる。ルーシーは、職員一同の列に並んで礼拝堂を出た。

「入って、郵便物の整理が終わるまで待っていてちょうだい」ヘンリエッタが言った。「一緒に体育館に行くから」ルーシーを居間に招じ入れると、おとなしそうな小柄なパートタイムの秘書が指示を待っていた。ルーシーは『テレグラフ』紙を手に、窓側の腰かけに座り、仕事の打ち合わせをなんとなく聞いていた。ミセスなんとかが卒業公演の日取りを訊《き》いてきた。別のなんとかさんが、主人と一緒に娘の演技を見に行きたいけれど、学校の近くにいいホテルがないかと訊いてきた。領収書を探し出して、たしかに払ったと肉屋に見せなくてはいけない。今学期最後の金曜に予定していた特別講演者が辞退してきた。娘を入れようと考えている親が三組、学校案内を請求している。

「これで全部すっきりしましたね」ヘンリエッタが言った。

「はい」おとなしい小柄な秘書が同意する。「すぐに取りかかります。アーリングハーストからの手紙がございましたが、ここにありませんね」

「ええ」ヘンリエッタ。「週末に返事をすればいいのですから」

アーリングハースト……ルーシーは心のなかでつぶやく。アーリングハーストだ。もちろん女子校である。言うなれば、女子にとってのイートン校だ。「わたくし、アーリングハーストを出ました」と言えば、それで万事通じる学校だ。ルーシーは『テレグラフ』の社説から一瞬注意をそらし、ヘンリエッタが待っていた「最高のポスト」がアーリングハーストなら、好奇心ではちきれそうな二年生のあいだでいつも以上の騒ぎが起きるだろう、と思った。危うくアーリングハーストが例の「最高のポスト」なのかと訊《き》きそうになったが、おとなしい小柄な秘書の手前、またそれ以上にヘンリエッタの表情にはっとして、思いとどまった。ヘンリエッタの顔には——ありありと——警戒するような、やましいことがあるような表情が浮かんでいた。「何かたくらんでいる」人間の顔だ。

だったらいいわ、とルーシーは考えた。ヘンリエッタがすてきな秘密を胸にしまっておきたいのなら、そうさせておこう。彼女の楽しみを台無しにすることはない。ルーシーはヘンリエッタのあとについて歩き、棟の両端を結ぶ長い廊下を通りすぎて、廊下と体育館をつなぐ屋根つきの渡り廊下に出た。体育館は、本館とも直角の棟とも平行に建っている。空中から見下ろせば、これらの建物はそっくりEの形をなしているのだ。三つの横向きの一筆はそれぞれ本館、直角の棟、体育館、縦方向の一筆は連結棟と屋根つきの渡り廊下だ。

渡り廊下の先のドアは開いていた。体育館のなかから雑多な活動の音が聞こえてくる。話し声、笑い声、どたばた走る足音。ヘンリエッタは開いたドアのかたわらで立ち止まり、閉まっている反対側のドアを指差し、「あれが大学内の犯罪よ」と言った。「体育館を通り抜けて、運動場の小道に行くの。建物のまわりの決められた渡り廊下を通る代わりにね。それで、鍵《かぎ》をかけなくてはならなかったの。一日にたくさん歩きまわらなくてはならない学生にとって、少しでも余計に歩くのが負担になるだなんて、なかなかわからないけれど。でも近道をやめさせさられるような根拠も危険もなかったわ。だから学校側としては、誘惑を取り除くことにしたの」

ヘンリエッタは開いたドアから離れ、建物の反対側に向かった。小さなポーチからギャラリーに行くための階段がある。二人で階段を昇る途中、ヘンリエッタは立ち止まって台車に載った機械を指差した。階段の吹き抜け部分をふさいでいる。「あれは」とヘンリエッタ。「大学の名物のなかでも一番有名ね。真空掃除機なの。イギリスからニュージーランドまで、憎悪《アブホレンス》の名で知られているわ」

「なぜアブホレンスなの?」

「かつては自然の憎悪《ネイチャーズ・アブホレンス》という名前だったのが、ちぢまってアブホレンスになったのよ。学校でラテン語の教訓を教わったでしょ?『自然は真空を憎悪する《ナトゥレ・アブホルス・ア・ヴァクウム》』」ヘンリエッタは、いとおしげにその異様な物体を見つめた。「恐ろしい出費だったわ、アブホレンスは。けれどその値打ちはありました。かつてはどんなに念を入れて掃除したって、体育館にはほこりが残ったものよ。学生たちが蹴立《けりた》てれば、それはどうしたって彼女たちの呼吸器に入る。結果はカタルです。そりゃあ全員がかかることはないけれど、夏でも冬でもカタルの学生が出なかったことはなかったの。ドクター・ナイトの前任の先生が、原因は目に見えないほこりだと言ったけれど、それが正しかったわけね。真空掃除機《アプホレンス》に大枚をはたいて以来、カタルはなくなりました。当然ながら」ヘンリエッタは嬉《うれ》しそうにつけ足す。「節約にもなったし。今じゃ掃除機をかけるのは庭師のギディーの仕事だから、清掃業者を雇う必要もないのよ」

階段を昇りきったのでルーシーは足を止め、もう一度手すり越しに吹き抜けを眺めた。「わたしは好きじゃないな。うまく名づけたものね。なんだかいやな感じ」

「信じられないくらい強力なのよ。操作は簡単だし。ギディーが毎朝二十分かければいいだけ。かけ終わったときは、本人も言うとおり『据えつけの備品以外きれいさっぱり』なくなっているの。ギディーは真空掃除機《アプホレンス》を自慢にしているの。まるで生き物みたいに世話してるわ」ヘンリエッタが階段上のドアを開け、二人はギャラリーに足を踏み入れた。

体育館を建てる際には、建築様式に凝ることなどできない。機能的であることだけが求められる。レイズ校の体育館は長方形の箱型で、天井と壁の上部の窓から採光している。壁面と天井の接する部分に窓があり、見た目は美しくない。しかもこんな高い場所に窓があるため、日中はいつでも日差しで目がくらむ可能性があり、事故も起こりうる。直方体の巨大な箱のなかは、夏の朝の光が黄金色に柔らかく反射してまばゆいばかりだ。床には、二年生が散らばっている。柔軟体操をしたり、練習したり、人の練習を批評したり、ちょっとばかりふざけっこをする者もいる。

「人に見られるのを気にする?」ルーシーは、腰を下ろしながら訊《き》く。

「もう慣れっこよ。毎日誰かしら見学者がくるもの」

「ギャラリーの下には何があるの？　みんなずっと見ているようだけど」

「自分自身よ」ヘンリエッタは簡潔に答える。「ギャラリーの下はずっと鏡張りなの」

鏡で自分の演技を見る学生たちの顔に、私的な感情が見られないことに、ルーシーは感心した。身体的存在としての自分をこのように批評的に距離を置いて見られる、というのはたしかに悪いことではない。

「あたしの人生の不幸の一つは」オランダ人形風のゲージが、上に伸ばした腕を鏡で見ながら言う。「肘《ひじ》がまっすぐじゃないことよ」

「例の金曜日のお友だちの言うことを聞いて意志の力を使っていたら、今ごろまっすぐになってるはずよ」ねじ曲げの運動をしながら言うのは、スチュワートだ。

「反対側に曲げてみたら？」ボー・ナッシュが肋木《ろくぼく》で屈伸運動をしながら、からかう。「金曜日のお友だち」というのは、毎週金曜の晩に登場する「おもしろい」講演者のことだろう、とルーシーは推理した。誰か自分のテーマを「信仰」か「物質を超越する精神」と呼んでいただろうか、とぼんやり考える。ルルドだったかクエイだったか。

平べったい原始的な顔のハッセルトは、倒立するイネスのくるぶしをつかんでいる。「そーうそう、腕をまっすーぐにー、ミース・イネス」ハッセルトは言う。明らかにスウェーデンなまりのフロイケンの物まねだ。イネスは笑ってしまい、倒立はくずれた。真っ赤になって笑っている〈メアリー・イネスの笑った顔なんて初めて見たわ〉のを見ながら、ルーシーはまたしても、なんてこの二人の顔はこの場所にそぐわないのだろうと思った。ハッセルトの顔は、〈マドンナ〉がまとうようなブルーの衣装を着てこそ映えるものだ。はるか左後方に、丘と城と街道の並ぶような風景が似つかわしい。イネスは、家系図をいくつか遡《さかのぼ》った時代が合っている――十七世紀辺りか？　いや、十七世紀には、もっと陽気でのんきそうで、眉が弓《ゆみ》なりになった顔が向いている。十六世紀ならいいのでは？　引っ込み思案で、妥協を知らず、頑固そうだもの。火あぶりか無罪かのどちらかしかないタイプだ。

反対側のすみにはラウスがいる。てのひらを足先まですべらせ、一生懸命膝《ひざ》の腱《すじ》を伸ばそうとしている。本当は、長年の訓練のあとでは、そうやって膝の腱を伸ばす必要などないはずだ。おそらくこれは、北国の人間らしく「念には念を入れている」のだろう。ミス・ラウスにはおどけた雰囲気など、みじんもない。人生は現実そのもので、真剣でなければならない。人生とは伸びた膝の腱のことで、その努力の先にあるのがよい就職先なのだ。ルーシーは、ラウスをもっと好きになれればいいのにと思った。明るい気分になりたくて、デイカーズを探した。しかし、体育館にいる学生のあいだには、はつらつとした子馬のような顔も亜麻色の髪も見当たらない。

と突然、ざわめきもおしゃべりも静まった。

向こう側の開いたドアからは誰も入ってきていないが、現在館内に権威者がいることは疑いの余地がない。ルーシーは、足元のギャラリーの床からそれが伝わってくるのを感じる。階段下にドアがあったことを思い出した。真空掃除機《アブホレンス》があったところだ。そこから誰か入ってきたのだ。

号令など聞こえなかったが、それまで糸が切れて散ったビーズのようにばらばらだった学生たちが、魔法にでもかかったように静かに整列して待っている。

フロイケン・グスタヴセンはギャラリーの下から歩み出て、学生たちをしげしげと眺めた。

「ミース・デイカーズ、どこですかあ?」涼しげな小さな声でグスタヴセンは訊《き》く。ちょうどそこへ、顔を真っ赤にしたデイカーズが、開いたドアからかけ込んできた。眼前の光景を見て急停止する。

「ああ、最悪だわ!」デイカーズは弱々しく言うと、誰かが開けておいてくれた場所に突進した。「おお、申し訳ありません、フロイケン。まったくもって、申し訳ありません。わたしはただ——」

「つまり、ソツギョウコオーエンでも遅刻するつもりですかあ?」まるで科学的な関心事であるかのように、フロイケンは訊く。

「いいえ、まさか、そんなことはありません、フロイケン。わたしはただ——」

「ええ、ええ、わかってますとも。何かなすくか、こわすかしたのでしょう。ここに裸でくることになったとしても、ミース・デイカーズにはなくしたーり、こわしたーりするものがあるでしょうね――気をつけ！」

学生たちは気をつけの姿勢を取った。浅い呼吸以外、一切の身動きをやめる。

「ミース・トーマスが、もうすこーしおなかを引っ込めたら、列はまっすーぐになりますねー」

トーマスは即座にしたがう。

「そーして、ミース・アップルヤードはあごが出すぎですねー」

頰《ほほ》の赤いぽっちゃりした小柄な少女が、あごをいっそう首にめりこませる。「よろしい！」

一行は右向け右をして一列になり、一直線に並び、行進を始めた。かたい木の床を軽やかに歩き、足音はほとんど聞こえない。

「もっと静かに、もっと静かに。軽やかーに、軽やかーに！」

そんなことができるのか？

だが、できるようだった。長期間訓練された足はさらに音を立てずに床を踏み、重い者なら六十キロ以上ある若く頑健な女性たちの集団は、体育館のなかを見事にぐるぐるまわりはじめた。

ルーシーはヘンリエッタをそっとうかがい、そしてすぐさま目をそらせてしまった。ヘンリエッタの大きな青白い顔に浮かんだ喜悦とプライドは、痛々しいと言っていいほど人をとまどわせるものだ。ルーシーは一瞬眼下の学生たちを忘れ、ヘンリエッタのことを考えた。麻袋のような体に善良な魂を宿すヘンリエッタ。両親は年老い、姉も妹もいない、生まれつきの母親タイプ。誰も、ヘンリエッタを思って眠れぬ夜をすごすことはなかった。深夜、彼女の家の外を行きつ戻りつした男はいない。そしておそらく、花を贈った男もいないだろう（ここでふとルーシーは、アランは最近どうしているだろう、と思った。あんな喉仏《のどぼとけ》なのに彼のことを真剣に思ってから、何週間か経ち、春がすぎた。生活を変えるために、誰かに世話されるのもいい、と考えたこともある。それを思い留まったのは、「世話をする」というのは交換条件なのだと気づいたからだ。どうしたって、わたしが靴下をつくろったりするはめになるのだ。足に関わるものは嫌いだ、たとえアランの足でも）。ヘンリエッタは最初、立派だとしても退屈な人生を送りそうに見えた。だが、そんなふうにはならなかった。ヘンリエッタの無防備な顔に表れたものから判断するならば、ゆたかで満足できる人生を築いてきたのだ。再会して昔話に花が咲いたとき、ヘンリエッタは言ったものだ。十年前レイズ校に赴任したころは、小規模で余り人気もない学校だったけれど、それから自分もレイズもともに成長してきた、と。それは事実だった。ヘンリエッタは今や学長であり、共同経営者である。よりいっそうの成長を願う共同経営者なのだ。だがルーシーはその顔に浮かぶ表情に驚かされるまでは、旧友がどれほど仕事に身をささげているか認識していなかった。レイズは彼女の全世界なのだ。ヘンリエッタは、ほかの話をほとんどしない。だがビジネスに没頭することと、ヘンリエッタの表情にこめられた感情とは別物だ。

　体操器具を引きずり出す音がして、ルーシーは現実に引き戻された。学生たちは、肋木《ろくぼく》につかまって弓なりにそるのをやめ、船のへさきの船首像のように息を吹き出しながら、今度はブーム（木製の細長い棒。断面は半円形）を引き出している。ルーシーは昔日の運動を思い出し、むこうずねがうずいた。あの弾力性のない木片に、いくど骨をぶつけたことだろう。中年のなぐさめの一つは、体に無理をしなくてすむことだ。

床の中央に木製の支柱が立てられ、二本のブームが支柱の溝にはめられ、手の届くかぎり高く上げられた。棒を固定するため、木製のハンドルがついた鉄の連結ピンが支柱の穴に打ち込まれ、拷問器具が完成した。まだむこうずねを痛めつける段階ではない。それは、あとだ。今はブームを「行ったり来たりする」だけ。ブームの両端に一人ずつ立ち、二人ずつ組になってサルのようにぶら下がる。最初は横向きに、次に後ろ向きに、最後にこまのように回転しながら一本のブームを進むのだ。この運動は、ラウスの回転する番になるまで、まったく同じ完璧《かんぺき》さで繰り返されていた。ラウスはブームに飛びつくため膝《ひざ》を曲げていたが、両手を下ろすと、こわばったそばかすだらけの顔にパニックに陥ったような表情を浮かべ、指導者を見た。

「おお、フロイケン」ラウスは言った。「わたしには、できません」

「ばかおっしゃい、ミース・ラウス」フロイケンは驚いた様子もなく（明らかに、前にも同じことがあったようだ）励ます。「あなーた、一年のときから、かーんぺきにできてまーした。今だって、できるはずでしょう」

ラウスは緊張した面持ちで、黙ってブームに飛びつき、進み始めた。半分までは完璧な技量を見せた。それが、向きを変えた拍子になぜかブームをつかみそこね、片手だけでぶら下がる形になった。つかまっているほうの手で、なんとか立て直そうとがんばったが、完全にリズムを失い、落下してしまった。

「やっぱりできません」ラウスは言う。「フロイケン、わたしケニヨンと同じになってしまいます。ケニヨンみたいに」

「ミース・ラウス。あなたは、誰かと同じになったりしません。こいつの問題です。ちょっと、こいつを忘れーてしまっただけですよ。もう一度おやりなさい」

ラウスは再び、頭上のブームに飛びついた。

「いけません！」スウェーデン人教師は力をこめて言った。ラウスは物問いたげな様子で、床に飛び降りた。

「『おお、わたしできなーい』なんて言ってはいけません。そうじゃなくて、『何度もできた、今度もできる』でしょ。さあ！」

ラウスはもう二回やってみたが、二回とも失敗した。

「よろしーい、ミース・ラウス。もういいです。ブームの半分は最後までこのままでしょう。朝はやーくきて、こいつを思い出すまで練習なさい」

「気の毒なラウス」ブームが平均台運動用に、丸いほうを裏に平らな面を上に、裏返されるのを見ながら、ルーシーは言った。

「ええ、ほんとに気の毒」ヘンリエッタも言う。「とてもできる学生なのに」

「できる？」ルーシーは驚いて訊《き》き返《かえ》した。自分ならラウスを形容するのにそんな言葉は使わない。

「体操はできる生徒よ。一番できます。筆記のほうは苦手のようだけれど、努力で挽回《ばんかい》しているわ。模範生だし、レイズの誇りよ。度胸がないのは残念だわ。あれこれ考えすぎているだけなんだけれど。こういうことは、ときどきあるの。ふしぎなことに、なんでもないことで失敗するのね」

「『ケニヨンみたいになる』ってどういうこと？　テレサ・デステロの部屋にいた学生でしょ？」

「ええ。よく覚えてるわね。あれがいい例ですよ。ケニヨンは、突然平均台運動ができないと思い込んだの。並外れて平均台運動がじょうずだったし、もうできないという理由もなかった。でも動きが不安定になってきて、途中で落下するようになって。しまいには、ブームの上で座ったポジションから立ち上がることもできなくなったの。座ったまま、おびえた子どもみたいにブームにしがみついていたわ。座って泣いていた」

「精神面の問題ね」

「もちろん。彼女がこわがっていたのは、平均運動ではなかった。でも、わたしたちとしては家に帰すしかなかったわ。十分休養を取ったら、復学してトレーニングを終了してほしいのだけれど。ここで彼女は幸せだったのだから」

そうかしら？　とルーシーは思う。幸せすぎて神経衰弱になったということか。平均台運動が得意な娘にいったい何が起こったら、ブームにしがみついてぶるぶる震えるみじめなありさまになってしまうのか？

あわれなケニヨンが玉砕した平均台運動の進行具合を、新たな興味をもってルーシーは見た。学生は二人ずつ、高いブームに飛びあがり、横向きに座るポジションを取り、それから幅のせまいブームの上でゆっくりと立ち上がる。ゆっくりと片脚を上げると、筋肉の隆起が照明に浮かぶ。両腕を広げる。その表情は落ち着いて、集中している。体を意のままに動かし、危なげなく熟練している。次に、学生たちはかかとにつくまで腰を下ろし、膝《ひざ》を立てて背をぴんと伸ばし、目は宙に向けたまま手を伸ばしてブームをつかむと、横ざまに身をすべらせて座りなおし、前方宙返りののち着地した。

よろけたり落下したりする者はいない。一点の曇りもない完璧《かんぺき》さだ。フロイケンでさえ、一切口をはさまなかった。ルーシーはいつのまにか息を止めていた。後ろにもたれると、リラックスして深呼吸した。

「すばらしかったわ。わたしたちの学校では、平均台はずっと低かったわよね。だからわくわくしなかったけれど」

ヘンリエッタは気をよくしたようだった。「平均台運動だけを見に、ここにくることもあるの。もっと派手な種目を好む人が多いけれど。跳馬とかね。でも、わたしは平均台運動の落ち着いた抑制こそ、すばらしいと思うの」

いったん始まると、跳馬は派手そのものだった。ルーシーの目には、この障害物はいかにも恐ろしかった。学生たちが嬉《うれ》しそうな顔をしているのが、まったく理解に苦しむ。なんと、学生たちは楽しんでいるのだ！　学生たちは、体を放り出したり、空中を飛んでむずかしい着地をしたり、体をひねったり、宙返りをしたりするのが好きなのだ。それまで彼女らの挙動に見られた緊張は、消えうせていた。動作の一つ一つが活気にあふれ、体中で笑っているようだった。生きることは喜びであり、娘たちはその喜びを身体で表現しているのだった。驚いたことに、単純なブームでの運動につまずき落下したラウスが、今や究極の勇気と抑制と「こつ」を必要とするにちがいない、ぞくぞくさせるような離れ業を完璧《かんぺき》にやってのけている（ヘンリエッタの言うとおり、彼女の身体の演技はすばらしかった。試合の選手としても「できる」ことは疑いの余地がない。センスがすぐれている。それでも、「できる」という形容には納得いかない。「できる」というのは、ボーのような学生を指すのだ。身体、知性、気力のすべてにおいて立派でなければ）。

「ミース・デイカーズ！　左手は、ちょおっとだけ離すのです。あなた、山登りでもしてるつもりですかあ？」

「そんなに長く離しているつもりはなかったんです、フロイケン。ほんとに」

「それは、わかっています。出来がわるーいという意味じゃないのです。も一度、ミース・マシューズのあとに、おやりなさい」

デイカーズは再度挑戦し、先ほどは意のままにならなかった左手を、正しいタイミングで離すことに成功した。

「万歳！」うまくいったので、デイカーズは喜んだ。

「バンザイ、ですね」フロイケンは、満面の笑みをたたえて同意した。「協調です。筋肉運動の協調がすべてです」

「みんな、フロイケンが好きなのね？」学生たちが体操器具をかたづけはじめたころ、ルーシーはヘンリエッタに言った。

「どの先生のことも好きですよ」ヘンリエッタは学生時代の級長らしい口調で言った。「どれだけすぐれていても、人気がない教師を置いておくのはよくありません。けれど、学生はほんのちょっと教師を畏《おそ》れるべきなのよ」年老いた牧師もたまには冗談を言う、という調子で表情をゆるめる。めったに冗談など口にしない質《たち》なのだ。「それぞれちがったふうだけれど、フロイケンとミス・ラックスとマダム・ルフェーヴルに対して学生たちは、萎縮《いしゅく》せずに畏敬の念を抱いているわ」

「マダム・ルフェーヴルにも？　わたしが学生だとしたら、膝《ひざ》ががくがく震えるのは、畏れのためじゃなくて、純粋にこわいからだわ」

「あら、よく知り合えば、マリーはとても人情味があるのよ。大学の伝説の人物に名を連ねることを気に入っているわ」

マリーと真空掃除機《アブホレンス》か、とルーシーは思う。二つの伝説だ。そっくり同じ特徴の持ち主だ——

恐ろしくて、なおかつ魅力的。

学生たちは、整列していた。両腕を上げ下げしながら、深呼吸している。五十分におよぶ集中的な活動が終わり、彼女たちは頬《ほほ》を紅潮させ、達成感から意気揚々としていた。

ヘンリエッタが外に出るために立ち上がった。あとに続こうと向きを変えたルーシーは、ギャラリーの後ろにフロイケンの母親が座っていたことに気づいた。小柄でぽっちゃりした女性で、髪をひっつめている。ノアの箱舟の玩具《がんぐ》のポスターに出ている「ノアの妻」を思わせた。ルーシーは頭を下げ、言葉が通じないのを埋め合わせるために外国人に向かって見せるたぐいの、とびきりの笑顔を向けた。それから、この小柄な女性は英語をしゃべれないとしても、ドイツ語なら通じるのではないかと思い、一言話しかけてみた。すると、小柄な女性の顔がぱっと明るくなった。

「お嬢《フロイライン》さん、お話できて光栄ですわ。しかもドイツ語で」と言った。「娘が、あなたはとても立派な方だと申しております」

ルーシーは、一度はいい結果が出たけれど、あいにくと自分が立派であるためではない、と話した。そして、たった今目撃したフロイケンの仕事ぶりを賞賛した。学校では現代語ではなくラテン語を学んだヘンリエッタは、この礼儀の交換には加わらず、階段を降りていった。ルーシーとグスタヴセン夫人《フレウ・グスタヴセン》が陽光まぶしい屋外に出ると、反対側のドアから学生たちがぞろぞろ出てきた。寮へ続く渡り廊下を、ある者は走り、ある者はゆっくり歩いていく。最後に現れたのがラウスだった。ラウスはヘンリエッタとすれちがうタイミングを見計らっていたのではないか、という疑念をルーシーはぬぐえなかった。ラウスには、あんなふうにほかの学生の後ろ二、三メートルをぐずぐずする必要はないのだ。ヘンリエッタが近づいてきたことを横目で見ているにちがいない。同じ状況に置かれたら、ルーシーならかけ出していくところだが、ラウスはのろのろ歩いている。ますますいやな人間に思えてきた。

ヘンリエッタはラウスに近寄り、立ち止まって話しかけた。ルーシーは連れとともに通りすぎながら、学長の知恵に満ちた言葉を受けようと、あのかたくななそばかすだらけの顔が上向いたのを見た。学生時代ああいうのをなんと呼んだか、思い出した。「おべっかつかい」というのだ。「お世辞たらたら」とも言うんだったっけ。ルーシーは野蛮な満足を覚えた。

「そして、これまではそばかすのある女の子も好きだったんだけど」後悔したように言う。

「なんとおっしゃったの？」

だが、これはドイツ語では表現しがたい問題だ。「そばかす」の「重要性」などということは。混成語とものものしさに満ちた、分厚いドイツ語辞典が目に見えるようだ。そう、フランス語でなくては無理だ。好意的なシニシズムを蒸留したエッセンス。しゃれたちょっとした酷評の言い回し。

「イギリスは、初めてですの？」ルーシーは訊《き》いた。周囲の人間と一緒に寮に入る代わりに、ゆっくりと庭をまわって建物の正面に向かった。

そう、これはフレウ・グスタヴセンにとって初めての渡英だった。そして、このような庭を造れる人々が、それにふさわしくない建物も造ることに驚いていた。「この建物のことではありませんよ、もちろん」フレウは言った。「この本館はとてもきれいです。よい時代のものでしょう？　でも汽車やタクシーから見える建物といったら！　スウェーデンにくらべると、ひどいものです。でもわたくしを、ロシア人みたいだなんてお思いにならないでね。ただ——」

「ロシア人？」

「そう。無邪気で無知で、自分の国だけがなんでもすぐれている、と思い込んでいるタイプのことです。わたくしはただ、体裁のよい現代風の家を見慣れているだけなのですよ」

ルーシーは、イギリスについてだったら、料理のことだって話題にしたくないと答えた。

「おお、とんでもない」小柄な女性は驚いたように言った。「そんなことはありません。娘から聞きました。この大学の食事は、養生第一《アコーディング・トゥ・レジメ》に考えられていて」——ルーシーは、「養生第一」とは、なんと気のきいた言い回しかと思った——「しかも型にはまっていない、と。ホテルでも型どおりではない、と申します。休暇中には個人のお宅に泊めていただいて、田舎のお料理はおいしかったそうですよ。すべてが好みに合った訳ではありませんけれどね。それは、わたくしたちが食べる生のニシンを誰もが好きではないのと同じです。でも、オーヴンで焼いた骨つき肉、クリームを添えたアップルタルト、ピンク色の柔らかいコールドハムはとてもおいしかったそうです。とても」

夏の庭を歩きながら、ルーシーはいつのまにかイギリスの料理について講釈を始めていた。オートミールをまぶしたニシンのフライ、パーキンス（オートミール、糖蜜で作るショウガ風味のケーキ）、デヴォンシャー・スプリット（上部の割れたイーストパン）、ホットポット（肉、じゃがいもなどの煮込み）、薄切り肉その他もろもろの郷土料理。ポークパイ（豚のひき肉入りパイ）の存在にはふれなかった。ルーシーから見れば、野蛮きわまりない料理である。

二人は正面玄関を目指して学生寮の角を曲り、二年生がミス・ラックスの講義を聴いている講義室の窓の横を通った。窓は目一杯押し上げられていたので、室内は丸見えだった。ルーシーはなんとなく、横顔の群れを見た。

視線をそらしたときにはまだ、目にしたものがつい十分前見た顔とはちがうと気づいていなかった。ルーシーは、もう一度室内を見て、ぎょっとした。興奮も運動で紅潮した頰《ほほ》も、達成感も、もはやどこにもない。当面は若さまでがどこかへ行ってしまったようだ。どの顔も疲れ、生気が失せていた。

もちろん例外もいる。ハッセルトは、相変わらず物静かに幸福感をただよわせている。ボー・ナッシュの顔は、不滅の輝くような美貌《びぼう》を保っている。それでも、大半はげっそりしている。なんとも言えないほど、疲れ切っているようだ。一番窓際に座っているメアリー・イネスの小鼻からあごにかけては、深いしわが刻まれている。本来なら、あと三十年は現れないはずのものだ。

ルーシーは少しばかり悲しくなり、気まずさを感じた。楽しんでいる最中、突然不幸を見てしまった気分だ。ルーシーは顔をそむけた。教室の前を通りすぎる瞬間ちらと見えたのが、ラウスの顔だった。そこに浮かんだ表情に、ルーシーは、はっとした。ウォルバーズウィックを思い出したのだ。

どうして、こんなときにウォルバーズウィック？

ミス・ラウスの疲れたそばかすだらけの顔には、ルーシーの伯母であるところの偉大な婦人との共通点などあるはずがない。

そんなはずはない。

ではなぜ——そうだ！　伯母のセリアに似ているのではない。伯母の飼い猫だ。講義室にいる北方系の顔に浮かんだ表情が、餌皿《えざら》でミルクの代わりにクリームにありついたときの「フィラデルフィア」の表情とそっくりなのだ。表情の形容詞はただ一つ。「気取りかえった」というやつだ。

ルーシーは理不尽にも、決まりきった実技に失敗した人間が、気取りかえっている権利などないと感じた。それまでは、ミス・ラウスを気の毒に思わないでもなかったのに、そんな気持ちは吹き飛んでしまった。

# 7

「ミス・ピム」ナッツ・タルトが不意にやってきて、ルーシーに言った。「一緒に逃げましょ」

水曜の朝、学校では最終試験が行なわれ、重苦しい静寂に包まれていた。ルーシーは体育館裏の五つも閂《かんぬき》を差した門に寄りかかり、キンポウゲが咲き乱れる野原に目を見張っていた。ここレイズの庭の端からは、田園風景が広がっている。ラルボローの影はみじんもない、破壊も混乱もない真の田園だ。野原をなだらかに下ると小川に出、それを越えると、クリケット競技場がある。競技場のはるか向こうには、生垣と林と牧草地が切れ目なく続いている。黄色と白と緑の風景が、眠たげに朝日を浴びている。

黄色に輝くキンポウゲに見ほれていたルーシーは、しぶしぶ視線の向きを変えた。このブラジル娘はいったい何着、花模様の絹のドレスを持っているのだろう？　また見たことがない服を着ている。こんな華やかな身なりの前では、イギリス式の控えめな趣味など色あせてしまう。

「どこに逃げるつもり？」ルーシーは訊《き》いた。

「村に行きましょう」

「村なんてあるの?」

「イギリスならどこにでも、村はあります。そういう国ですもの。でも、正確に言えばビドリントンです。あの木立の向こうに、教会の尖塔《せんとう》の風向計が見えるでしょう」

「ずいぶん遠くじゃない」ルーシーは言った。歩くのが苦にならない質《たち》ではないし、今いる場所を離れたくない。こんなキンポウゲの野原を見るのも、のんびり眺める暇があるのも、ずいぶん久しぶりなのだ。「そんなに、おもしろいところ?」

「それはもう。パブが二軒ある村ですもの」デステロは、学問的知識を披瀝《ひれき》するかのように言う。「それに、イギリスの村にあるべきすべてのものがあるんですの。かつてはエリザベス女王が眠り、チャールズ二世が身を隠したところです。十字軍が教会に埋葬されています。ブラジルの農場《ランチ》の管理人に当たる人もいます。どの農家も絵ハガキになっています。本にも出てくるのですが、あの村は——」

「ガイドブックのこと?」

「ノー、ノー。あの村について書いた作家がいるのです。レイズにきたばかりのころ、その著作を読みましたの。『空をおおう雨』という題でした。濡れ場《ぬればば》と近親相姦しか出てきません。そしてビドリントンの殉教者たち——前世紀、警察署に石を投げて投獄された、六人の男たちです。そんなことを覚えている国ってあるでしょうか! あたくしの国では、ナイフを使います

明けてしまえば……。

——拳銃《けんじゅう》が手に入らないときは、ですけれど——死体は花でおおって、おいおい泣いて、週が明ければすっかり忘れてしまいますわ」

「それは——」

「〈ティーポット〉でコーヒーをいただけますよ」

「アイルランド風にウィスキーを入れて?」

これは、この国の知識がとぼしいデステロが聞いても、余りな偏見だった。「まさか、ほんものコーヒーですよ。味も香りもいいのです。さあ、ミス・ピム。ほんの十五分歩けば着きますし、まだ十時にもなっていないでしょう。おまけに一時の豆料理に召集がかかるまで、ここにいたって、何もすることがないのですから」

「あなたは全然試験を受けないの?」ルーシーは自分のために開かれた門から、おとなしくデステロのあとをついて出て行く。

「解剖学の試験は受けることになりそうです。いわゆるおもしろ半分ですけど。授業には毎回出ましたから、どれだけ自分が知っているのかわかるのは、おもしろいですわ。解剖学を知るのは価値があります。そりゃ一苦労ですけれどね。想像力は評価されない分野ですけれど、習う値打ちはありますわ」

「そうでしょうね。緊急事態が起きたとき、対処できるでしょうし」

「緊急事態?」話題に集中していなかったと見えて、デステロは聞き返した。「ああ、そうですね。でもあたくしが言うのは、時代が変わっても古くならないという意味です。失礼ですけれど、ミス・ピム、あなたの分野は、たえず古くなっていくものではありませんか？　心理学のお話をうかがうのは楽しいですけれど、必死で取り組むのはばかげていませんこと？　きょうは正しくても、あしたはナンセンスになっているかもしれません。その点、鎖骨はいつになっても鎖骨ですからね。おわかり？」

ルーシーは、これほど簡潔に説明できるデステロがうらやましかった。

「だからあした、一年生が最後の解剖学試験を受けるときには、あたくしも受けます。尊敬に値する行為です。祖母も認めてくれるでしょう。けれどきょうは、彼女たちはなぞなぞに没頭しています。だからあたくしは、チャーミングなミス・ピムと一緒にビドリントンまで歩いて、コーヒーをいただくのですわ」

「なぞなぞですって？」

ナッツ・タルトは、ドレスの小さなポケットから折りたたんだ謄写版刷りの紙を取り出して読み上げた。「もしも、ボールがタッチラインを越え、しかし地面には着かず、インサイドの選手がボールを打ち、またはつかんで再びコート内に入った場合の、判定を述べよ」

言葉よりも雄弁な沈黙のうちに、彼女は再び紙をたたんで、ポケットにしまった。

「まだみんな、問題を解いている最中だっていうのに、どうやってその問題を手に入れたの？」

「ミス・ラッグがくれたのです。あたくしならおもしろがるだろう、と言って。じっさい、おもしろいですわ」

　黄色の野原と真っ白なサンザシが咲き乱れる生垣のあいだの小道を下《くだ》り、二人は小川に出た。小さな橋のたもとで立ち止まり、ヤナギが影を落とす水面を見る。

「あちらが」デステロは川向こうの平地を指して言った。「競技場です。冬になるとぬかるみますから、みんな靴底に木片を結わえて足を取られないようにします」ルーシーには、「彼女たちは、人目を引くために鼻輪をします」などと言うのとまったく同じ口調に思えた。「下流へ歩いてまた小さな橋に着いたら、道に出ます。まあ道なんてものではなく、路地ですけれど」デステロは黙ってヤナギの木陰を進む。優雅で得体の知れない、色鮮やかなトンボのような娘だ。ルーシーは、デステロが静寂を破らずにいられるのを意外に思った。

　二人がようやく道に出ると、デステロは口をきいた。「持ち合わせがおありかしら、ミス・ピム？」

「ないわ」ルーシーはがっかりして立ち止まった。

「あたくしにも、ありません。でもかまわないわ。ミス・ネヴィルがつけにしてくれます」

「ミス・ネヴィルってどなた？」

「〈ティーハウス〉を経営している女性です」

「まあ、変わってるわね」

「あたくしにとっては、ふつうです。しょっちゅう、お金を忘れてしまうのです。ミス・ネヴィルはチャーミングなんです。お気になさることはありませんわ、ミス・ピム。じきおわかりになるけれど、あたくし、村では評判がいいのですよ」

村はデステロが表現したとおりだった。ミス・ネヴィルも、そして〈ティーポット〉も。そこはパンとチーズとビールを好むような人間からはあざけりを受け、紅茶を飲む世代からは大歓迎されるたぐいの店だった。後者は、村のパン屋の裏手にあるハエの糞《ふん》のしみがついた店や、死んだ虫みたいなカランツ（小粒の種なし干しブドウ）の入った素朴な菓子パン、ひび割れてよく洗っていないカップ、まずい紅茶をなつかしむのだ。

村の宿によく泊まる者ならあきあきしているものが、すべてそろっている。インドの木の模様の陶器、暗褐色のオークのテーブル、ジェームズ一世時代風のリネンのカーテン、素焼きの茶色の水差しに活けられた多年草。おまけに、飾り窓にはアーツ＆クラフツ（十九世紀後半から二十世紀初頭の手作りの工芸品）だ。だが、アランとつき合っていたころは行きつけのこぢんまりしたパブの個室があったルーシーにとっても、ここはたいへん居心地のよい店だった。オーヴンからは、濃厚なスパイス入りケーキの匂いがただよってくる。通り側に長い窓があるだけでなく、奥の窓からは色とりどりの花が咲き乱れる庭も見える。おだやかで、ひんやりしていて、客を迎え入れる雰囲気に満ちている。

ミス・ネヴィルはチンツのエプロンをかけた大柄な女性で、昔なじみの大切な知人のようにデステロを迎えた。そして、「大西洋のあちら流に、『サボって』るの？」と訊《き》いた。ナッツ・

タルトは、ブルックリンの与太者のような言い草を無視して、「こちらは、心理学の本をお書きになって現在レイズに滞在なさっているミス・ピムです」と礼儀正しくルーシーを紹介する。

「このお店ではほんもののコーヒーが飲めるし、おおむね洗練されているのだとお話したところです。あたくしたち、二人ともお金がないのです。けれど、どっさりいただいて、あとでお支払いしますから」

どうやら、ミス・ネヴィルにとってはありふれた申し出のようだった。あわてず騒がず、厨《ちゅう》房《ぼう》にコーヒーを取りに行く。朝のこととて客は少ない。ルーシーは古い版画や新しい工芸品を見ながら、店内をうろついた。ミス・ネヴィルが、ラフィアのマットを敷いてはいても、バーミンガム風の安っぽい真鍮《しんちゅう》のドアノッカーなど取り付けていないところが気に入った。それから、村の通りに面したテーブルの前にデステロとともに座った。コーヒーがくるまでに、中年の夫婦がやってきた。どこかを目指して車で移動しているようだ。田舎の医者が乗りそうな車だ。燃費が安く、三年か四年乗ってきたように見える。だが助手席側から降りて、笑いながら夫に話しかけている女性は、いかにも医者の妻という感じではなかった。頭髪は白髪混じりで、ほっそりしており脚は長く、幅のせまい足にはよい靴を履いている。ルーシーは好もしい思いでこの女性を観察した。当節、よい骨格にはなかなかお目にかかれないものだ。血筋のよさよりハイカラさが重視されているせいだ。

「あたくしの国だったら」デステロは女性を興味津々見つめ、車に軽《けい》蔑《べつ》のまなざしを注ぎながら言う。「あの女性は、運転手と従僕を連れていたでしょう」

それよりも、中年の夫婦があんなに仲よさそうにしているのはめずらしい、と店内に入ってくる二人を見ながらルーシーは思った。どうやら休暇中のようだ。店内の様子を、何か期待するように見回している。

「ええ、ここだわ」女性が言う。「あれが、あの子が話していた庭ね、〈オールド・ロンドン・ブリッジ〉の版画もあるわ」

夫婦は静かに気取ったふうもなく、店内のものを見て歩き、ルーシーたちの反対側の窓際の席についた。男性が、あの女性の相手にふさわしいと思えるタイプなので、ルーシーはほっとした。いささかむっつりタイプかもしれないし、妻よりやや内向的かもしれない。だがとても感じがいい。誰かに似ているけれど、誰だか思い出せない。尊敬している人間なのだが。眉毛《まゆげ》が鍵《かぎ》だ。目に迫った黒くまっすぐな眉。夫のスーツはかなり古びている。きちんとプレスしてあるし、手入れもいい。だがそうとう流行遅れだ。女性のスーツはツイードで、ありていに言ってみすぼらしく、ストッキングはかかとの部分が――たいへんきれいに始末してあるが――つくろってある。その手も、家事をこなしてきた手で、白髪混じりのゆたかな髪は家で洗髪しただけで、ウェーブもかかっていない。生活に追われているこの女性がなぜ、これほど幸せそうなのだろう？　愛する夫と休暇を楽しんでいるからか？　だから灰色の目が、子どものように幸せそうに輝いているのか？

ミス・ネヴィルが、コーヒーとかりかりの焼きたてスパイス入りケーキの載った大皿を運んできた。ルーシーは、もう一度体重のことは忘れて、楽しむことにした。情けないことに、この手の決心はちょくちょくしてしまう。

ルーシーがコーヒーを注いでいると、男性の声が聞こえてきた。「おはよう。こちらのホットケーキにありつくために、西部地方からやってきたんですよ。焼いていただけますかな、それとも朝のこの時間はお忙しいですか？」

「お忙しかったら、けっこうですよ」働き者の手を持つ女性が言った。「いい匂《にお》いのケーキをいただけるのでしょう」

ホットケーキを準備するには、一分とかからない。でも今はこしのあるケーキ種を切らしている。いいケーキ種があるときほどおいしくできないかもしれない。夏にホットケーキを頼まれることは少ないから、とミス・ネヴィルは答えた。

「そうでしょうとも。でもレイズ校にいるうちの娘が、何度もこちらのホットケーキの話をしたものですから。わたくしたちがいただける機会は、もうありませんし」女性はほほえんだ。

つまり、二人はレイズの学生の親なのだ。

半分は娘を思い、半分は自分の子どもじみた欲求のために、笑いが浮かんだようだ。

誰の両親だろう？　コーヒーカップ越しに夫婦を見ながら、ルーシーは思った。

たぶんボーだろう。いやちがう、ボーは金持ちの娘ではないか。では誰の親？

デイカーズの親のようにも思える。いや、そんなはずはない。あんな亜麻色の髪の娘は、黒髪の重厚な男性の子どもではない。あの成熟した知的な女性から、混乱したいかれたデイカーズが生まれる訳もない。

すると突然、あの眉毛《まゆげ》が誰のものかひらめいた。

メアリー・イネスだ。

あの夫婦はメアリー・イネスの両親なのだ。そして幾分変わった道すじで、メアリー・イネスの人となりの説明がつく。彼女の沈着さ。今世紀ではない時代に生きているような雰囲気。人生を楽しいものとは思っていないところ。高い行動基準を持ち、だがそれにふさわしい金銭はない。これは学業をまっとうしなければいけない娘にとって、きびしい境遇だ。

ミス・ネヴィルが引っ込んで静かになると、ルーシーは思わずこう言った。「失礼ですが、イネスさんというお名前では?」

二人は一瞬訳がわからないというふうにルーシーのほうを見た。と女性が笑顔になった。「そうですわ。どこかでお目にかかりました?」

「いいえ」あわれなルーシーは言い、衝動的な行為が予想外の結果を招いたときのつねで、少し赤くなった。「でもご主人の眉毛が気になったものですから」

「わたしの眉毛?」ミスター・イネスが言った。

だが妻のほうは勘がするどく、声を上げて笑った。「そうですわね」彼女は言った。「メアリーね！　レイズ校の方ですね？　メアリーをご存知ですの？」顔がぱっと明るくなり、はずんだ声になる。メアリーをご存知？　娘が幸せにしているかどうか見るために、きょう会いに行くのだろうか？

ルーシーは自己紹介してから、デステロも紹介した。デステロはこのチャーミングな夫婦が自分のすべてを知っているのに喜んだ。

「レイズについて知らないことは、ほとんどありません」ミセス・イネスは言った。「まだ見たこともないのにね」

「ご覧になっていない？　ところで、コーヒーをご一緒しませんか？」

「メアリーが入学する前に下見に行くには、うちから遠すぎるのです。ですから、娘の最終試験が終わって卒業公演に行ける日まで、待つことにしたのです」交通費が問題でなかったら、メアリー・イネスの母親はレイズに行くのをずっと待つ必要はなかったのだ。娘が学校でどんなふうにやっているか知るために、学校にきただろう。

「でも、今すぐいらっしゃるのですか？」

「いいえ。変な話ですけれど、そうではないのです。わたしたちはラルボローに向かう途中なのです。主人が——医者をしております、会議に出なければならないので。もちろんレイズに寄ることだってできましたけれど、今は最終試験の週です。理由もなしにいきなり親がたずねてきたら、メアリーの気が散ってしまいます。これほど近くまできているのに寄らずにおくのは残念です。でもここまで待ったのだからあと十日くらい待てますわ。西部の幹線道路をビドリントンで降りるという誘惑には、勝てませんでしたけれどね。朝のこんな時間に大学の方々にお目にかかれるとは、夢にも思いませんでした。特に今週は試験だし。メアリーがしきりに話していたお店は是非見てみたかったのですよ」

「卒業公演の日は、余り話す時間がないことはわかっています」ドクター・イネスが言った。「見るものはたくさんあるんでしょうな。驚くほど多様なトレーニングをしているのではないですか?」

ルーシーは賛同し、スタッフたちが体現する多様な世界の第一印象を語った。

「ええ。メアリーがあんな選択をしたときには、我々はとまどったものです――運動競技にさほど興味を示したことはなかったものですから。医学の道に進むのだろうと思っていました――ですが、娘は多面的な仕事をしたいと申しました。そして、それを見つけたようなのです!」

ルーシーは、あのまっすぐな眉《まゆ》に秘められた、目標への強い集中力を思い出した。わたしの顔の解釈はまちがっていなかった! いったんメアリー・イネスが野心を持ったら、やすやすとあきらめることはないだろう。そうなのだ。眉は一番、参考になる要素なのだ。心理学の流行が終わったら、今度は観相学の本を書こう。もちろん、ちがうペンネームにする。そんな分析は、インテリのあいだではやっていない。

「お嬢さんは、とてもお美しいですわ」ふいにデステロが言い出した。大きなスパイス入りケーキをたいらげ、周囲が驚いて黙ったのに気づいて、顔を上げた。「イギリスでは、娘さんの容姿をご両親の前で誉めるのは、礼儀に反するのでしょうか?」

「まあ、とんでもない」ミセス・イネスがあわてて言った。「そうではありません。ただ、わたくしたち、メアリーを美人だと思ったことはないものですから。もちろん、見た目のいい子です。わたくしたちはそう思っていますけれど、親が一人娘を見る目は甘くなりがちです。あの子は――」

「あたくしが、初めてここにきたときは」デステロは、皿のケーキにまた手を伸ばしながら（どうやって、あのスタイルを保つのだろう!）、言った。「雨が降っていました。きたならしい葉っぱが、まるで死んだコウモリみたいに枝からぶら下がって、ぼたぼた人の頭に落ちていました。学生たちは誰も彼も大学構内を走り回って、こんなことを言っていました。『まあ、あなた元気? 休暇は楽しかった? 信じられないでしょうけど、新品のホッケーのスティックをクルー（イングランド北部の鉄道の駅）のプラットフォームに置いてきちゃった!』そのとき、走ったりしゃべったりしていない女性を見たのです。少しばかり、あたくしの曾祖母《そうそぼ》の祖母のようでした。祖母の甥《おい》の息子の家の食堂に絵があるのです。それであたくしは、つぶやきました。『ここは、そう野蛮なところじゃないのかもしれない。この学校にしよう』ミス・ピム、コーヒーをついでくださらない? ただ美しいのじゃありませんわ、お嬢さんは。レイズでただ一人の美しい人物です」

「ボー・ナッシュはどう?」ルーシーは、レイズに忠誠心を発揮して訊《き》いた。

「たとえて言えば……イングランドではクリスマスになると――ミルクをほんの少し入れてくださらないかしら、ミス・ピム――雑誌は派手派手しくなって、明るいきれいな絵を載せますの。料理人とその家族の心を楽しませるよう、額に入れて台所のマントルピースの上に飾るのですよ。金ぴかです、それはまるで――」

「まあそれは」とミセス・イネスが異議を唱える。「失礼だわ。ボーはきれいよ、とてもきれいでしょう？　あなた方がボーもご存知かもしれないこと、忘れていました」そして、ルーシーのほうを向き、「学生さん全員をご存知かもしれませんのにね。わたくしたちが会ったことがあるのは、ボーだけですの。休暇に一度たずねてくれたことがあるのです。イースターには、西部ではイギリスで一番人をもてなすのですよ。メアリーはあちらのお宅に夏休みに数週間お邪魔したことがあります。わたくしたち、ボーが大好きです」相槌《あいづち》を求めて、夫を見る。夫のほうは、ずっと黙りこくっていた。

ドクター・イネスは、しゃんとした――じっと休んでいると、働きすぎの疲れた開業医に見える――むっつりしていた顔に、少年らしく、またおもしろがっているにしても、かすかに意地悪そうな表情が浮かぶ。「うちのしっかり者で独立心旺盛《おうせい》なメアリーが、誰かに世話を焼かれているところを見るなんて、驚きましたよ」

ミセス・イネスは明らかに、自分の期待した相槌ではないと感じていた。だが、夫の発言を有効に利用することにしたようだ。「たぶん」まるで、初めて思いついたように言う。「うちでは、メアリーが人に頼らないのを余りに当然のことだと思ってきたので、誰かに世話を焼いてもらうのは、あの子にとって心地よかったのでしょう」そして、ミス・ピムに言った。「それは、二人は補い合っているからだと思いますのよ。だから親友なんです。わたくしはそれが嬉《うれ》しいのです。ボーが大好きだし、メアリーは簡単に人にうちとける性質ではありませんのでね」

「勉強はひどくたいへんなんでしょう?」ドクター・イネスが言った。「ときどき娘のノートを見ますが、医者でさえ学校を出たとたんに忘れてしまうようなことまで詰め込むなんて、ふしぎですな」

「柔突起の断面図」ルーシーは思い出して口にした。

「そう、その手の知識です。四日間のご滞在で、ずいぶん理学的な知識の収穫があったようですな」

ホットケーキがきた。理想的なこしのあるケーキ種がなくとも、はるばる西部地方から食べにくるだけの値打ちはあった。楽しいひと時だ。ルーシーは、店内が幸福で満たされるのをしみじみと感じた。屋外の日光が差し込んでくるように、幸福が店に流れ込んでいる。疲れ切っていた表情のドクターまでが、ほっとしてくつろいでいるようだ。ミセス・イネスはといえば、これほど幸せそうな女性の顔はほとんど見たことがない、とルーシーは思った。娘が何度もきた店にいるだけで、そばにいるような気分に浸り、あと数日もすれば、本人に会って成功を分かち合うことができるのだ。

ロンドンに帰っていたら、こんな時間を共有することもできなかったのだ、とルーシーは思う。ロンドンにいたら何をしていただろう？　十一時だ。リージェンツ・パークに散歩に出かけて、文学関係者の夕食会への招待を、どうやって断ろうかと算段しているころだ。けれどわたしは、ここにこうしている。それはすべて、ドクター・ナイトがあしたの医学会議に行きたがったからだ。いやちがう、ずっと昔へンリエッタが学校で、わたしの味方になってくれたからだ。イギリスの六月の日差しを受けて動き回っている今が、三十年前の、ゴム長を履いた少女でごったがえす学校の手洗いでの出来事とつながっているなんて、考えてみればおかしな話だ。そもそも、きっかけはなんだったっけ？

「とても楽しゅうございました」ミセス・イネスは再び路上に戻って言った。「もうすぐまたお目にかかれるなんて、すてきですわ。卒業公演の日まで、いらっしゃるのでしょう？」

「そうしたいですわ」ルーシーは答えつつ、そんなにいつまでもへンリエッタに部屋を貸してもらってもいいのだろうかと思った。

「そしてお二人とも、名誉にかけて、きょうここでわたしたちを見たことは誰にも口外しないとお約束いただけますね」ドクター・イネスが言う。

「お約束します」ルーシーとデステロは答え、新しい友人が車に乗り込むのを見守った。

「郵便ポストにぶつからずに、一気に加速できるかな？」ドクター・イネスは思案するように言う。

「わたし、ビドリントンの犠牲者に加わりたくないわ」妻が言った。「とは言っても、危険のない人生なんていったいなんでしょうね?」

ドクター・イネスはエンジンを叱咤激励《しったげきれい》し、危険な始動をかけた。ぐらぐらする前輪のハブが、傷がなかった郵便ポストの石灰塗料をこすった。

「ジャーヴィス・イネス、印《しるし》を残す」ミセス・イネスは言い、ルーシーたちに手を振った。

「卒業公演の日までお元気でね。お天気を祈ってくださいな! ごきげんよう《オールヴォワール》!」

ルーシーたちは、村の通りを行く車が小さくなっていき、競技場とレイズの方に曲がるのを見送った。

「いい人たちだわ」デステロが言った。

「すてきよね。今朝あなたがおいしいコーヒーを飲みたくならなかったら、あの人たちに会うこともなかったなんて、ふしぎだわ」

「あれこそイギリス人です。こっそり打ち明けますわ、ミス・ピム。世界中の国の人間が嫉妬《しっと》するんです。とても物静かで、上品で、様子がよくて。そのうえあのご夫婦は貧しいのです。お気づきになりました? 夫人のブラウスは色が落ちていました。かつては青かったのです、あのブラウス。前かがみになると、カラーがちょっと浮いていましたね。彼らが貧しいなんて、まちがっています、あんないい人たちなのに」

「こんなに近くにきているのに、お嬢さんに会えないなんて、ずいぶんつらかったはずだわ」

ルーシーは物思いに沈んで言う。

「そうですね、でもあの女性は見識がありますね。会わなくて正解です。二年生は、今週ほかのことにちらとでも興味を持つ余裕なんてありませんもの。ちょっとでも気を散らしたら、もうおしまい！　すべてがぶちこわしになるんです」デステロは橋のそばの土手でフランスギクをつみ、ルーシーの前では初めてのくすくす笑いをした。「今ごろ、『ラインを踏み越したらどうなるか答えよ』式難問に、同輩たちはどう取り組んでいるかしら」

ルーシーは、メアリー・イネスが日曜に家族にあてて書く手紙のなかで、自分はどう描かれるのだろうと思っていた。「楽しみです」ミセス・イネスは言っていた。「家に帰ったら、メアリーの日曜の手紙で、あなたのことをいろいろ読むことができますもの。こうしてお近づきになれましたからね。前の晩お目にかかったような気分になれるでしょうよ」

「メアリー・イネスを見て、肖像画に描かれた人物を思い出すなんて変わってるわね」ルーシーはデステロに言った。「わたしも同じなのよ」

「ああ、そう、あたくしの曾祖母《そうそぼ》の祖母のことですね」デステロはフランスギクを川に落とし、花が水に呑《の》み込《こ》まれ、流されていくのを見つめた。「よきイネス夫妻には言いませんでしたけれど、あたくしの曾祖母の祖母は同世代の人たちには好かれていなかったのです」

「そうなの？　内気だったんじゃないの？　今だったら劣等感と呼ばれるもののせいで」

「それはわかりません。彼女の夫が余りに都合よく死んだのです。夫が余りに都合よく死ぬのは、女性にとって悲しいことです」

「ご主人を殺したということ！」ルーシーはぞっとして、夏の風景のなかで棒立ちになった。

「おお、ちがいます。醜聞はありませんでした」デステロはとがめるように言う。「ただ、都合よく死んでしまったというだけです。夫は酒飲みで、賭《か》け事《ごと》にのめりこんでいたうえ、余り魅力的な容姿ではありませんでした。階段のてっぺんの踏み板がぐらぐらしていたのです。長い階段でした。彼はある日酔っ払って、その踏み板に乗ってしまったのです。それでおしまい」

「その方、再婚なさったの？」ルーシーは事情を呑《の》み込んでから、尋ねた。

「いいえ、しませんでした。その後誰も愛さなかったのです。息子の世話がありましたし、土地が賭《か》けの形《かた》に取られる心配もなくなりました。彼女はたいへんすぐれた土地管理人でした。祖母はその才能を受け継いだのです。イギリスから祖父のところへ嫁ぐまでは、チャールズ・ストリート西一番地より遠くへ行ったことはありませんでした。それが半年も経たないうちに、土地の管理をしていたのです」デステロは賞賛の吐息をついた。「すばらしいわ、イギリス人て」

# 8

ミス・ラックスがレポートの添削と採点の時間が取れるよう、ミス・ピムは二年生の病理学の最終試験を監督していた。そこへヘンリエッタのおとなしい小柄な秘書がつま先立って入ってきて、うやうやしく机に手紙を置いた。ミス・ピムは試験問題を前に眉《まゆ》をひそめていた。「淋《アー》菌性関節炎《スリシス・ゴルホノイカ》」だの「化膿性腱滑膜炎《プラスティヴ・テノシノヴィティス》」などという言葉は、なんと夏の朝食後の清浄な空気にそぐわないことだろう。「肺気腫《エンフィセマ》」はそうひどくもない。庭師が花につけた名前みたいだ。オダマキの一種かもしれない。「脊柱後湾症《キフォシス》」なんて聞くと、ダリアのような花を思い浮かべてしまう。「脊髄炎《ミエリティス》」は、世話を怠るとピンクになってしまう、真っ青な匍匐《ほふく》植物だろう。「脊髄ロウ《タベスドルサリス》」は明らかに、オニユリの一種だ。高価でかすかに淫靡《いんび》なのにちがいない。

舞踏病《カリーア》。硬化症《スクレロシス》。内反足《ペスヴァルス》。

やれやれ。ここの若い人たちは、こんなものを全部知っているのかしら？　これこれの症例が(a)先天性、(b)外傷性、(c)ヒステリー性のいずれに該当するか、またその治療法を述べよ。それはそれは。この若者たちに保護者意識を持つとは、なんというあやまちを犯したのだろう。

ルーシーは、壇上から愛情深く、学生たちを見下ろした。誰もが必死に解答を書いている。どの顔も真剣だが、不安のかたまりではない。自信なさそうなのは、ラウスだけだ。ルーシーは、ラウスは気取りかえっているより自信なさそうにしているほうがいい顔に見えると決めつけ、同情は控えることにした。デイカーズは、舌を出して悪戦苦闘している。一行終わり、次の行に移るたびにため息をつく。ボーは自信たっぷりで、招待状でもしたためているように平静を保っている。彼女の人生には、疑問の入り込む余地などなかったのだろう。現在の状況も、将来の生活も、危うくなることなどないのだ。スチュワートの顔は、赤毛の下で青白かったが、口元にはかすかに笑いが浮かんでいる。スチュワートの将来も保証されていた。コードウェイナーズ校に就職し、スコットランドの故郷に錦《にしき》を飾ることができる。そしてルーシーは、土曜の晩スチュワートが開く祝賀パーティーに出席するのだ（「個人的なパーティーに先生をお呼びすることはないのですけれど、先生ではいらっしゃらないから、お友だちとしてご招待します」）。四使徒は最前列に並び、ときどき励まし合うような視線をかわしている。自分たちだけの世界に入り込み、できない問題は気にしなくていいという表情をしている。マンチェスターの病院は、彼女たちを雇ったことを後悔しないだろう。窓際に座ったイネスは、ときどき頭を上げて、気分転換でもしたそうに庭のほうを見る。落ち着いて解答を書いていく様子を見れば、彼女がインスピレーションを欲しているのでないことは、明らかだ。精神的ななぐさめを求めているにちがいない。まるで、「ああそう、あなたはまだそこにいるのね。『美』という存在は。この講義室の外にも世界はあるのだわ」と言っているようだ。イネスを見ていると、大学生活はあまりに負担なのではないかと思えてくる。小鼻から口にかけて刻まれた、疲労を示すしわはまだ消えていない。

ルーシーは、ミス・ラックスのきれいにかたづいた机からペーパーナイフを借り、郵便物をチェックした。請求書が三通きているが、わざわざ開封して神聖な静寂を破るほどのものではない。領収書が一通。年次報告書が一冊。大型の四角い濃紺の封筒もある。かたい高価な紙を使い、「ミリセント・クレイ」という真紅の字が浮き彫りになっている（女優という人種の自己宣伝本能には際限がないようだ）。中身はおそらく、慈善基金に寄付したことへの礼状で、太いペン先で特大の大文字が五行ほど書き連ねてあることだろう。あとはミセス・モントモランシーからの手紙だ。これは読みたいので、封にペーパーナイフを入れた。

マッダム（ミセス・モントモランシー拝）

お言いいつけどおり、速達で荷物おお送りしました。書留にしました。フレッドが、仕事に出かけるとちゅうでウィグモア・ストリートで出してくまれす。りょうしゅしょといっしょに、ブルーのブラウスと肌着も、ごしじのとおり入れます。ネグリジェがせんたく屋からかえってこなくて、かわりのネグジェお入れます。

マッダム、さしでがましようですけど、いいことです。本ばっかり書いて、若いともだちがいないのは、女の人にとってよくないです。マッダムのためを思って言います。今までおつかえしたなかで、こんないい方はいませんでした。フレッドもそう言います。フレッドは、まわり見たってあんないい女の人はいない言ってます。さしでがましと思わないでくださいまし。

かしこ

ミセス・モントモランシー

追伸　スエドーのくつのつま先に、ワイヤーブラシ入ってます。

ルーシーは、十五分ほど手紙の読後感に浸っていた。ミセス・モントモランシーの気遣いに打たれ、洗濯屋の怠慢に怒り、なんのために教育税を払ってきたのかと思った。誰もがパブリック・スクールに行く必要はないけれど、小学校のクラスが十二人以下だったら、未来のミセス・モントモランシーは読み書き算術をきちんと教えてもらえるはずなのだ。臨時雇いの庭師マクリーン老人は、十二歳までしか学校に行かなかったが、ルーシーの知り合いの大学出の人間たちと同じような、まともな手紙を書けた。理由は？　老人は小さな村の少人数のクラスで、よい教師の授業を受けたからだ。

そしてもちろん、老人の子ども時代は、「無料の牛乳」より「読み書き算術」のほうが大切とされたのだ。時代が文章の書ける人間に育て上げ、あとは本人に任せた。白色粉で作ったスコーンを食べ、出すぎて苦くなった紅茶を飲み、九十二歳で亡くなるまでかくしゃくとしていた。

物思いにふけっていたルーシーは、ラウスの様子にはっとした。ミス・ラウスはそれまでとちがう表情を浮かべており、それがルーシーの気にさわった。これまであくせくしたり、おべっかをつかったり、気取りかえったり、心配そうにしたり、というのは見てきたが、こんなふうにこそこそしているところは見たことがない。

なぜ、あんなにこそこそして見えるんだろう？

少しのあいだ、ルーシーはラウスを興味津々と眺めた。

ラウスは顔を上げてルーシーと目が合うと、すぐまた目をそらした。こそこそした様子は消えた。次に表れたのは、「わざとらしい、何気なさ」と言うべき表情だ。ルーシーはどういうことか、悟った。だてに中学四年生の担任をしていた訳じゃない。禁止されているお菓子を食べた子どもは、誰でもああいう表情を浮かべるものだ。フランス語の授業中に代数の内職をしている生徒もそうだった。

そして、試験中カンニングをする者も、ご同様だ。

ヘンリエッタはなんと言ったか？「彼女は筆記試験が苦手なの」ということは。

エンフィセマだのいろいろな花の名前じみた言葉を覚えるのは、ミス・ラウスにはむずかしすぎるのだ。だから暗記の足しになる細工をしたのだろう。問題は、それがどんな細工でどこに隠したかということだ。膝《ひざ》の上ではない。机は前が開いたタイプだから、膝の上に虎の巻のたぐいを置くのは危険だ。爪《つめ》に病理学のあれこれを書くのはちょっと無理、爪に向いているのは公式だ。残るは輪ゴムを使うにしても使わないにしても、袖《そで》にメモを書くやり方だ。だがこの娘たちの衣服の袖は、肘《ひじ》までしかない。では、何か？　どこにあるのか？　前の席のオドネルの解答をのぞくだけなのか？　それとも、右側のトーマス？

ルーシーはまたしばらく手紙を読み、待った。学校の教師なら誰でも、先制の戦術を知っている。二年生全体を何気なく見渡し、また手紙に目を落とす。次に顔を上げると、ラウスの顔をまっすぐに見た。ラウスは答案用紙に顔を近づけ、左手にハンカチを握っていた。ハンカチだって、病理学のような広範な知識を要する学科について書くには小さすぎる。使いこなすのも至難の業だ。一方ハンカチというのは、レイズでよく使われるものではない。ラウス以外に、ハンカチを握りしめてちょくちょく鼻をふいている者はいない。ルーシーは、ラウスの情報源は、何にせよ左手に隠してあるのだと確信した。ラウスの席は、窓側の一番後ろだから、左が壁になる。左手で何をしても、人から見られる心配はないのだ。

さて、とルーシーは思った。どうするべきか？

教室の後ろまで歩いていって、ハンカチを見せなさいと言ったら、それがただの白くて四角いリネンで、一辺が二十三センチ、すみにしかるべきイニシャルがあり、洗濯したてだとしたら?

ハンカチを見せなさいと命じ、一番情緒不安定なこの時期の二年生のあいだにハリケーン級のスキャンダルを引き起こすか?

それともラウスが情報源を利用できないよう見張るだけにして、黙っているか?

最後の案がもっとも賢明だろう。これまでのところ、情報源がなんであれ、たいして見ることはできなかったはずだ。その程度目をつぶってやっても、ほかの学生に対する不公平にはならないだろう。

ルーシーは机を離れ、何気ないふうをよそおい、後ろまで歩いていって壁にもたれかかった。右がトーマス、左がラウスだ。トーマスは一瞬答案を書く手を休め、ルーシーを見上げてにこっと笑った。ラウスは顔を上げない。ラウスの砂色の首が鈍い赤に染まる。すぐさま、ハンカチを——および左手に持っていたものすべてを——体操着のポケットに隠した。

かように、たくらみを未然にふせいだのに、ルーシーはなんの満足感も得られなかった。中学四年生なら行儀が悪くてながかわしい、ですむものが、大学二年生の最終試験となると不快きわまりないのだ、と初めて気づいた。それがラウスであって、ほかの人間でなくてよかった。ルーシーはすぐに向きを変え、壇上の机に戻った。そこから見える範囲では、ラウスは何かに頼ろうとはしなかった。それどころか悪戦苦闘しているようだった。ルーシーは、気の毒に感じている自分にあきれてしまった。そう、かわいそう。ラウスがかわいそうなのだ。つまるところ、あの子はがんばった。評判がすべて本当なら、狂人のように勉強したのだ。努力を惜しんで安易な道を選んでいる訳ではないらしかった。理論上の知識を身に着けるのは、自分にとっては不可能にひとしいと気づき、やけを起こして誘惑に屈しただけなのだ。

このような視点を得て、ルーシーはずっと気が楽になった。残りの監督時間は苦悩にさいなまれることなく、もっぱらあんちょこの正体に思いをめぐらせていた。もう一度問題用紙を眺め、そのぼう大な出題範囲を考えてみると、ラウスはいったいどうやって、使えるうえに隠せるものを細工したのだろうと思った。訊《き》いてみたくてたまらない。

一番可能性が高いのは、ラウスが特に苦手とするテーマが二つか三つあり、その助けになるものを紙切れに書く、というやり方だ。

最初に解答用紙を束ねてクリップを上に留めたのは、イネスだった。一通り見直し、何カ所か書き直してまとめると、しばらくくつろいだ様子で庭の美しさに見とれていた。それから静かに立ち上がり、ミス・ピムの前の机に解答用紙を置いた。

「ああ、もうおしまいだわ！」デイカーズが泣き声を出す。「誰か終わったの？　あたしなんて、まだまるまる一問と半分残ってるのに」

「静かに、ミス・デイカーズ！」ルーシーは、お役目上たしなめた。

デイカーズは満面の笑みを返すと、再び地道な作業に戻った。

スチュワートとボー・ナッシュは、ほどなくイネスに続いた。そしてミス・ピムの前の解答用紙の山は、どんどん高くなっていった。制限時間五分前になっても残っている学生は、三人だけだった。小柄で黒髪のウェールズ人トーマスは、例によってたっぷり「勉強する」には睡眠を取りすぎてしまったと思われる。マイペースのデイカーズは、まだこつこつ解いている。赤面している不幸なラウスは、とにかく行き詰っているようだ。制限時間二分前には、残るはラウスだけになった。混乱し、絶望しているようだ。せわしなくいろいろな問題を行き来しては、消したり直したり書き足したりしている。

遠くから鐘が聞こえてきて、ラウスの優柔不断もチャンスも終了となった。やったことだけが残るのだ。あわてて解答用紙をまとめると、鐘が鳴ったからには体育館に直行しなければならず、遅刻したってフロイケンは試験の苦難など考慮してくれない、ということに気がついたのだろう。急ぎ足でルーシーのところに解答用紙を持ってきた。ルーシーは、ラウスが自分の視線を避けるか、またはぎこちなさやら緊張のかけらを見せるものと思っていた。だがラウスは、気さくそうな笑顔を見せ、さらに気さくそうな発言をしてルーシーを驚かせた。

「ふぅー」ラウスはおおげさに息をついた。「災難だった」そして、仲間のもとへと走っていった。

ルーシーは、懸案の提出物を開き、罪の意識を感じながら眺めた。いろいろなことを想像してしまったけれど、結局、ラウスは不正行為などしなかったのかもしれない。少なくとも、意図的ではなかったのかもしれない。こそこそしているように見えたのは、ラウスが出来の悪さを自覚していたせいだ、という気もする。あるいは、最悪の場合でも、隣の答案用紙からヒントを盗み見たいと思っていただけなのかもしれない。首まで赤くなったのは、疑われていることに感づいたため、とも考えられる。自分の学生時代だって、悪気のない行為が意地悪く取られるかもしれないと思っただけで、犯してもいない罪の意識で顔が真っ赤になったものだ。そうなのだ、ラウスにあやまらなくてはならない。何か、償いをしなくては。

ルーシーは答案用紙の束をきちんとそろえ、日ごろの習慣でアルファベット順に並べ替え、数を確認し、面倒な採点が自分の仕事でなくてよかったと思いながら、二階のミス・ラックスの部屋に持って上がった。部屋には誰もいなかったので、答案用紙は机に置き、昼食までの空き時間に何をしようかと考えた。体育館に行ってもいいけれど、演技を見慣れてしまったら、卒業公演当日の驚きが半減するからやめておこう。その日までいてもいいとヘンリエッタに言わせることに成功していたので——ヘンリエッタをそうしむけるのは、簡単だった——事前に味見をしすぎて、楽しみを台無しにすることはない。そしてまた、踊り場の細長い窓まで階段をぶらぶら降りていった。十八世紀の建築家は、建物のことをなんとよく心得ていたことか！近ごろの踊り場ときたら、ゆっくりできる代物ではない。危なっかしくてせま苦しいし、明かり取りがあったとしても、船の舷窓《げんそう》くらいの小さな丸窓がついているきりなのだ。窓辺に立つと、中庭と反対側の棟の向こうに、ニレ並木が小川まで連なっているのが見えた。ちょっとキンポウゲを見てこよう。夏のひと時をゆったりすごすのに、野原一杯のキンポウゲを眺めるほどいい方法があるだろうか。だからルーシーは一階に降り、キンポウゲ目指して棟の脇《わき》を通り、体育館に通じる渡り廊下を歩いていった。

渡り廊下を行く途中、脇の草地に目立つ色彩のものを見つけた。最初は花びらだと思い、そのまま行こうとしたが、よく見ると四角形で、どう見ても花びらではない。ルーシーは戻って拾い上げた。小型の、色あせた赤い革の住所録だ。ハンドバッグの付属品として作られたように見える。それも、旧式のハンドバッグだ。最近は、このような革製で、しかも細工に凝った手帖《てちょう》は見かけない。ルーシーはぼんやりと、消えたハンドバッグの女らしい中身について想像しながら――小さな香水の瓶は欠かせない、金色の鉛筆と約束を書き留めるための象牙色《ぞうげいろ》のメモ帳もあるだろう――住所録を開き、細かい字の走り書きだらけのページを読んだ。「パソ。アナト。心理的外傷で変化。シノヴ。メンブ。細胞膜。組織の抑制は小繊維と骨につながる皮膜のひだによる。膠着《こうちゃく》。高熱」

内容はルーシーにはちんぷんかんぷんだが、メモの存在が意味するものは、明らかだった。ページをめくっていくと、どのページも同じような短い知識がびっしり書いてある。「X」のページまで――たいがいの女性が、新しいカーテンの寸法を書いたり、翌週火曜日の女性農業協会でのスピーチによさそうなエピソードを書いたりする場所だ――「X」のページまで、X線に関する秘密の書き込みで埋まっている。ルーシーが圧倒されたのは、計画の徹底性である。これはもはや、試験を目前にした人間のパニック状態の産物ではない。冷酷な計算にもとづいてかけられた保険なのだ。構成は巧妙で系統だっており、テーマごとに記載されている。これがふつうの大きさのノートだったなら、よくできた要約でしかないだろう。だがまとめのノートを作る者は、おおぶりの郵便切手とたいして変わらない大きさの手帖を選んだりしない。もう二、三ペンス出せば、ふつうの大きさのノートが買えるのだから。読める字を書くには地図《マップ》製作用《イング》のペン《ペン》が要るような小型の手帖を使う理由は、一つしかない。

　ルーシーは、何が起こったか手に取るようにわかった。ラウスは、走りながらハンカチを出したのだ。それまでポケットにこの小さな手帖を入れたことはなかったし、心は出来の悪かった試験と体育の授業に遅刻することへの恐れに引き裂かれていたので、ハンカチを出すのに注意を払う余裕はなかったのだ。そして、小型の手帖が道すれすれの草地に落ちたわけだ。

　ルーシーは体育館の裏まで歩き、閂《かんぬき》が五つある門を抜けて野原に出たが、もはやキンポウゲには目を留めなかった。ゆっくりと野原を横切り、川辺の涼しいヤナギの木陰に立った。橋の欄干に身を乗り出し、水草の揺らぐさまやときおり魚の跳ねるさまを見つめながら、ラウスのことを考えた。手帖の裏側には名前がなかったし、持ち主を限定する証拠は何もない。今では、ほとんどの学校が続け書きの筆記体だけでなく、活字風筆記体も教える。そして続け書きより活字風のほうが、ずっと見分けがつきにくい。筆跡鑑定の専門家に見せれば、誰の字か簡単にわかるだろうが、その結果はどうなるか？　あの手帖が不正な目的に使われた証拠は、どこにもない。悪意をもって作られたメモだという証拠もない——可能性は高いにしても。落し物としてヘンリエッタに届けたら、どうなるだろう？　誰も名乗り出ることはないうえ、ヘンリエッタは、二年生の一人が試験中てのひらにうまく隠せるあんちょこを工作したという事実に直面することになる。

手帖《てちょう》についてまったく話が出なかった場合は、ラウスには、手帖がどうなったか一生たえざる不安にさいなまれるという罰が下る。ルーシーは、このような罰こそ、あの罪にふさわしいと感じた。もう一度小さなインディアンペーパー（辞書などの印刷に用いる薄く不透明でじょうぶな紙）のページをぱらぱらめくり、エドワード朝の優雅さがこのような手帖を生み出したのだと考え、そして橋から身を乗り出して手帖を放った。

ラウスはどうやってほかの最終試験を切り抜けたのだろう、と寮までの道すがらルーシーは考えた。あの体育教師の卵にとって、病理学の暗記は、身体生理学その他の難解な学科より簡単ということはない。ラウスはどうやってむずかしい「勉強」をしたのだろう？　あの小さな赤い革の手帖のほかに、まだ四、五冊あるのか？　一科目だけのために、マッピングペンに投資したのか？　時間をかけて探せば、ごく小さな住所録を買うことはできるだろう。だが、あれほど細工が凝った小型のものでなくてもいいはずだ。小さな赤い手帖を手にしたとき初めて、落第しないための保険として使うことを思いついたのではないか。

ルーシーは、試験結果が学生用入口の掲示板に貼《は》り出される、ということを思い出した。そこで玄関にまわるのはやめて、中庭側のドアから入ることにした。緑色のベーズ（フェルトに似せてけば立てた粗いラシャ）に、一年生の合格者一覧が何枚かと二年生の合格者一覧が三枚貼《は》ってあった。ルーシーは興味深く名前を読んだ。

生理学最終試験

優等

メアリー・イネス　九十三点

一等

ウィルヘルミナ・ハッセルト　八十七点

パメラ・ナッシュ　八十六点

シーナ・スチュワート　八十二点

ポーリン・ルーカス　七十九点

ジャネット・ゲージ　七十九点

バーバラ・ラウス　七十七点

二等

ドロシー・リトルジョン　七十四点

ベアトリス・アップルヤード　七十一点

ジョーン・デイカーズ　六十九点
アイリーン・オドネル　六十八点
マーガレット・キャンベル　六十七点
ルース・ウェイマーク　六十六点
リリアン・マシューズ　六十五点

それ以下の点数の者は、ただの「合格」だ。
どうやら、ラウスはゲージと二点差で一等にすべりこんだようだ。
ルーシーは次の合格者一覧に移った。

医学最終試験
一等
ポーリン・ルーカス　八十九点
パメラ・ナッシュ　八十九点
メアリー・イネス　八十九点
ドロシー・リトルジョン　八十七点
ルース・ウェイマーク　八十五点
ウィルヘルミナ・ハッセルト　八十二点

シーナ・スチュワート　八十点
リリアン・マシューズ　七十九点
バーバラ・ラウス　七十九点
二等
ジェニー・バートン　七十三点
ジャネット・ゲージ　七十二点
アイリーン・オドネル　七十一点
ジョーン・デイカーズ　六十九点
あとはただの合格。
そしてまたラウスは一等にすべりこんでいた。

身体生理学最終試験
優等
メアリー・イネス　九十六点
一等
ポーリン・ルーカス　八十九点
パメラ・ナッシュ　八十八点

シーナ・スチュワート　八十七点
ウィルヘルミナ・ハッセルト　八十五点
ルース・ウェイマーク　八　十　点
ジャネット・ゲージ　七十九点
ジョーン・デイカーズ　七十八点
バーバラ・ラウス　七十八点

またしても一等だ！　三科目受けて、三つの一等。筆記科目が苦手なのに？　さらなる小さな手帖《てちょう》の存在の可能性が濃厚になってきた。

まあいい。きょうは金曜日。あしたすべての試験が終わり、今朝あのことがあったからには、ラウスが明朝の試験のためにあんちょこを持ち込むとは考えにくい。あした用の手帖は、もしあったとしても、うまく使えないだろう。

ルーシーが合格者一覧の前でぼんやりしていると（デイカーズが少なくとも一つの一等を勝ち取ってよかった）、きのうの試験の解答用紙を抱えたミス・ラックスがやってきた。

「病理学の解答用紙を持ってきてくださって、ありがとう」とミス・ラックスは言った。「試験監督のことも感謝します。おかげで、この採点ができたわ」

そして画鋲《がびょう》を掲示板に押し、少しさがって合格者一覧を眺めた。

衛生学最終試験

優等

メアリー・イネス　九十一点

一等

パメラ・ナッシュ　八十八点

ウィルヘルミナ・ハッセルト　八十七点

シーナ・スチュワート　八十六点

ポーリン・ルーカス　八十一点

バーバラ・ラウス　八十一点

「バーバラ・ラウス、八十一点」ルーシーは思わず読み上げていた。

「ええ、驚くじゃない？」ミス・ラックスは平然と言った。「でも彼女は猛勉強しましたからね。実技がすばらしいから、ほかのことで順位がうんとさがるのは、我慢できないんでしょう」

「イネスはどんな科目でも、一位を取るのね」

「まったく、イネスはこんなところにはもったいない学生ですよ」

「まあなぜ？　体育教師だって頭がいいほどいいのでは？」

「ええ、でもイネスほど賢かったら、もっと優秀な学生たちと競って一番になるべきです。ここじゃ才能の浪費だわ」

「ラウスは、きょうの試験では八十一点も取れないと思うのだけれど」ルーシーは、ミス・ラックスとともに掲示板から離れながら言った。

「なぜです？　出来が悪そうだったの？」

「にっちもさっちも行かないようだったわ」ルーシーは言ってから、喜んでいるみたいに聞こえなければいいけど、と思った。昼食五分前の鐘が鳴り、ルーシーは、「なんてあわただしい生活なんでしょう」とつけ足した。体育館から飛び出してきた汗だくの二年生たちが、体操着を脱ぎ捨てながら、鐘の音が終わらないうちにシャワー目指してバスルームに雪崩《なだ》れ込んでいく。

「わたしたちが知識を得ていたような、のんびりしたやり方で——大学で、ということだけれど——最終試験を受けたら、気力回復だけで一日がかりよね。でもここの若者たちは、それを日課のなかでこなしているのだから」

バスルームは大混乱の様子で、呪《のろ》いの言葉も聞こえてくる。「ドニーったら、ずうずうしいわね、そこあたしのシャワーよ！」「マーク、このけだもの！　足踏まないで！」「ちょっと、気をつけなさいよ！　それ、あたしのタイツだってば！」「ひどい、見てよこの肉刺《まめ》！」「こっちに靴を蹴《け》ってくれない、グリーンゲージ？　床がびしょびしょだから」「あんたが、そこら中冷たい水を撒き散らすからよ、ばか！」

「あれが好きなのよ」ラックスが言った。「心の底では、忙しくて疲れるのが好きなのよ。自分にたいそうな価値があるような気分になれるから。あの子たちのなかに、自分は偉いと思う正当な理由がある人間はほとんどいないから、そんな錯覚をしてるだけでも嬉《うれ》しいものなの」

「シニカルね」ルーシーは言った。

「いいえ、心理学的なの」ラックスは、去ってゆく学生たちのほうに頭を向ける。「けんか騒ぎみたいだったでしょ？　誰もが絶望して怒りみたいにしゃべって。でも、みんな『ごっこ』をしてるだけ。五分もすれば、食堂では乱れずいい子に座ってますよ」

　そのとおりだった。五分後、全員が上座につくころには、バスルームで争奪戦を演じていた若者たちは、整然と椅子《いす》の後ろに立っていた。静粛を保ち、髪にはくしを入れ、身だしなみをととのえ、心はすでに食事に奪われていた。じっさい、彼女らは子どもなのだ。どれほど傷つくことがあっても、次の日玩具《がんぐ》を与えられれば忘れてしまう。彼女たちを、絶望のふちで震える、疲れ果てた大人のように考えるなんてばかげている。あれは、移り気な子どもの群れだ。その嘆きはおおげさで、かしましく、一過性のものだ。ヒマラヤスギの木陰でナッツ・タルトが訳知り顔にあれこれ言った土曜の午後からこの五日間、異常《アブノーマリティー》や逸脱や自制心欠如の兆候が見られないかと探してきたけれど、収穫はあっただろうか？　たいへん正常《ノーマル》な意識を高度にコントロールした不正が一件あったきりだ。その巧妙さ以外には、なんら注目すべき点はない。

「けっこうなお話でしょう？」ヘンリエッタは、野菜とチーズのパイらしきものを取り分けながら言った。「ウェールズに、ミス・トーマスのお仕事があります。アベリストゥイスの近くですよ。喜ばしいことです」

「眠気をもよおすような土地ですよ、ウェールズなんて」マダム・ルフェーヴルが子細ありげに言った。ヘンリエッタの考えを、やさしい言葉でぶちこわしにする。

「そうですよ」とミス・ラックス。「誰が彼女の目を覚まさせておくのですか?」

「誰が彼女の目を覚まさせておくかが問題じゃありません、そもそも誰が朝起こすかが問題です」ラッグがパイに目をぎらぎらさせながら、言う。ラッグはまだ学生時代の旺盛《おうせい》な食欲が抜けておらず、味などかまわないのだ。

「ウェールズは、彼女の生まれ故郷です」ヘンリエッタは押さえ込むように言った。「そして、わたしとしては、彼女はきっとちゃんとやれると思います。いずれにしても、ウェールズ以外のところで大きな成功をおさめることはないでしょう。彼の地は文字どおり、田舎そのものです。これまでにも、ウェールズ出身者がどうやって故郷に引き戻されるかを見てきました。ですから、チャンスがあればまずウェールズで仕事をするのがいいのですよ。さいわいなことに、とても好都合な申し出があったのです。上級小学校（七～十一歳向け）の三人の体育教師の一人として。ミス・トーマスにうってつけです。本人はあまり喜ばないかもしれませんけれどね」

「トーマスの口だけが、新しい就職先なのですか?」ラッグがパイをがつがつ食べながら訊《き》く。

「いいえ、皆さんと話し合いたいポストが一つあるのです」

そらきた、とルーシーは思った。ついにアーリングハーストの話だ。

「リング修道院が、年少の子どもたちの世話をする者を探しています。それから全学年にダンスも教えてほしいそうです。つまり、かなりダンスがうまくなければならないのです。ミス・デイカーズがいいのではないかと思いました——小さな子どもの扱いがじょうずですからね——でも、ダンスについてどう思うかお聞きしたかったのですよ、マリー」

「牛のようにのろまです」とマダム。

「でも、たしかに小さな子どもの扱いはうまいですよ」ラッグが言った。

「まるで重い牛です」マダムがなおも言う。

「彼女の個人技が問題なのではありません」ヘンリエッタは言った。「ほかの人間からよい実技を引き出す力が問題です。ダンスの学科を十分理解しているか、それが肝心ではありませんか?」

「ま、四分の三拍子と四分の四拍子のちがいはわかっているようですね」

「去年のクリスマスに、デイカーズがウェスト・ラルボローのおちびさんたちにダンスを教えているところを見ました」ラッグが言った。「見事でしたよ。わたしは評価のために見たのですが、あまりにすばらしくて、メモを取るのを忘れてしまいました。デイカーズは適任だと思います」

「では、マリー」

「気にする人間がいるとは思えません」マダムは言った。「どっちみち、リング修道院のダンスのレベルはお粗末ですから」

否定的な内容ではあったが、マダムが矛先をおさめたので、一同納得したようだった。デイカーズのリング修道院行きは決定だ。リング修道院はいい学校だから――学校に行かなければならないとすれば、の話だが――ルーシーは彼女のために喜び、彼女の声がするほうを見た。この騒音のなかでも、デイカーズの甲高い声は聞こえてくる。病理学の試験について、自論を展開しているようだ。「あたし関節がねばつくって言っちゃったのよ、ねえ、それって学術用語じゃないわよねえ」

「二人に注意するように言っておきましょうか?」あとになって、ラッグが訊《き》いた。

(注意?)

「いいえ、きょうはミス・トーマスだけにするつもりですから。ミス・デイカーズには、あした言います。いい話は広まるほうがいいでしょう」

職員たちが部屋を出るために席を立つと、ラッグは、行儀よく立って一時的に静まっている学生たちに向かって言った。「昼食の時間が終わったら、ミス・ホッジがミス・トーマスを学長室でお待ちです」

これはある種のしきたりだったようだ。職員がドアに着く前にざわめきが起こった。「仕事の口ね、トミー!」「おめでと、トミー」「わーお、我らのトーマス」「ウェールズを目指せ!」「すごいチャンスをつかんだわね、トム」「この幸せ者!」「万歳、トミー!」

アーリングハーストの話が出なくとも、この騒ぎだった。

# 9

ルーシーが初めてアーリングハーストという名前を聞いたのは、職員からではなく学生たちからだった。土曜の午後は、フロイケンと母堂とともに、卒業公演の日に一年生がフォークダンスで着るスウェーデンの民族衣装の仕上げを手伝った。澄み渡る空のもと、いかにもイギリスらしい田園風景を見渡せる庭のすみっこまで、鮮やかな原色の布の山を運び出した。今週はクリケットの試合もテニスの試合も遠征なので、庭には人気《ひとけ》がなく、小川の向こうの運動場の緑に踏み込む者もない。三人の女は幸福に浸って縫い物をした。フレウ・グスタヴセンは、娘の前でルーシーを誉めたらしく、フロイケンはずいぶんうちとけた態度を見せた。フロイケンを見るたびに雪を照らす日光を連想していたのだが、楽しげに笑い声を立てることもあれば、ユーモアのセンスもあることがわかり、ルーシーは嬉《うれ》しかった（ルーシーの裁縫の腕前に、フレウ・グスタヴセンの信頼はいたく揺らいだものの、イギリス人には寛大にせねばならないと考えた）。フレウ・グスタヴセンはまたも食事の話題を持ち出し、「フリカデラ」なる食品がいかに美味であるかについて、長々としゃべった。どうやらミンスパイの一種らしい。ルーシーは（どんな料理でも、仕上げに刻んだトマトを入れ、たっぷりクリームを注ぐというのが彼女のやり方だ）、そんなの時間がかかるし、ややこしい料理だから、作るまでもないと内心思った。

「今夜、ご予定はおあり？」フロイケンは訊《き》いた。「母とわたしはラルボローの劇場に行きます。母はイギリスの劇団の芝居を見たことがないのです。ご一緒していただけると、嬉《うれ》しいのですけれど」

ルーシーは、スチュワートの就職祝いのパーティーに呼ばれているのだ、と答えた。「職員が行くことはないそうですけれど、わたしは本当の職員ではありませんから」

フロイケンは、ルーシーからそっと視線をそらせて言った。「いらっしゃるべきだわ。学生たちにとって、あなたはとてもよいです」

また薬の効能書きみたいなことを言う。ルーシーは処方薬か。

「どんなふうに？」

「ああ、わたしの英語力ではむずかしいです——ドイツ語ではもっと言いにくい。ハイヒールを履いてらっしゃる、のが一つ。本を書いた、のが一つ。あなたのことなら、ちっとも恐れることないのが一つ——ああ、理由は山ほどあります。学生たちにとって、いい時期にいらっしゃいましたよ。気晴らしが必要だけれど——本当に気が散ってもいけない時期に。もっと英語がじょうずだったらいいのに」

「つまり、わたしは胃酸過多の胃に効くアルカリということね」

意外にも、フロイケンはくすくす笑った。「ええ、そのとおりです。劇場にお越しいただけなくて、残念です。でも、学生がパーティーに招待するなんて、おおいなる好意の印《しるし》です。きっと楽しいですよ。誰もが今夜は幸せでしょう、試験が終わったのですから。遠征試合から帰ってきたら、週末は自由なのです。この土曜は陽気に騒ぎます。鎖から放たれて」こうフロイケンは英語で語った。

鎖から放たれる、とはよく言ったものだ。フロイケンと母親が宿舎にしている建物の正面までまわり、ルーシーが中庭のドアまできたとき、周囲で物音が起こった。二つの階でバスルームのしぶきの音が上がり、無数の声が呼びかわし、敷物のないオークの階段をぞろぞろかけ降りる音がする。歌声、口笛、つぶやき声。どうやらクリケット、テニスの両チームとも、凱旋《がいせん》のようだ。学校に活気が満ちた。バスルームは興奮のるつぼと化し、一つの単語がライトモチーフ（小説などに繰り返し現れる言葉）のように、ざわめきのなかを縫ってゆく。「アーリングハースト」「アーリングハースト」一階のバスルームの前を階段へ向かいながら、ルーシーは最初の「アーリングハースト」を聞いた。「聞いた？　アーリングハーストだって！」

「え？」

「アアリング、ハースト！」

蛇口が閉められた。

「水の音がうるさくて聞こえない。なんだって？」

「アーリングハーストよ！」

「信じられない」

「でも、ほんとよ」また別の声だ。「たしかなんだから」

「まさか。新卒をアーリングハーストに送ったりしないわよ」

「それが送ったりするのよ。ミス・ホッジの秘書がジョリーにこっそり言って、ジョリーが村にいる姉さんに言って、姉さんが〈ティーポット〉でミス・ネヴィルに言ったんだって。でもってミス・ネヴィルは、従兄《いとこ》と一緒にお茶を飲みにきたナッツ・タルトに話したんだから」

「あのジゴロ、またきたの？」

「アーリングハーストの話をしてるの！　信じられる？　誰が行くと思う？」

「そんなの、簡単よ」

「そりゃあ、イネスに決まってるわ」

「イネスはラッキーね」

「でも、イネスならふさわしいわ」

「考えてもみてよ。アーリングハーストなんて！」

二階の様子も同じだった。バスタブに湯を張る音、水のはねる音、おしゃべり、そしてアーリングハースト。

「でも、誰が言ったの？」

「ナッツ・タルトよ」

「なんだ、彼女いかれてるじゃない、みんな知ってることよ」

「どっちにしても、イネスのことよ。あたしには関係ない。あたしなんか、先天性股関節脱臼《せんてんせいこかんせつだっきゅう》の相手で終わるんだわ」

「ナッツはいかれてるかもしれないけど、ばかじゃないわ、それがすぐ答えたのよ。アーリングハーストが何かも知らないんだから、でっちあげじゃないわ。彼女ったら『それって学校なの？』だってさ」

「それって学校！　あきれた！」

「ホッジ先生は、誇らしくてめまいがするんじゃない！」

「くらくらするあまり、ミルク・プディングの代わりにタルトを出してくださると思う？」

「ジョリーがきのうのうちに焼いておいたのが、今ごろ待機して並んでるんじゃないの」

「まあ、いつまでも待機してればいいわよ、あたしはラルボローに行くから」

「あたしも。イネスもそこにいる？」

「ううん。終わって着替えてるわよ」

「ねえ、みんなでイネスのお祝いパーティーやらない？　彼女が自分でこぢんまりしたパーティー開くより、なんたって……」

「いいわね。やりましょ！　そんないい仕事につけることってめったにないし、イネスはぴったりだし、みんなが喜ぶし……」

「うん、会場は談話室がいいな」

「なんたって、あたしたちみんなの名誉みたいなもんだからさ。レイズの誇りよ」

「アーリングハースト！　信じられる？」

「アーリングハースト！」

あのおとなしい小柄な秘書が口をすべらせたのは、ニュースがやがておおやけになるとわかっていたからかしら、とルーシーは思った。用心深くて秘密主義のヘンリエッタでさえ、そうそう黙っていられなかったのだ。ヘンリエッタは、「悪い」一週間がすぎてから、ビッグニュースを知らせるつもりだったのだろう。心憎いタイミングだ、と思わずにいられない。

端にある自分の部屋まで廊下を歩いていく途中、おろしたての木綿のワンピースに着替えたイネスに会った。

「あら」ルーシーは言った。「いい午後だったようね」

「あの騒ぎのことですか？」とイネス。「ええ、勝ちました。でも、騒ぎは勝利のシュプレヒコールじゃありません。彼女たちは、もうこんな一週間をすごさなくていいことに感謝をささげているのです」

イネスが無意識のうちに「彼女たち」という言葉を使ったことに、ルーシーは気づいた。一瞬、この若い女性の落ち着きはなんだろうと思った。まだアーリングハーストに「空き」ができたことを知らないのだろうか？　イネスが、廊下の暗がりから、デイカーズが開けっ放しにしたドアから差す明かりのもとに出ると、その顔が輝いているのがわかった。ルーシーの心は共感に踊った。それこそ、感動というものではないか。天国の門が開かれたのだ。

「幸せそうね、とにかく」イネスの目に宿る光を表す言葉がほかに浮かばなかったので、ルーシーは月並みな表現をした。

「オドネルの言い方を借りれば、天にも昇る心地なのです」別れ際、イネスは言った。「スチュワートのパーティーにいらっしゃるのでしょう？　光栄ですわ。のちほどお目にかかりましょう」

ルーシーは鼻の頭におしろいをはたき、アーリングハーストに対する職員の反応を見に、本館に行くことにした。お茶もまだ少し残っているだろう。お茶の時間のことはすっかり忘れていたし、グスタヴセン親子もそのようだ。スチュワートのパーティー用に用意しておいたシャンパンを、氷のなかに――ミス・ジョリッフェにねだった氷で冷やしておいたのだが――入れなおした。ラルボローの酒屋にもっといい年代のものがなくて残念だ、ともう一度思い、ランス産のスパークリングワインだって学生たちにとっては「シャンパン」だろう（そのとおりなのだが）、と期待した。

本館に行くには、もう一度二年生の寝室と二階のバスルームの前を通らなければならない。

学生たちが立てる物音は、新たな頂点に達したようだ。ますます大勢の学生がニュースを聞きつけ、広め、水の音やドアがばたんと閉まる音や騒々しい足音に負けまいと、声を張り上げていた。音の洪水と興奮のるつぼから、静寂、クリーム色の塗料、マホガニーの家具、背の高い窓、平穏さからなる本館に入っていくのは、奇妙な感じだ。ルーシーは広々した踊り場を横切って、応接室のドアを開けた。ここもまた静まり返っている。ルーシーはドアを閉めてなかに入り、そこで初めて静寂の性質に気づいた。ぴりぴりした空気を感知したときは、すでに職員連のけんかの現場の只中《ただなか》にきてしまっていた。面々の表情から判断すれば、けんかのなかでもかなり険悪な部類に入るだろう。ヘンリエッタが赤面し、がんとして動かないようすで身構えて立っている。ほかの人間は怒りと非難の感情をあらわに、ヘンリエッタを睨《にら》んでいる。

すぐさま退却することだってできたはずだが、誰かが当たり前のように紅茶をカップにつぎ、ルーシーに突き出したので、それを置いて出て行くことはできなかった。だがそのせいで、ますます退却したくなった。紅茶は出すぎていたし、冷めきっていた。

誰もルーシーに目もくれない。すでに自分たちの一員と認めているのか、それともルーシーの存在に気づかないほど争いに気を取られているのか。まるで、鉄道の切符切りがきたときのような、そっけない対応だ。侵入する権利はあるが、議論に参加していい人間ではないということか。

「不条理ですわね」マダムが言っている。「不条理です！」ルーシーが知る範囲では、このとき初めてマダムはレカミエ夫人ふうに椅子《いす》に横たわることなく、すらりとした脚をしっかり床につけていた。

その後ろに立っているのは、ミス・ラックスだ。いつにもましてきびしい表情で、いつもとちがって頬《ほほ》が赤くなっている。フロイケンは、チンツの椅子に深く腰をかけ、軽蔑《けいべつ》の念にかられ不機嫌そうだ。窓辺をうろうろしているラッグは、怒りを感じるだけでなく、取り乱し、途方に暮れているようだ。人間界から上がってきたとたんにオリンポスの神々の争いに直面し、おろおろしているといった風情だ。

「何が不条理なのか、わかりませんね」ヘンリエッタはいつもの級長らしい態度を取ろうとして言った。だがルーシーが聞いても、本心を言っていないのはわかった。明らかに、ヘンリエッタは窮地に陥っている。

「不条理というだけでは、足りません」マダムは言いつのる。「犯罪にもひとしい行為です」

「マリー、ばかなことを言わないで」

「犯罪そのものです、理由はいくらでもあります。最高のものを求めている相手に、粗悪品を差し出そうとしているのですからね。しかも、それでレイズの評判は下がり、仮に元に戻せるとしても二十年はかかりますよ。それはいったい、なんのためです？　目的は？　あなたの気まぐれのためじゃありませんか」

「なんだって気まぐれなんて言い出すのか、わかりませんね」ヘンリエッタはかみつくように言い、グレートデーン犬（大型で力が強く被毛のなめらかな犬）のような威厳がややそこなわれてしまった。「彼女が優秀な学生だということは、誰も否定できないはずです。一生懸命やってきたし、報いがあるべきです。今学期は、学科も安定していい出来でした」

「安定していません」ミス・ラックスは、金属の鍋《なべ》に水滴が当たったときのような声音を出す。「ゆうべ採点しましたけれど、病理学では二等すら取れませんでした」

この発言でルーシーは、紅茶をどうしようか考えるのをやめ、耳をそばだてた。

「まあ、それは残念だわ」ヘンリエッタは言った。本題を忘れて本気で残念がっている。「よくやっていたのに。わたしの期待以上にがんばっていたのに」

「あの子はばかです、わかっているはずよ」とマダム。

「そんなはずはありません。レイズ始まって以来の、よくできる――」

「お願いだから、ヘンリエッタ、その言葉はやめてちょうだい。あたくしたちと同じように、『できる』の意味を知っているくせに」マダムは、ほっそりしたとび色の手で青い便箋《びんせん》をつまんでひらひらさせ、腕を伸ばすと（マダムは「別に大丈夫だから」と言い張り、がんとして眼鏡をかけなかった）、大きな声で読み上げた。「『貴校の卒業見込みの学生のなかに、この職につくに値する優秀な学生がおいででしょうか。最初からアーリングハーストを体現し、たんなる勤務者である以上に我が校および我が伝統の一部となり、同時にこれまで続いてきたレイズ校と我が校の幸福なきずなをさらに紡いでいく学生を求めます』レイズ校との幸福なきずな！　なのに、ラウスを送り込むことで、それを断ち切ろうとしているのですよ！」

「あなた方がそろって、彼女をはねつける理由がわかりませんね。たんなる偏見ではありませんか。彼女は模範生でしたし、今の今まで誰も悪く言ったことはないのです。わたしが努力に報いようとするまでは。それが、いきなり怒り出すのですからね。困ってしまいますよ。フロイケン！　あなたなら救いの手を差しのべてくれるでしょう。ミス・ラウスより優秀な教え子はいなかったはずでしょう」

「ミース・ラウスは、たいへんよい体操選手です。そして、ミース・ラッグの発言からすると、たいへんよい競技選手です。けれど、ひとたびこの場所から出て行ったら、人より逆立ちがじょーずでハーフバックとしていいだなんて、問題でなくなります。卒業したら、問題は性格です。ミース・ラウスの性格は、あまりけっこうと言えません」

「フロイケン！」ヘンリエッタはショックを受けたようだ。「あの子を好きなのかと思っていたのに」

「そうですか？」氷のように冷たい言葉が返った。「わたし、学生すべてを好きになるよう期待されているのですか。誰を好きで、誰を好きでないか知られたら、わたしは教師失格ということになりますね」

「さあ、フロイケンに訊《き》いて、答えはわかったわね」マダムが嬉《うれ》しそうに言った。「あたくしだったら、あれ以上うまく言えなかったわ」

「たぶん――」ミス・ラッグが口を開く。「その、体操学科に彼女をほしがるのではないでしょうか。アーリングハーストには三つの学科があります。体操と競技とダンスと。一つの学科に一人ずつ。たぶん、ラウスでも悪くないんじゃないでしょうか」

ルーシーは、このおずおずとした申し出は、ミス・ラッグの授業でラウスが見せたハーフバックの実力から来ているのか、それとも皆をなだめて、とてつもなくかけ離れた意見を少しでも近づけようとしたのだろうか、と思った。

「ドリーンたら」マダムが、頭の鈍い人間にかんで含めるような調子で言った。「あちらが探しているのは、『悪くない』学生ではないのよ。飛びぬけた人材を求めているのです。この大学を卒業してすぐに、イギリスで最高の女子校に行くのにふさわしい人材をね。それがあなたには、ミス・ラウスだと思えるの?」

「いえ、いいえ、ちがうと思います。それはもちろんイネスです」

「当然です。イネスと考えるべきです。なのに、ミス・ホッジにはそう思えないとは、まったく理解を超えたお話ですね」マダムにその大きな黒い瞳《ひとみ》で見すえられて、ヘンリエッタはひるんだ。

「もう話したでしょう! ウィッチャリー整形外科病院に空きができたから、そこがミス・イネスにぴったりだって。イネスは医療の仕事にすぐれていますから」

「いいかげんにしてよ! ウィッチャリー整形外科病院ですって!」

「これだけ猛反対にあっているのに、自分がまちがっているとお思いになりませんの、ミス・ホッジ?」これはミス・ラックスの意見だ。怒っていても、鋭敏さは失わない。「少数派で、しかも一人だけというのは、有利な立場ではありませんが」

だがこの言い方は、まずかった。ヘンリエッタが最初は聞く耳を持っていたとしても、今はとうにその段階をすぎていた。彼女はミス・ラックスの論理に、怒りを爆発させた。

「少数派のわたくしの立場は、そりゃ強くはないでしょう、ミス・ラックス。けれども学長としての立場は揺るぎないものであり、あなた方がこの決定に異論をはさもうとはさむまいと、なんの決定権もありません。わたくしは、これまでと同様、空いたポストの処理について皆さんに秘密を明かしただけのこと。賛成していただけないのは残念ですが、それは考慮に当たらないことです。ここで決定を下すのはわたくしであり、この件についてはすでに決定済みです。反対意見を述べるのはあなた方の自由ですとも。でも、干渉するのはやめていただきたいものですね」

ヘンリエッタは震える手でカップを持ち、いつもの癖でトレーにかたづけた。それからドアに向かう。大きな体で傷ついている、まるで手負いの象だ、とルーシーは思った。

「ちょっとお待ちなさい、ヘンリエッタ!」マダムが言った。ルーシーを見つめるその目には、意地悪を楽しむ光が表れている。「部外者にして熟練した心理学者のご意見を拝聴しましょうよ」

「まあ、熟練した心理学者などではありませんわ」あわれなルーシーが言う。

「ミス・ピムのお考えを聞いてみましょうよ」

「ミス・ピムと学生たちの就職にどんな関係があると――」

「いいえ、指名のことじゃないの。二人の学生についての意見を聞きたいのよ。さあおっしゃいな、ミス・ピム。忌憚《きたん》のないご意見をうかがいたいわ。ここにいらしてたったの一週間だから、偏っていても、とがめられる心配はありませんのよ」

「ラウスとイネスのことですね？」ルーシーは時間稼ぎに訊《き》く。ヘンリエッタはドアに手をかけてじっとしている。「もちろん二人のことは、よく知りません。それでも、ミス・ホッジがラウスを指名するのは、たしかに意外です。彼女はぜんぜん――彼女はまったくまちがった人選だと思います」

これはヘンリエッタにとって、決定的な打撃だった。「ブルータス、おまえもか」というまなざしをルーシーに向け、よろよろと部屋を出て行った。「顔がきれいだと、こんなに影響されるものかしら」という捨てぜりふを残して。わたしではなくイネスのことだ、とルーシーは思った。

応接室に、人々の思いが交錯する沈黙が降りた。

「ヘンリエッタのことは、なんでもわかっているつもりだったけれど」ついにマダムが口を開く。考え込み、当惑しているようだ。

「あの方なら正しいことをする、と信じていたのに」ミス・ラックスは苦々しげに言う。

フロイケンは相変わらず軽蔑《けいべつ》と不機嫌に満ちた表情のまま、黙って立ち上がり部屋から出て行った。残りの人間は陰気に、「退室許可」という表情で見送る。フロイケンの沈黙は、十分意見の表明になっていた。

「すべてうまく行っていたのに、こんなことが起きて残念です」ラッグはまたしても、役に立たない助け舟を出す。地震の被害者のあいだをかけずり回って、黒スグリ味の飴玉《あめだま》を差し出す人間さながらだ。「みんなが就職口に満足していて、そして――」

「時間が経てば正気に戻ると思います？」ラックスがマダムに訊いた。

「一週間近くもじっくり考えてきたのです。むしろ、一週間前に心を決めてしまったのかもしれないし。彼女にとっては既成事実になってしまって、ほかの見方ができないのでしょうよ」

「それでも、確信が――つまりわたしたちがどう反応するか自信が持てなくて――さもなければ、今の今まで秘密にしておくことはなかったんじゃないでしょうか。もう一度考え直したら――」

「考え直したときには、このキャサリン・ラックスが『国王大権』に疑問を差しはさんだことを思い出すでしょうよ」

「でも、大学には理事会があります。神権には異議をはさむことはできませんが、誰かがミス・ホッジの決定に反対するはずです。このような不正が見すごされていいはずはありません、いくら――」

「理事会はありますとも。ここに就職するとき面接したでしょう。ヨガだか神智学だかヴードゥー教だかなんだか、講演があった金曜の晩餐会《ばんさんかい》に一人きましたよ。食い意地の張ったでぶが、黒いサテンの服に琥珀《こはく》のネックレスをしていました。シラミほどの脳みそしか持ち合わせていませんでしたがね。その女性はヘンリエッタはすばらしいと思っています。ほかの理事も同じです。そして、ここで宣言させていただくけれど、あたくしも同様なのです。だからこそ、衝撃的なのですよ。あのヘンリエッタが、私塾よりはましというレベルだったレイズをここまで発展させたやり手のヘンリエッタが、あんなにも見る目がなく、もっとも基本的な判断力さえなくしてしまったなんて——奇奇怪怪です。摩訶不思議《まかふしぎ》です!」

「でも、わたしたちにもできることがあるはずで——」

「頭がかたいのね、キャサリン」マダムは優雅に立ち上がりながら言う。「あたくしたちにできるのは、部屋に戻って祈ることだけですよ」マダムは、どんなに暑いさなかでも部屋から部屋へ移動するときにはほっそりした体にまとうスカーフに、手を伸ばす。「アスピリンと熱いお風呂という、ささやかななぐさめもありますよ。全能の神を動かすことはできなくとも、血圧には効きますしね」マダムは部屋からすべるように出て行った。人間が、あれ以上重量を感じさせずに動くことは不可能だろう。

「マダムがミス・ホッジの意見を変えられないのなら、ほかの人だって無理だわ」ラッグが言った。

「少なくとも、わたしは無理です」とラックス。「怒らせるだけだわ。怒らせなかったとしても、わたしにクレオパトラ並みの魅力があって、ミス・ホッジが話を聞いてくれたとしても、誰があのような精神的乱視を矯正することができますか？　ミス・ホッジはまったくの本心を言っているのです。あれほど正直な人には会ったことがありません。本当に、この件をあのように見ているのです。ラウスは条件を満たす立派な学生で、わたしたちのほうこそ偏見が強くて偏屈だ、と考えているのです。こんな事態をどうやって打開できるでしょうか？」一瞬明るい窓をぼんやり見たが、持参してきた本を手に取った。「行って着替えなくては、バスルームが空いていればいいけれど」

ラックスもいなくなったので、ルーシーはミス・ラッグとともに取り残された。ミス・ラッグも退出したがっているのだが、体《てい》よく出て行く方法がわからないようだ。

「めちゃめちゃですね」ミス・ラッグが意見を言った。

「ええ、残念ね」ルーシーは答えたが、こんな要約はうまくないと思った。新たな局面を目撃したばかりで、そのショックからまだ立ち直れない。と、ラッグがまだ運動着を着ていることに気づいた。「いつ、あのことを聞いたの？」

「一階で学生たちが話しているのを耳にしたんです——試合から戻ってきて、その——ほんとかどうか確かめるために、かけ上がってまっすぐここに来たんですよ。けんかの只中《ただなか》にってことですけど。残念です、全部うまく行っていたのに」

「学生たちはイネスが行くのが順当だと思っていることを、ご存知よね」

「ええ」ラッグは冷静になったようだ。「バスルームでそう言っていました。それが当たり前ですもの。誰だってイネスの話だと思いますよ。あたしから見ればとくによくはないですけど――競技では――でも、彼女はすぐれたコーチです。自分が何をしているかよくわかっていま す。それにもちろん、ほかのことではとても優秀です。ほんとならお医者さんとか、頭を使う仕事をすればいいのに。でも、さあ、もう行って着替えなくちゃ」そして、ちょっとためらった。「わたしたちが、いつもこんなだとお思いになりませんよね、ミス・ピム？　先生方が言い争いをするところなんて、初めて見ました。たいてい、みんな仲よしなんです。だからこそ、こんなの残念です。誰か、ミス・ホッジの考えを変えてくれればいいのに。でもあの方を存じ上げてますから、そんなの無理だってことですけど」

# 10

誰にもできない、と皆言っていた。でもルーシーならできるかもしれない。ラッグが後ろ手にドアを閉めたとき、ルーシーは自分もジレンマに直面していることに気づいた。ヘンリエッタの反応に対するミス・ラックスの最初の意見は、二番目の意見より、よほど真相に近いように思える。ラックスが話していた「精神的乱視」説は、ルーシーが抱いてきた疑念を打ち消すほどの力がない。月曜の朝、秘書がアーリングハーストからの手紙の件を持ち出そうとしたときの、ヘンリエッタの顔に浮かんだ後ろめたいような妙な表情を、ルーシーはまだ忘れていない。何かを隠している顔つきだった。しかも、サンタさんが何かを隠してる、というのとはちがう。どう見ても、多少なりとも何かを恥じている様子なのだ。ラウスがいい職にふさわしいと考えるほど判断力を失っているが、イネスに優先権があることに気づかないほど視界がゆがんでいるわけではないらしい。

こんな状況下では、明白な事実を開陳してみせるのはルーシーの義務である。あの小さな赤い革の手帖《てちょう》が川の藻屑《もくず》となってしまったのは、今となってはおおいに残念だ。あんなふうに衝動的に処理するべきではなかった。だが手帖があろうとなかろうと、ヘンリエッタに立ち向かい、ラウスはアーリングハーストにふさわしい人物ではない、と納得させるだけの理由を示さなければならない。

この問題でヘンリエッタに面会すると思うと、いい大人にあるまじき——なによりも、「有名人」にあるまじき——女学生じみた居心地の悪さを覚え、ルーシーはちょっとばかりうろたえた。だがルーシーは、ヘンリエッタの「きれいな顔」云々という言い草のおかげで、おおいに奮い立っていた。あんな言葉は断じて使うべきではなかったのだ。

ルーシーは立ち上がると、冷え切って出すぎた紅茶のカップをトレーに置いた。お茶請けとしてアーモンド・フィンガー（指型のアーモンド味のビスケット）が用意されていたことに気づいて、惜しいことをしたと思う。十分前なら、是非食べたかったところだが、今は好物のエクレアも入りそうにない。完璧《かんぺき》なヘンリエッタに、意外な欠点を見つけてしまったというのは当たらない。それまで、ヘンリエッタの人となりについて神聖視していた訳ではない。とはいえ、ルーシーにとってはすぐれた友人であり、学校時代に培われた見方は抜け切れていない。だからこそ、友が最悪なら不正行為、よくても愚鈍と言うほかはない行いにおよんだことに、ショックを受けた。磐石《ばんじゃく》のごときヘンリエッタの判断力をそこなうような何が、ラウスにあったのだろう。あの「きれいな顔」という発言。軽率で不用意な言葉だ。あの十人並みの北方系の顔の何かが、容姿のよい学生を見慣れた女にうったえかけたのだろうか？　容姿が平凡で愛されない、勤勉で野心家のラウスのなかに、ヘンリエッタは自分との共通点を見出したのか？　若いころの自分の努力に似たものを感じるのか？　それゆえ、無意識のうちにひいきし、擁護し、目をかけたということか。ラウスの病理学の試験が比較的よくないくらいでひどく落胆し、職員ともめていることさえ忘れていた。

あるいはただ、ラウスがあの——先日ルーシーが目撃した——崇拝とまでいかなくとも賛嘆するようなまなざしで、ヘンリエッタを籠絡《ろうらく》しただけなのか。

ちがう、それはちがう。ヘンリエッタにも欠点はあるかもしれないが、それは愚かさではない。さらに、学校という世界で働く人間のつねとして、本心とうわべとを問わず、尊敬の念を受けることには慣れているはずだ。ラウスに対する関心は、彼女の信奉者ぶりによって高まったのかもしれないが、そもそも関心を持った原因は別にあるのだ。一番ありそうなのは、かつて地味で愛されず野心的だったヘンリエッタが、地味で愛されず野心的な若いラウスを、無意識のうちに気に入っていた、ということだ。

ルーシーは、すぐヘンリエッタのところへ行くべきか、相手が落ち着くのを待つべきか迷った。問題は、ヘンリエッタの気が鎮まれば、ルーシーの対抗心も鎮まってしまう点だ。すべてを考慮し、さきほどの騒動を思い出してみると、脚が自分を正しい方向に運んでくれるあいだに行ったほうがいいようだ。

学長室のドアをノックしても、すぐには応答がなかった。束の間、ヘンリエッタが二階の寝室に引き取り、いつもよりはやめに日課を切り上げたのか、と思った。それはちがった。お入りなさいというヘンリエッタの声が聞こえた。被告のごとくおびえ、かつ小心者の自分に憤慨しつつ、ルーシーは入室した。ヘンリエッタはまだ顔を赤らめ傷ついている様子だった。ほかの女性なら、目に涙が浮かんでいるところだろう。どう見てもそれだけはない。書類の整理に忙殺されているようだ。だが、ノックするまでは頭のなかであれこれ考えていただけではないか、とルーシーは感じた。

「ヘンリエッタ」ルーシーは話しかける。「あたしがミス・ラウスについて意見を言ったりしたら、でしゃばりだと思うかもしれないけれど」(まったく、なんでこんなに気取っちゃうんだろう!)

「少々差し出がましいわね」ヘンリエッタは冷たく言う。

ことあろうに、「差し出がましい」とは! 「でも、わたしは意見を求められたのよ」ルーシーは指摘した。「求められたんですとも。さもなきゃ、頼まれもしないのに、自分の意見を述べたりするもんですか。肝心なのは、その意見が——」

「議論する必要があるとは思えないわ、ルーシー。どのみちささいな問題ですよ、だいたい——」

「ささいな問題じゃないわよ。だからこそ、こうしてきたんじゃないの」

「この国では、誰にでも意見を持ち表現する権利がある、ということにわたしたちは誇りを持っているわよね。そこであなたとしては――」

「訊《き》かれたから、答えたのよ」

「意見を訊かれた訳ね。ろくに知らないことについて、どちらかの肩を持つなんて、少々思慮に欠けていたと言いたいわね、ちょっとは知っていたとしても」

「でも、そこなのよ。わたしはあることを知っているの。ミス・ラウスに偏見があると思い込んでいるでしょ、彼女があまりきれいじゃないからって――」

「あなたにとっては、きれいじゃないんでしょうよ」ヘンリエッタはすかさず訂正する。

「際立ってきれいではない、と言いましょうか」ルーシーはいらいらしたが、だんだん気力が湧《わ》いてきた。「彼女の社交性だけで判断したと思ってるんでしょうけど、それはちがうわ」

「まあ、ほかの何で判断できたの？　ラウスの学業のことは何も知らないでしょうに」

「一度、試験監督をしたわ」

ヘンリエッタがたじろいだので、ルーシーはわが意を得たりと思う。

沈黙は五秒ほども続いた。

「それで、試験監督をしたからって学生のどんな質がわかるの？」

「正直さよ」

「ルーシー！」ショックを受けた口調ではない。警告だった。意味するところがあるとすれば「名誉毀損《めいよきそん》の処罰はなんだかわかっているのか？」ということだ。

「そう、正直さと言ったのよ」

「まさかあなたは、ミス・ラウスが——試験中に何かに頼っていたと言うの?」

「ベストを尽くしていたわ。わたしはカンニングのやり方なぞ知らなかったので、中学校の成績はよくなかった。試験が始まってすぐ、彼女がやろうとしていることに気づいたの。スキャンダルを起こしたくなかったから、それを使わせないのが一番だと考えたのよ」

「それを使う? 何を使うというの?」

「小さな手帖《てちょう》よ」

「学生が試験中に小さな手帖を使っているのを見ながら、何も言わなかったということ?」

「そうじゃないわよ。手帖のことを知ったのは、あとになってから。試験中にわかっていたのは、彼女が何か見ようとしていたってことだけ。左手にハンカチを持って——風邪《かぜ》をひいているわけでもないし、そんなものが要る理由もなさそうだった——そしてあなたもよくご存知の、机の下にお菓子の袋を隠してますってたぐいの表情を浮かべていたのよ。でも机の下には何もなかったから、隠すとしたらハンカチだと思った。証拠はないけど——」

「ああ! 証拠はなかったの」

「そう。証拠はなかったし、出しなさいなんて言って教室中を騒ぎに巻き込みたくなかったから、後ろで監督したの。ラウスの真後ろに立って、何からも誰からも助けを得られないように見張ったわ」

「でも、彼女に事情を訊《き》かなかったのなら、どうやって手帖のことを知ったのよ?」

「体育館に通じる小道の脇《わき》に、手帖が落ちているのを見つけて、それは——」

「では、手帖はラウスの机にあったわけではないのね? そもそも教室のなかでもなかったのね?」

「ええ。机にあったのなら、五分もあれば気づいたわ。試験の行なわれる教室でそんな手帖を見つけたとしたら、すぐあなたに提出するわよ」

「そんな手帖? どんな手帖なんです?」

「病理学のメモでびっしり埋まった、小型の住所録よ」

「住所録?」

「ええ。Aの項には関節炎《arthritis》、というぐあいにね」

「その手帖は勉強中に学生が参考にするために作ったノートにすぎないのね?」

「『すぎない』ってことはないわよ」

「その『すぎない』ってことはないとは、どういうこと?」

「なぜなら、大型の郵便切手とたいして変わらない大きさだったから」

ルーシーは、相手がこの言葉の意味をかみしめるのを待った。

「あなたが見つけたその手帖とミス・ラウスのあいだに、なんの関係があるんです?」

「ほかには誰も、机の下にお菓子の袋を隠してますって表情を浮かべていなかっただけ。それに、ほかには誰も試験のことで深刻になっているように見えなかった。それから、最後に部屋を出たのはラウスよ」

「それとこの件とどういう関係があるの？」

「手帖《てちょう》が落ちたのが、ラウスが教室から出るより前だとしたら、ほかの学生が拾っているはずよ。ダリアの花みたいな赤い色だった。そんな目立つものが、道ばたの芝生に落ちていたのよ」

「道ではなくて？」

「ええ」ルーシーはしぶしぶ答えた。「一センチちょっとはずれていたわ」

「つまり、試験のことで興奮していて、次の授業に遅れたくない大勢の学生が、おしゃべりしながら気づかずに通りすぎたのかもしれないということね？」

「ええ、それもありえるわね」

「で、手帖に名前は？」

「なかった」

「名前がないの？　誰のものかわからないということ？」

「活字風の文字だけよ。活字風だった、続け書きでなくて」

「わかったわ」傍目にも、ヘンリエッタが身構えるのがわかる。「そういうことなら、わたしのところに手帖を持ってくればよかったのに。持ち主を突き止めるために、いい方法を考えましょう」

「わたし、取っておかなかったの」あわれなルーシーは言う。「沈めてしまったから」

「なんですって？」

「つまり、競技場のそばの小川に捨てたのよ」

「なんとも変わったことをしたものね」ヘンリエッタの目に、安堵《あんど》の光が走っただろうか？

「そうでもないわ。はやまったことをしたとは思う。でも、どうしたらよかったの？　あれは病理学の要約で、病理学の最終試験は終わっていたし、手帖は使われなかった。なんであれ、たくらみは実行されなかったのよ。だったら、わざわざ手帖を持ち出してあなたを心配させることがあるかしら？　そんなものを作った人間は、それがどうなったか知らずにすごすのが、最良の罰だと思ったのよ。心のかたすみに疑念を抱えながら、残りの人生をすごせばいいんじゃないかってね」

「『そんなものを作った人間』、それこそ状況を説明しているんじゃない？　手帖とミス・ラウスを結びつけるものは、これっぽっちもありませんよ」

「さっきも言ったけど、証拠があったらあなたに見せたわよ。あるのは憶測だけだわ。でも、とても有力な憶測よ。多くの人間が除外されるし」

「なぜ？」

「試験が苦手だと思わない学生は、対策を講じるために時間をかけたりしない。すなわち、理論に強い学生は無罪。だけど、ラウスは筆記科目がひどく苦手だと言ったのは、ほかならぬあなたよ」

「ほかにも大勢いるわ」

「そうね。でも、もう一つ要因があるわ。理論が苦手な学生は大勢いるでしょうけど、なんとか及第点が取れれば、それでかまわないんです。でも、ラウスは実技が得意で、試験で落選候補になるのは耐えられない。野心家で努力家だから。努力の成果がほしくて、でもほとんど自信がない。そこで、手帖《てちょう》を使うわけよ」

「ルーシーったら、それは心理学的な理論づけね」

「かもしれない。でも心理学的な理論化こそ、応接室でマダムがわたしに求めたものよ。あなたは、わたしの意見が偏見にすぎないと思っていた。わたしの理論づけには、もっとたしかな根拠があると知るべきだったのよ」ルーシーはヘンリエッタの赤くなった顔を見て、またしても危険な状態を招いてしまったかと思った。もはや、いいかげんな口出しではないことを証明してしまったのだ。「友人として言うけれど、ヘンリエッタ、イネスのような適任者がいるのに、なぜラウスをアーリングハーストに送ろうと思うのかわからないわ」そして、爆発を待った。

だが爆発は起こらなかった。ヘンリエッタは黙りこくって座ったままだ。真新しい吸い取り紙に水玉模様を描いている。困惑の度合いがわかるというものだ。落書きだの紙の無駄づかいだの、まったくヘンリエッタらしくない。

「あなたがイネスのことをそれほど理解しているとは、思えないわ」ヘンリエッタはやっと、いちおうは友人らしい口調で話し始めた。「頭が切れるし容姿もいいから、ほかの点でもすばらしいと思い込んでいるんでしょ。まったく持ち合わせていない点まで。彼女はユーモアのセンスがないし、簡単に人とうちとけません――これから寄宿学校で共同生活に入ろうという人間にとっては、二つとも重大な欠点ですよ。あまりに明晰《めいせき》だから、劣った人間を受け入れにくいのです。無意識なのはたしかだけれど、イネスは周囲の人間を見下《みくだ》す傾向があるわ」（ルーシーはふいに、まさにきょうの午後イネスがほかの学生のことを無意識的に「彼女たち」と言ったことを思い出した。ヘンリエッタは相変わらずするどいのだ）「本当のところ、イネスは入学以来レイズをあなどり、目標達成の手段としか考えていないという印象をぬぐえませんね」

「まあ、そんなことないわよ」ルーシーはとりあえず抗議したが、内心それが当たっているかもしれないと思い、メアリー・イネスについて腑《ふ》に落ちない多くの点の説明になっているのかもしれない気がした。内心レイズにいることを苦行、目的のために耐えるべき試練と考えているとすれば、いろいろなことの理由がわかる。あのあまりに大人びた無口さ、集中する必要などないのに何かに専念している様子、笑顔のないところ。

ルーシーはまたなんの脈略もなく、デステロが軽い調子で、イネスがいたから気が変わってレイズにいることにした、と話したことを思い出した。イネスだけはレイズ「らしく」ない、とわびしい秋の午後イネスに注目し、右往左往する学生の群れのなかで、彼女だけはもっと成熟した別世界からきた人間に見えたという。

「でも、彼女は学生たちにはとても人気があるわ」ルーシーは大きな声を出す。

「そう、仲間には好かれていますね。あの超然とした感じが——魅力的に映るのでしょうよ。あいにくと、子どもたちには人気がありません。こわがっているわ。彼女の実習評定を読んでみれば——職員が学生を連れて学外のクラスに行くとき記入するものだけれど——イネスの態度を表すのに、『うちとけない』という言葉が何度も出てくるのがわかるはずよ」

「それはただ、眉毛《まゆげ》のせいよ」ルーシーは言った。ヘンリエッタはなんのことかわからず、気まぐれなたわごとと思ったようだったので、さらにつけ加えた。「さもなきゃ、見かけとは逆で、ほかの人と同じように内心自信がないせいよ。うちとけないっていうのは、たいていそういうことなの」

「心理学者の説明って、こじつけに聞こえるんだけど」ヘンリエッタが言う。「友だちを作るのが得意でないとしても、作ろうとする努力くらいはできるんじゃないの。ミス・ラウスは努力していますよ」

（ご冗談を！　とルーシーは思う）

「社交性に恵まれないのは、大きな悲劇です。同輩と友だちになりにくいだけでなく、教師側の理不尽な偏見を克服しなければならないのですから。ミス・ラウスは生まれつきの欠点を克服しようと、努力してきました。頭の回転の遅さと美貌《びぼう》ではない点を。人並みになろうと努め、周囲と協調しよう、快活になろう——そして——そして受け入れられようとしてきました。教え子たちとはうまくいっています。子どもたちはラウスが好きだし、会うのを楽しみにしているわ。受け持ちのクラスの評価はすばらしいの。それが、職員たちの理解力ではわからないのよ。彼女の個人的な——不器量さしか見てなくて、親しみやすくなろう、人に合わせようって努力にはいらいらするだけで」ヘンリエッタはいたずら書きから目を上げ、ルーシーの表情を見た。「ああそうね、あなたはわたしがラウスを候補にしたがるのは、盲目的なひいきだと思っているんでしょ？　人間の心理もわからずにレイズをここまでにした訳じゃないことは、わかってちょうだい。ラウスはここでがんばってきたし、成功もおさめているの。生徒には好かれているし、同級生にも十分なじんでいます。イネスにはひどく欠けている友好性と適応性が、ラウスにはあります。温かい言葉でアーリングハーストに送り出してはいけない理由なんてありません」

「彼女が不正直である点をのぞけばね」

ヘンリエッタが、ペンをかちゃんとトレーに放る。

「不器量な女の子が戦わなければならないものの、いい例ね」義憤に耐えないといった調子だ。「あなたは、大勢の女子学生の誰かが試験で不正をはたらこうとしたと考え、ラウスを選ぶのね。なぜ？　彼女の顔が気に入らないからでしょ——正確に言えば、表情かしら」

結局、徒労だったのだ。ルーシーは立ち上がり、行こうとした。

「あなたが見つけた手帖《てちょう》と、特定の学生を結びつけるものは何もない。ただミス・ラウスの顔が気に入らないことを思い出しただけ。だからラウスが犯人にされた。仮に犯人がいるとすれば、残念だけど我が校の二年生の誰でも、こんなごまかしはすると思わなくてはね。犯人はたぶん一番きれいで無邪気な学生よ。独自の心理学を展開した人間として、あなたはそれを知っているでしょ」

ルーシーは、これが最後の反撃なのか、不器量な顔に罪をなすりつけることへの非難なのかわからなかったが、ドアまできたときには、ひどく腹が立っていた。

「まだ一つあるわ、ヘンリエッタ」ルーシーはノブをつかんだまま言った。

「なんです？」

「ラウスはこれまで最終試験で一等を取ってきたわ」

「ええ」

「変じゃない？」

「ちっとも。一生懸命、勉強したんですから」

「ますます変よ。誰かが赤い手帖《てちょう》を使えなかった場合にかぎって、ラウスは二等にもなれなかった」

そしてルーシーは静かにドアを閉めた。

「あとは勝手に悩めばいい」と思いながら。

寮に着いたころには、ルーシーの怒りは落胆に変わっていた。ヘンリエッタは、ラックスの言うとおり正直だ。その正直さゆえに、話し合っても無駄になる。あるところまではするどく明晰《めいせき》だが、それを越えるとミス・ラックス言うところの乱視に陥る。精神的な乱視は、どうしようもない。ヘンリエッタは意識的に不正をはたらいているわけではない。だからこそ、ちがう方向に考えるよう説得したり、おどしたり、なだめたりすることはできないのだ。ルーシーは、これから出るパーティーで味わう落胆を思った。二年生の集まりにどんな顔をして行けばいいのだろう。皆、アーリングハーストのことをあれこれ考え、おおっぴらにイネスの幸運を祝っているというのに。

目を輝かせているイネス本人にはどう接すればいいのだろう?　「天にも昇る心地」のあのイネスに。

# 11

レイズ校の夕食は、一日の正餐《せいさん》に当たる。二年生はシルクのダンスの衣装、ほかの者は晩餐用のワンピースを着用することになっているが、「ラルボローへの外出許可」を得る学生が多い土曜日はもっと気楽なかっこうが多い。皆好きな席に座り、常識の範囲で好きな服を着てくる。この晩はいつにもまして、くだけた雰囲気だ。たくさんの学生が、試験週間の終了を祝いに町へくり出してしまったし、さらに多くの学生が夕食直後に祝賀会を計画している。ヘンリエッタは、自室にトレーを運ばせて欠席している。マダム・ルフェーヴルは私用でいない。フロイケンと母親はラルボローの劇場に行った。だからルーシーはミス・ラックス、ミス・ラッグとともに上座を占領し、たいそう楽しい時間をすごしていた。暗黙の了解で、アーリングハーストの緊急課題には誰もふれない。

「こんな」野菜のこま切れ料理をまずそうにつつきながら、ミス・ラックスが言った。「お祝いの夜には、ミス・ジョリッフェだって残飯よりましなものを用意すればいいのに」

「彼女は祝おうなんて思っていませんよ」ラッグがぱくぱく食べながら言う。「上の階には、戦艦を沈められるほどの食べ物があるって、よくわかっているんです」

「でもそれは、わたしたちのものではないわ。ミス・ピムはパーティーから帰るとき、わたしたちのためにポケットに何か入れてこなくてはね」

「試合からの帰り道にクリームパフを買いました」ラッグが告白する。「わたしの部屋でコーヒーと一緒にいかがですか？」

ミス・ラックスならチーズストロー（粉チーズをまぶして焼いた棒状パイ）のほうがよさそうに見えるが、そのするどい知性にもかかわらず、寛容な人間なので「ご親切ね、ごちそうになるわ」と言った。

「あなたは芝居にいらっしゃるのかと思ったわ、前にも言ったかしら」

「あんなの時代遅れの習慣よ」ミス・ラックスは言う。

「芝居はお好きじゃないの？」ルーシーは驚いて訊《き》く。ルーシーにとって、子ども時代に見た芝居の魅力はまだあせていない。

ミス・ラックスは、ニンジンの切れ端を嫌悪の目で見るのをやめた。「子どものころ見たパントマイムが楽しかったというたぐいの思い出以外に、劇場について何かある？　ライトの当たる舞台に着飾った人間が二、三人いるのがおもしろい？　おまけに、休憩時間というあのばかげた習慣——トイレの行列に並んだかと思うと、お次はバーで並んだりして。あんなに勝手に中断する芸術がほかにありますか？　シンフォニーの途中で席を立ってお酒を飲みに行くなんてことがある？」

「でも、芝居というのはそのようにできているのよ」ルーシーは抗弁する。

「そうよね。さきほども言ったように、時代遅れの習慣です」

ルーシーは少しへこんだ。自分がまだ劇場を好きだからではなく、ミス・ラックスについて考えちがいをしていたからだ。さびれた郊外で客寄せのためのプレビュー公演がかかれば、いそいそと出かけていくタイプだと思っていた。

「まあ、わたしは今夜行こうかと思っていたのですよ」ラッグが言った。「もう一度エドワード・エイドリアンを見たかったので。学生時代は大ファンでした。今はもう旬をすぎているんでしょうけど。ご覧になったことがありますか？」

「舞台はないわ。少年時代は一緒に休暇をすごしたけれど」ミス・ラックスはもう一回皿の上の食べ物の山をフォークでつっつくと、もう食べるに値するものはないと決めた。

「休暇をすごした！　あなたのおうちでですか？」

「ええ、学校にはわたしの兄と一緒に通いました」

「すごい！　信じられないくらいすごいじゃないですか！」

「こんなことの何が信じられないの？」

「そりゃあ、エドワード・エイドリアンが誰かが知っているふつうの人間だなんて思えないからですよ。当たり前の生徒だったなんて」

「いやな子どもでした」

「ええ、まさか！」

「人をむかむかさせる子どもでした。いつも鏡をのぞきこんでいたし。なんでも一番いいものを手に入れるという才能がありました」冷静で客観的で超然とした口ぶりだ。

「まあ、キャサリン、すっかり驚いてしまったわ」

「テディ・エイドリアンみたいに、人に厄介ごとを押しつける天才には会ったことがないわね」

「でも、それ以外にも才能はあるわ」ルーシーは勇気を出して言う。

「そりゃ、才能はありますよ」

「今でも彼に会ったりするんですか？」演劇の神にまつわるニュースを直接聞いて、まだくらしているラッグが訊《き》く。

「ほんのときたま。兄が亡くなったとき、親の代からの家を手放してしまいましたから、親戚《しんせき》が集まることはもうないわ」

「それで、彼の舞台を見たことは一度もないんですか？」

「ないわね」

「今夜彼の舞台があるのに、六ペンスのバス代を払ってラルボローに行こうともしなかったんですね」

「行かないわよ。言ったでしょ、舞台はとてつもなく退屈なんだもの」

「でも、きょうはシェークスピアなのに」

「けっこう、シェークスピアね。だったら、家にいてドリーン・ラッグと一緒にクリームパフをつまみながら、シェークスピアを読むほうがいいの。お祝いの席を立つとき、わたしたちのために何かポケットに入れてきてくださらない、ミス・ピム？　飢えたるプロレタリアートはいかなるものも、感謝の念とともに受け取りますよ。マカロン、チョコレートバー、ブラッドオレンジ、サンドイッチの残り、ソーセージロール（ひき肉をパイ皮で包んで焼いた料理）――」

「寄付をつのってくるわ」ルーシーは約束した。「帽子をまわして震える声で懇願するわよ。『職員へのお恵みもお忘れなく』ってね」

しかし、洗面器の溶けかけた氷からシャンパン・ボトルを持ち上げても、ルーシーは余り楽しい気分になれなかった。どう考えても、パーティーは散々なものになるだろう。お祝いらしくボトルの首に大きなリボンを結び、絶対に「自前の酒の持ち込み」には見えないようにした。どうも紙のキャップをかぶった公爵夫人のような体裁になってしまったが、学生たちはそんなふうに思わないだろう。何を着て行ったらいいのだろう？　床にクッションを並べた集まりにふさわしい間に合わせのかっこうをするか、それとも招待主に敬意を表したいという気持ちに忠実になるか？　ルーシーは「講演用」ワンピースを着て気持ちを表し、いつもより念入りに化粧をした。ヘンリエッタの気まぐれのせいでパーティーの価値が減じたのなら、自分はできるだけのことをしなくてはいけない。

ほかの部屋から聞こえてくる音や、やかんを持って行ったり来たりする学生の数からして、今夜レイズで開かれるパーティーはスチュワートのお祝いだけではないようだ。廊下にはコーヒーの香りが満ち、ドアが開け閉めされるたびに笑い声や話し声が大きくなったり聞こえなくなったりした。一年生も楽しんでいるようだ。彼女たちには祝うポストがなかったとしても、初めての最終試験が終わった喜びに浸っているのだ。あの解剖学の最終試験のナッツ・タルトの出来を知らずにいることを思い出した（「観念はきょうは正しくても、あしたはナンセンスになっているかもしれません。その点、鎖骨はいつになっても鎖骨ですからね」）。今度掲示板の前を通るときには、デステロの名前を探さなくては。

なかの人間に聞こえるまで、ルーシーは十号室のドアを二回ノックしなければならなかった。だが顔を赤らめたスチュワートがドアを開けてルーシーを招き入れると、一行は急におとなしくなり、育ちのよい子どもらしく立ち上がった。

「お越しいただいて、とても嬉《うれ》しいですわ」スチュワートが言いかけたが、デイカーズがボトルの存在に気づいたとたん、仰々しさは消し飛んだ。

「呑《の》もう！」デイカーズはきんきん声を上げる。「何はともあれ呑もう！　ああ、ミス・ピムって最高！」

「何か規則違反をしているのでないと、いいけれど」ルーシーは言いながらも、ミス・ジョリッフェの目に浮かんだ説明不可能な表情を思い出した。「でも、こういうときは、シャンパンだと思ったの」

「三つ重なってますの」スチュワートが言った。「デイカーズとトーマスも、お祝いしていま す。これ以上いいときはありません。シャンパンを思いつかれるなんて、すばらしいわ」

「これを歯磨き用のコップで呑《の》むなんて、冒瀆《ぼうとく》ね」ハッセルトが言った。

「とにかく、食前酒《アペリティフ》として今呑みましょうよ。これだけで一品になるわ。みんな、コップをまわして。ミス・ピム、椅子におかけください」

柳枝製の椅子《いす》が一客運び込まれており、ごちゃ混ぜのクッションと一緒に並べられていた。ほかにまともな椅子といえば、机と対のかたい椅子が一脚あるきりだ。椅子の持ち主以外は各々クッションを持ち込み、床にぺたんと座ったり、子猫のようにベッドの上でまるくなったりしている。電球を黄色いシルクのハンカチでおおってあるので、いつものぎらぎらした明るさの代わりに金色のやさしい光が満ちている。開け放たれた窓の外はペールブルーの背景となり、やがて真っ暗になりそうだ。ルーシーの学生時代のパーティーと何も変わらないようだが、昔とくらべると辺りが明るい気がする。クッションの色が明るいせい？　お客たちが、長くつやのない髪やら眼鏡やら勉強で疲れた青白い顔やらとは無縁の、健康的なタイプだから？

そう、もちろんそんな理由ではない。タバコの煙がただよっていないからだ。

「オドネルがまだね」トーマスが、客から歯磨き用のコップを集めて、机にかけたテーブルクロスに並べながら言った。

「ラウスがブームをかけるのを手伝ってるんじゃないかしら」使徒の一人が言う。

「まさか」と使徒その二。「きょうは土曜日よ」

「体育教師だって、日曜には休むわよ」その三が言う。

「たとえラウスでもね」その四もコメントする。

「ミス・ラウスはまだ回転移動を練習しているの？」ルーシーは尋ねた。

「ええ、そうなのです」使徒一同が答える。「卒演当日まで練習するでしょうよ」

「いつそんな時間があるの？」

「朝着替えたらすぐ、練習に行きます。一時間目の授業の前に」

「六時じゃないの！」とルーシー。「なぜまた」

「ほかの時間よりましだからです」と使徒一同。「少なくとも、まだ気分がすっきりしてるし、急ぐ必要がないし、体育館が使いほうだいです。もう一つ、それが唯一使える時間なのです。一時間目が始まる前に、ブームを外さなくてはなりませんから」

「ラウスは、行く必要はないんですよ」スチュワートが言った。「勘は取り戻しました。だけど、卒演の前にまたこつを忘れてしまうのが、こわいんでしょう」

「わたしにはわかるわ」とデイカーズ。「ブームから病気のサルみたいにぶら下がったりしたら、永遠の笑い者になった気がするじゃないの。お偉方が見てる前でさ。フロイケンはあの目でじろっと見るだけだし。ほんと、死のほかに幸福な解放はないわね。ドニーがラウスのためにいつもの用事をしてるんじゃないとしたら、いったいどこにいるの？　欠席は彼女だけよね」

「かわいそうなドン」トーマスが言った。「まだポストがないのよ」トーマスは、ウェールズの三人の体育教師の口にありついて、大富豪のような気分に浸っていた。

「ドンのことは心配ないわよ」と言ったのは、ハッセルトだ。「アイルランド人はいつだって最後はうまくやるんだから」

ミス・ピムはイネスを探し、いないことに気づいた。ボーもいない。

ルーシーがきょろきょろしているのを見たスチュワートが、当面の話題を打ち切って言った。

「ボーとイネスが、パーティーにこられなくて残念だとミス・ピムにお伝えするよう言ってましたわ。学期末のパーティーでは、二人のお客になっていただきたいのですって」

「ボーがイネスのためにパーティーを開きます」ハッセルトが言った。「アーリングハースト行きを祝うために」

「実を申しますと、わたしたちみんなでイネスのパーティーを開くのです」使徒の一人がつけ足す。

「ガールスカウトの全国大会みたいなものです」と使徒その二。

「なんと言っても、大学の名誉ですもの」使徒その三。

「いらしてくださいますよね」その四が、質問というより宣言のように言う。

「こんな光栄なことはないわ」ルーシーは言った。そして危うく難を逃れたことにほっとする。

「ボーとイネスはどうしたの?」

「ボーのおうちの方が突然お見えになって、二人をラルボローの劇場に連れて行ったのです」スチュワートが言った。

「ロールスロイスを持ってるからよね」トーマスが言ったが、嫉妬《しっと》の響きはまったくない。「気が向いたら、イギリス中走りまわれるんですもの。あたしの家族がどこかに行こうと思ったら、年寄りの灰色の雌馬——ほんとは茶色のコッブ(短脚のがんじょうな馬)ですけど——を馬車につながなくちゃならないし、ものの三十キロも走らせたら、どこにもつかないうちに息が上がってしまうわ」

「農業をなさってるの?」ルーシーは訊《き》き、ウェールズのさびれた土地をくねくねと走る、細く人気のない道を思い浮かべた。

「いいえ、父は牧師です。でも、土地を耕すために馬を飼わなければならないのです。そして、馬と車と両方持つのは無理ですわ」

「それじゃあ」使徒の一人がベッドでさらに楽な姿勢を取りながら訊《き》いた。「劇場に行きたい人はいる?」

「すごく退屈な晩のすごし方ね」と使徒その二。

「膝《ひざ》を誰かの背中にくっつけて座るなんて」と使徒その三。

「目玉はオペラグラスにくっつけちゃって」使徒その四が言う。

「なぜオペラグラス？」ルーシーは、娯楽への若々しい渇きが破壊されるほどは洗練されていないはずの集まりで、ミス・ラックスと同じ意見が繰り返されるのを聞いて驚いた。

「あれなしで、何が見えます？」

「ボックスのなかを小さな人形が歩きまわるようにしか見えませんよ」

「ブライトン（英国南部の海辺保養地）の波止場の何かみたいに」

「ただしブライトンの波止場だったら、人の表情はわかるけどね」

あなたたちのほうがよっぽど、ブライトンの波止場からきたみたいに見えるけど、とルーシーは思う。繰り返しだ。トゥウィードルダムとトゥウィードルディー（伝承童話などに出てくるうりふたつの男たち）がさらにふえた感じだ。仲間の一人が口を開かないかぎり、話をする気にならないと見える。一人がしゃべりだすと、補強証拠を提出する義務を感じるのだろう。

「あたしなら、喜んで足を何かに載っけておくなあ。たまにならだけど」ハッセルトが言った。

「卒演用に、新品のバレエシューズを履きならしているの。おかげでひどい靴ずれよ」

「ミス・ハッセルト」スチュワートが明らかに教師の口まねとわかる言い方をする。「いかなるときにも体調をととのえておくのは、学生のつとめですよ」

「かもしれないけど」とハッセルト。「出かけるからって土曜の晩に八キロもバスに乗る気はしないわ。それも、よりによって劇場だなんて」

「ただのシェークスピアじゃないの」デイカーズが言う。「それは罪なのだ、わが魂よ！」（『オセロ』五

（幕二場のせりふ）デイカーズが我が身を抱きしめ、おどける。

「でもエドワード・エイドリアンよ」ルーシーは弁護する。愛する舞台のために、わたし一人だけでも擁護しなくては。

「エドワード・エイドリアンて誰ですか?」デイカーズが本当に知らない様子で、訊《き》いた。

「くたびれた感じのおじさんよ、羽が抜け変わる時期のワシみたいでさ」スチュワートが言った。ホステスとしてのつとめが忙しくて、ルーシーの反応に気がつかないようだ。これが、エドワード・エイドリアンに対するきわめて鮮烈な寸評だった。現代の若者の、感傷と無縁な考察なのだ。「エディンバラの学校に通っていたころは、彼の舞台に連れて行かれたわ」

「楽しくはなかったの?」ルーシーは訊いてみる。スチュワートの名前は、イネスやボーとともに、掲示板のリストの上位に載っていた。ほかの学生たちはともかく、スチュワートなら知的活動は苦痛ではなさそうだ。

「まあ、教室に座ってるよりはましでした」スチュワートは認める。「でもひどく――古臭かったわ。きれいだけど、ちょっと退屈で。わたしは歯磨き用のコップでシャンパンを呑《の》むようなタイプですもの」

「これ、わたしのだと思う」オドネルは部屋に入ってくるなりこう言い、自分のコップを差し出した。「遅刻しちゃったわ。足が入るものを探していたの。お許しいただけますか、ミス・ピム?」オドネルは足元の寝室用スリッパを指した。「足がひどく痛くて」

「あなたは、エドワード・エイドリアンをご存知？」ルーシーは訊いた。

「もちろんです」オドネルは答えた。「十二歳のときベルファストで彼の舞台を見てから、大ファンです」

「この部屋では、彼を知っていて賞賛するのはあなた一人のようよ」

「なんて野蛮な人たち」オドネルは、一同を軽蔑《けいべつ》のまなざしで見る――そのときルーシーは、オドネルの目がかすかに赤いと思った。まるで泣いていたみたいだ。「ラルボローに行って彼に見とれていたいわ。学期末間近じゃなくて、芝居の切符を買うお金があったら行くのに」

そして、このパーティーを欠席したら、一人だけ就職口が見つかっていないせいだということにされてしまうものね、とルーシーは気の毒になる。涙をふいて、寝室用スリッパという言い訳を思いつき、自分のためではないパーティーに明るい顔でやってくるとは、けなげな娘だ。

「じゃあ」シャンパンのコルクと格闘していたスチュワートが言う。「オドネルもきたことだし、栓を抜くわよ」

「すごい、シャンパンじゃない！」とオドネル。

分厚くしゃれっ気のない歯磨き用コップにシャンパンの泡が立ち、学生たちは祝いの言葉を期待してルーシーのほうを向いた。

「スコットランドのスチュワートに、ウェールズのトーマスに、リング修道院のデイカーズに乾杯」とルーシーは言った。

一同乾杯する。

「そして、ケープタウンとマンチェスターのあいだのすべての友に」スチュワートも言った。

すべての友にも乾杯だ。

「さあミス・ピム、何を召し上がります？」

ルーシーはくつろぎ、気楽に楽しむことにした。ラウスは招かれていないようだ。そしてルーシーは、ロールスロイスに乗った裕福な両親という形を取った神の特別なはからいにより、根拠もなく幸福に浸るイネスの向かいに座るという苦行からはまぬがれていた。

# 12

だが日曜の昼には、ルーシーの幸福感はかなり減じていた。そしてラルボローで昼食の約束をしておくだけの目先がきけば、危険地帯にいなくてもすんだのに、と悔やんだ。本来の意味でも比喩的な意味でも「爆発」というのはいやなものだ。紙袋に息を吹き込んでぱんと叩《たた》くような人間には、つねにはげしい嫌悪の情を抱いてきた。そして、昼食後破裂することになっている「袋」は、格別に危険だ。破裂の反響は際限がなく予測不可能だ。ルーシーの心の奥底には、ヘンリエッタが決心をひるがえしているかもしれない、というかすかな希望があった。掲示板に貼《は》られた席次表が語る明白な事実のほうが、ルーシーのつたない言葉より効果があるのではないか。だがどうなったかたしかめる勇気がなく、希望も芽を吹かない。ヘンリエッタのラウスに対する信頼をゆすぶったからといって、イネスを候補者にするまでいかないことは、すでにわかりきっている。望みうる最良の事態といえば、ヘンリエッタがアーリングハーストの学長に、今回のような立派なポストにふさわしい卒業見込みの学生はいないという断りの手紙を書くことぐらいだ。それでもなお、イネスをきたるべき悲嘆から救うものではない。救いはないのだ。ルーシーはなんとしても日曜の昼、外食するためにレイズ校から出ているべきだった。そうして、すべてが終わってから帰ればよかったのだ。ラルボローにだって、会ってもいい人はいそうだ。すべり止めに砂が撒《ま》かれた道やら路地に囲まれた密集した家々の向こう、すすにまみれた都会の手前には、ルーシーの仲間だっているはずだ。たとえば、医者。医者と友だちになっておけばよかった——医者は登録制ってところがいやだけど。よく考えれば、ドクター・ナイトを昼食に誘うことだってできたのだ。なんといっても、ナイトはわたしに借りがある。さもなければ、サンドイッチ持参で田園風景を楽しみに出かけ、寝る時間になるまで帰ってこない手もあった。

今ルーシーは応接室の窓辺の席に腰を下ろし、職員連が食堂に降りる前に集まってくるのを待っていた。学生たちが教会から戻ってくるのを眺め、自分にはミス・ジョリッフェを探し出してサンドイッチを作ってくれるよう頼む勇気と決意があるだろうかと思っていた。あるいは、ただ黙って大学から出て行くとか——結局のところ、日曜だってイギリスの田舎に飢えた人間はいないのだ。デステロも言うとおり、どこにでも村がある。

最初に教会から戻ってきたのはデステロだった。いつもと変わらずゆったりとかまえ、小粋なかっこうだ。ルーシーは窓から身を乗り出して言った。「鎖骨の知識におめでとうを言うわ」

昨晩、寝室に引き取るまえに、掲示板を見ておいたのだ。

「ええ、あたくしも驚いていますわ」とナッツ・タルトは言った。「祖母もひどく喜ぶでしょう。『一等』なんて、すてきな響きだと思いませんこと？　従兄《いとこ》に自慢したんですけれど、彼ったらそんなの見苦しいって言うんですの。イギリスでは、人から訊《き》かれるまで自分の成功にふれてはいけないのですって」

「そうね」ルーシーは残念そうに答える。「おまけに最悪なのは、ほとんど誰も訊いてくれないことよ。グレートブリテンで多くの栄光が隠されているのは悲劇だわ」

「グレートブリテンではありません」デステロが訂正する。「彼が言うには——従兄ですけれど——トウィード川より北では、かまわないのですって。イングランドとスコットランドのあいだにある川のことです。ダンバーで自慢するのはいいけれど、ベリックではだめだ、とリックは言うのです」

「リックに会ってみたいわ」ルーシーは言った。

「そう言えば彼、あなたのことを、たいそう崇拝していますのよ」

「わたしを？」

「リックには、あなたのことをいろいろと話しました。幕間、あなたの話で持ちきりでした」

「まあ、あなた方劇場に行ったのね？」

「彼が行ったのです。あたくしは、連れて行かれただけ」

「では、楽しめなかったの？」ルーシーは、ナッツ・タルトにやりたくないことをやらせた若い男に心のなかで喝采《かっさい》を送りながら言った。

「あら、誰もが言うとおり『そう悪くなかった』ですわ。おおげさな身振りも、たまにならめずらしくていいですし。バレエだったらもっとよかったのに。ダンサーのなりそこないですもの、あの人」

「エドワード・エイドリアンが?」

「ええ」デステロの心はちがう方面をさまよっていたようだ。「イギリス人は帽子のかぶり方が同じですね」と考え込んだように言う。「後ろを上げて、前を下げます」

脈絡のないことを言って、デステロは学生寮の角を曲がって行ってしまった。発言が昨夜見た芝居の影響なのか、デイカーズが通りをやってきたせいなのかわからないまま、ルーシーは取り残された。デイカーズの外出用の帽子は、ルーシーが学生時代にかぶっていたものの上等な模倣にすぎない。せまいふちの下で、デイカーズの楽しげでいたずらっぽい子馬のような顔がひときわ若々しく見える。ミス・ピムに気づくと帽子を取り、昨夜のどんちゃん騒ぎにもかかわらず、ルーシーが元気そうにしているのでよかったと大声で言った。デイカーズの大学生活で初めて、朝食時に五枚切りのマーマレードつきパンを放棄したらしい。

「大食は七つの大罪の一つです」とデイカーズは語る。「ですから、今朝はざんげする必要があったのです。一番近いからバプティスト派(幼児洗礼を認めず、成人の自覚にもとづく洗礼を主張する派)の教会に行きました」

「罪を許された気がする?」

「そう言われると、自分じゃよくわかりません。とてもうちとけた会話をしてきました」

恥ずかしいので儀式がほしかったのだろう、とルーシーは解釈した。

「でも親切だったでしょ」

「ええ、とっても。牧師さんは片方の肘《ひじ》をついてお説教を始めました。『さあ、我が友よ、今日はたいへんよい日です』って。教会を出るときは、みんなが握手し合いました。それから、戦争の歌みたいな賛美歌も歌いましたよ」バプティスト派のよいところについて考えながら、こうつけ足した。それからもうすこし考え、また言った。「ラルボローの道路沿いにはポーツマス・ブラザースがあります」

「プリマスよ」

「プリマス、なんでしたっけ？」

「プリマス同胞《ブレズレン》教会（禁欲的なキリスト教の一派）じゃないかしら」

「おお、そうです。海軍と関係あったんだっけ。でも、あたしはポンピー（ポーツマスの俗称）のほうがいいいな。じゃあ、今度の日曜は彼らをひっかけなくっちゃ。彼ら一兵卒なんかじゃないですよね？」

ミス・ピムが一兵卒じゃないだろうという意見だったので、デイカーズはおどけて帽子を振り回したお辞儀をし、寮の角を曲がって行った。

一人二人、また少人数でかたまって、学生たちが礼拝の義務を終えて出てきた。各自の性格にしたがって、手を振ったり、さよならと叫び合ったり、ただほほえんだりしている。ラウスでさえ、通りすがりに上機嫌で「おはようございます、ミス・ピム！」と呼びかけてきた。ほとんど最後に出てきたのが、ボーとイネスだ。心からくつろいだ様子で、ゆっくりと歩いている。窓の下までくるとルーシーを見上げた。

「不信心者！」と言ってボーがほほえみかける。

二人とも、パーティーに行けなくて残念だったけれど、また機会があるはずだと言った。

「卒演が終わったら、わたしもパーティーを開きます」ボーが言った。「いらしてくださいますね？」

「喜んで。お芝居はどうだった？」

「まあまあでした。コリン・バリーの後ろの席でしたよ」

「それはどなた？」

「オール・イングランド・ホッケーチームのハーフバックです」

「ますます『オセロ』がおもしろくなったわけね」

「たしかに幕間はおもしろかったですよ」

「『オセロ』が見たかったんじゃないの？」

「まさか！　わたしたちは断然イルマ・アイルランドの新作映画『燃えるとりで』を見たかったんです。なんだか官能的に聞こえるでしょうけれど、たぶんただの森の火事の話ですわ。でも、うちの両親は、外出といえば劇場と幕間に買うチョコレートの箱しか思い浮かばないんです。わたしたち、親をがっかりさせることはできなかったので」

「ご両親は、お気に召したの？」

「ええ、それはもう。夕食のあいだ中、お芝居の話ばかりしていました」

「あなた方くらい、人を『不信心者』呼ばわりするのにふさわしい二人組はいないわね」ルーシーは感想を述べた。

「きょうの午後、二年生のお茶にいらしてくださいね」ボーが言った。

ルーシーはあわてて、外で飲む予定なのだと言った。

ボーはルーシーの後ろめたい表情を、おもしろがっているような顔つきで見たが、イネスはまじめに言った。「もっとはやくお伝えするべきでしたわ。卒演の前にお帰りになったりしませんわね？」

「できればいるようにするわ」

「では、次の日曜のお茶にいらっしゃいませんか？」

「ありがとう。まだこちらにいたら、喜んで呼ばれるわ」

「マナーのレッスンになりましたわ」とボー。

二人は砂利道で、ルーシーを見上げほほえんで立っていた。そののちルーシーが二人を思い出すときは、いつもこの姿が浮かんだものだ。日差しを浴びて、ゆったりと優雅に立っている。

この世の正義を疑わず、たがいに信頼し合っている。疑念も汚点も経験がない。足元の温かい砂利道は永遠に存在すると信じ、破滅の崖《がけ》っぷちに立っていることなど思いも寄らないのだ。

昼食五分前の鐘が鳴り、三人ともはっとした。二人が行ってしまうと、背後からミス・ラックスが部屋に入ってきた。今まで見た以上に、きびしい表情だ。

「なぜここにいなくてはならないのか、理解できないわ」ラックスは言った。「事前に考えておけば、こんな救いがたい茶番劇に加わらずにすんだのに」

ルーシーは、自分もまったく同じことを考えていた、と答えた。

「ミス・ホッジが考えを変えたという話は聞かないわよね?」

「いいえ、わたしの知るかぎりではありません。ありそうもないことね」

「わたしたちみんな、外に昼ごはんを食べに行かなかったなんて、残念だわ。ミス・ホッジが誰もいないテーブルでラウスの名前を呼ぶことになったら、このグロテスクな喜劇が少なくともわたしたちのせいじゃないことが、学生たちにわかるのに」

「十一時前に予定表に『外出』と書かなくてもいいのだったら、今からでも外出するのに。でも、そんな度胸なかったわ」

「それでも、今度の件がなにもかもいんちきだとわたしたちが思っていることを伝えるために、何かしらできるかもしれない」

それなら、ラウスの名が呼ばれる場面で意見を表明すればいい、とルーシーは思った。わたしは子どものように、いやなことから逃げ出したいだけだ。いつもながら、自分がもっと立派な人格だったらいいのに、とルーシーは思った。

ココアブラウンのシルクの薄物を身にまとったマダム・ルフェーヴルが、ただようように部屋に入ってきた。薄物は光が当たると金属的なブルーの光を放ち、いつにもましてマダムをエキゾチックなトンボのように見せる。一つには、アイシャドーのせいでもある。何かの昆虫のクローズアップを見るようだ――マダムの目、そして角張っていながら優美なほっそりした小麦色の肢体。かんしゃくを克服したマダムは、人類に対する超然とした軽蔑《けいべつ》を取り戻し、この状況を幾分楽しみつつも悪意をこめた嫌悪感をもって眺めていた。

「今までお通夜に参加したことがありませんので」マダムは言った。「きょうの演目には興味津々です」

「ひどい人」ラックスが実感のこもらない言い方をする。ひどく落胆しているので、人のことはどうでもいいような感じだ。「ミス・ホッジの決心を変えさせるために、何もしなかったの?」

「まあ、あたくしは悪魔と格闘してきましたよ。力一杯ね。ついでに言えば、説得に努めてきました。さまざまな過去の例やら格言やらを引用して。永遠に巨大な岩を丘の頂上に向かってころがし続けるという罰を下されたのは、誰でしたっけ? このような神話のイメージが、現代の出来事の形容にふさわしいとは驚くべきことです。『罰』というバレエはどうかしら? 馬小屋を掃除する振り付けなどして。曲はバッハ辺りがいいわ。バッハはとくにインスピレーションを与えてくれる訳ではないけれど。振り付けの点では。そして大勢が立ち上がり、一人の男を糾弾するのです、もちろんそういう登場人物を設定すれば、の話だけれど」

「もう、いいかげんにして」ラックスが言う。「これから言語道断なことを黙認しなければならないというのに、あなたときたら振り付けのことなんか考えてるんだから！」

「おやおやラックス、あなたは、人生をありのままに受け入れ、変えようのないことはあきらめるすべを学ぶ必要がありますね。中国人は賢明な忠告を残しています。『汚辱を避けられないならば、身を楽にして楽しむべし』。おじょうずにおっしゃったように、あたくしたちはこれから言語道断なことを黙認しなければならないのです。まさにそのとおり。けれど知性のある人間として、あたくしたちは行動の結果を考えなければなりません。たとえば、若いイネスがこの刺激にどう反応するか、非常に興味がありますね。あまりにショックがはなはだしかった場合、彼女は衝動的になんらかの行動に走るでしょうか？　試練の葛藤《かっとう》に耐えかねてまったく無意味な発作的な行動を取るでしょうか？」

「あなたのたとえ話は、もうけっこう。無意味なおしゃべりだってことくらい、わかっているんでしょ。わたしたちが黙認を求められているのは、よく知っている人の汚辱なんです。わたしが知るかぎりでは、哲学史において中国人だろうと何人だろうと、それをすすめるような格言はありませんね」

「汚辱ですって？」母親といっしょに部屋に入ってきたフロイケンが訊《き》く。「誰が汚辱をこうむるのです？」

「イネスよ」ラックスがそっけなく言う。

「おお」フロイケンの瞳《ひとみ》の輝きが消え、冷たそうな淡い色になる。「そうですね」と考え深げに言う。「そのとおりです」

フレウ・グスタヴセンの「ノアの妻」のような丸顔が、困惑の表情を浮かべる。彼女は居並ぶ人間の顔を順々に見つめていく。まるで、なんらかの光明、問題は解決可能なのだという暗示を与えてほしいかのようだ。窓際に座っているルーシーのところまでくると、おはようの印《しるし》にはげしく首をたてに振り、ドイツ語でこう言った。

「あなた、学長先生がなさったこと知ってますか？　わたしの娘、とても怒っています。とても怒っているのです、わたしの娘。こんなに怒っているの、小さかったころ以来なかった。彼女がしたこと、とても悪いですね？　あなた、同じに考えますか？」

「ええ、同感ですわ」

「ミス・ホッジはたいへんよい人です。わたし、とても尊敬しています。でも、よい人がまちがいすると、悪い人がまちがうときより、ずっと悪くなります。もっとひどいことに。残念なことです」

ひどく残念です、とルーシーも同意した。

ドアが開き、ヘンリエッタが緊張した面持ちのラッグをしたがえて入ってきた。ヘンリエッタは落ち着いているようだ。いつも以上に堂々としているかもしれない（状況からして堂々としすぎているかもしれない）が、ラッグは皆さんご一緒に物事の明るい面を見ましょうとでもいうように、なだめるような笑顔で一堂を見回した。だが教師連の料簡のせまい反感にがっかりし、うったえるような視線をマダムに向けた――いつもマダムのお付きだったので。だがマダムの大きな目はヘンリエッタを冷笑的に眺めたまま動かない。

ヘンリエッタは一同におはようと言い（朝食は自室で摂ったのだ）、入室のタイミングをうまく計っていたことがわかった。あいさつが終わるまえに遠くから鐘の音が聞こえてきて、話をするより行動しなくてはならなくなったのだ。

「皆さん、一階に降りる時間ですね」ヘンリエッタは言い、先頭に立って部屋を出た。

マダムはこの統帥ぶりを賞賛する印《しるし》に、ラックスに向かって目をぐるりと動かしてみせ、それからヘンリエッタのあとにしたがった。

「本当にお通夜ね」階段を降りながら、ラックスがルーシーに言った。「お通夜というより、フォザリンゲイ（スコットランド女王メアリーが斬首された城のある場所）に行く気分だけど」

食堂でルーシーたちを待ち受けていたのは沈黙だったが、ますます想像力たくましくなったルーシーには、食事のあいだ中、学校はいつにもまして興奮に包まれ、期待ではちきれそうに見えた。ざわざわとしたおしゃべりはどよめきにまで高まり、食事をたいらげてからプディングを楽しみに待つあいだヘンリエッタは、ラッグを通じてボーに「みんな静かにするように」

という指示を伝えた。

束の間学生たちは騒ぎを慎んだものの、注意されたことなどすぐに忘れ、再びおしゃべりと笑い声でにぎやかになった。

「試験週間が終わって、みんな興奮しているのです」ヘンリエッタは寛容な意見を述べ、それ以上何も言わなかった。

ヘンリエッタはこれ以外会話に参加しなかった――食べているときは話をしたことがない――が、ラッグは合間合間に、けなげにもささやかな決まり文句を並べた。心を閉ざした人間たちの顔を順番に眺めていくさまは、飼い主の足元に骨をくわえてきたテリアのようだ。尻尾を振っているのが見えそうだ。ラッグは刑を執行する、悪意のない道具だ。無抵抗にギロチンに仕込まれたナイフだ。自分の位置づけを自覚し、口に出さずに謝罪していた。お願いですから、とラッグは言っているように見える。私は一年生を受け持つただの体育教師です。ミス・ホッグのあとにつきしたがっているのは、私の罪ではありません。私に何をお望みですか？ ミス・ホッジにご自分でばかな決心を発表しろと言え、とでも？

ルーシーはラッグが気の毒になった。ラッグがわかりきったことを繰り返すたびに、叫び声を上げたくなる。お黙りなさい、と言ってやりたい。こんなときには、黙っているほかないのよ。

ついにヘンリエッタはナプキンをたたみ、職員たちも全員食べ終わったか確認するためにテーブルを見回し、立ち上がった。職員一同も同時に立つと、学生たちはめったに見せない機敏さを見せ、全員同時に立ち上がった。この瞬間を待っていたのは明らかだ。意思に反して、ルーシーは学生たちのほうを見てしまった。明るい期待に満ちた顔が並んでいる。わくわくするあまり、口元がほころんでいる。ちょっとしたきっかけがあれば歓声を上げそうな様子を見ても、ルーシーにはなんのなぐさめにもならない。

ヘンリエッタがドアのほうを向き職員たちが後ろに並ぶと、ラッグは嬉《うれ》しげな一団を眺め、命じられた言葉を口にした。

「昼食の時間が終わったら、ミス・ラウスは学長室にくるように」

# 13

ルーシーはもはや学生たちの顔を正視できなかったが、静寂がうつろなものに変わったのは感じた。空虚で死んだような空気。鳥がさえずり、風が葉や草を渡る夏の静寂から、北極の荒地の凍りついた静寂に変わったのだ。そして、教師連がドアに着いたころには死の静寂になっていたが、学生たちが名前を繰り返すひそひそ声が上がった。

「ラウス！」と言っている。「ラウスですって！」

ルーシーは暖かい日向に出ながら身震いした。さっきの響きは、強風に雪の上を運ばれる氷の小片を思わせた。いつどこでその小片を目にし耳にしたのか、記憶が蘇《よみがえ》ってきた。あのスペイサイドですごしたイースターに、ルーシーたちはグランタウン・バスに乗りそこない、遠い家路をずっと歩いていかなくてはならなかった。鉛色の空の下、凍った世界に身を刺すような風が吹いていた。今もまた、ルーシーは家から遠く離れてしまった気分だった。明るい中庭を横切ってドアのところまで行ったが、天は三月の嵐が吹き荒れるどんなスコットランド高地の空よりも暗いように思えた。一瞬、家にいたらよかったのに、と思った。静かな小さな居間で、平穏を乱されることなくくつろいで日曜の午後をすごせたのに。人間関係の問題などなく、人間的な悲嘆に暮れることもなく。あしたの郵便物次第では、帰宅する口実をもうけようという考えが浮かんだ。けれど、金曜日の卒業公演のことは子どものように楽しみにしてきたのだし、スペクタクルには何か新しい発見があるにちがいないという、まったく個人的な興味を持つに至っていた。二年生一人ひとりと知り合いになったし、少なからぬ一年生とも知り合っていた。「卒演」について彼女たちと話し、ともに不安半分の期待を抱き、衣装作りの手伝いまでしたのだ。それは頂点であり、勝利の花であり、大学生活の終わりを告げる高らかな鐘である。それを見届けずに去ることなど、できやしない。参加しないなんて耐えられない。

ルーシーは教師連から取り残された。一同は本館の正面に向かっていたが、ラッグだけはルーシーの後ろにいて学生用掲示板に貼り紙《はりがみ》を留め、心からほっとしたようすでひたいをぬぐった。「やれやれ、終わりましたね。あれほどいやな役目をしたことはありません。頭が一杯で、昼ごはんもろくに食べられなかったわ」ルーシーは、ミス・ラッグの皿に、大きなパイの一切れが消えずに残ったという驚くべき現象を思い出した。

それが人生なのだ。そうなのだ。イネスは目の前で天国のドアをぴしゃりと閉められたし、ラッグはパイを食べきることができなかった！

学生はまだ一人も食堂から出てこない――学生たちの食欲は、教師をはるかにしのぐのだ。

いつでも教師より十分か十五分は長く食べている。ルーシーが自室に引き取ったときにも、廊下はがらんとしていた。ルーシーは、学生の群れが原っぱにあふれ出すまえに、敷地から出ることにした。緑と白と黄色に彩られた田園風景のなかに入っていき、サンザシの匂《にお》いをかぎ、草の上に寝ころんで、地球が軸を中心に回転しているのを感じるのだ。世界は広い、大学生活の悲しみはきびしくつらいかもしれないが、それもじきに終わる。現世の均衡において、彼女らの悲しみなどささいなことにちがいないのだ。

ルーシーは歩きやすい靴に履きかえ、そろそろ食堂から流れ出す学生たちと顔を合わせないように本館のほうに渡り、正面階段をかけ降り正面玄関から飛び出していった。本館は静まり返っている。きょうは昼食のあとも応接室に残っている学生はいないのだろう、とルーシーは思った。ビドリントンや〈ティーポット〉のことをぼんやり思い浮かべながら、建物の外をまわり体育館裏の競技場に向かう。右手にクリームの泡のようなサンザシの生垣が伸びている。左手にはキンポウゲが咲き乱れ、まるで黄金色の海だ。柔らかな光に浮かんで見えるエルムの木々は、一本一本紫色の影で地面につなぎとめられている。足元の草むらには、デイジーが咲いている。ここは美しい世界だ、完璧《かんぺき》で恵み深いよき世界だ。万が一にも――ああ、かわいそうなイネス！　気の毒なイネス！――ひっくり返ってこわれることなどない世界。

小さな橋を渡ってビドリントンまで下《くだ》っていくか、それとも知らない上流のほうに歩いていくか決めかねていると、ボーの姿が目に入った。ボーは橋のまんなかに立って、水面を見下ろしている。誰もいないだろうと思っていたヤナギの木陰で、緑のリネンのドレスと明るい色の髪が、光と影が織りなす風景に溶け込んでいる。自分も木陰に入って視界がはっきりすると、ボーはこちらを見ているようだが、あいさつは寄こさない。まったくボーらしくないふるまいで、ルーシーは気後れした。

「あら」ルーシーは声をかけて、木の手すりにもたれかかった。「いいお天気ね？」なんだってそんなばかみたいなあいさつするのよ。我ながら情けない。

これに対する返事はなかったが、すぐにボーは言った。「今回の指名についてご存知でしたの？」

「ええ」ルーシーは言った。「わたし――わたし、先生方が話しているのを聞いていたわ」

「いつ？」

「きのうよ」

「では、今朝わたしたちに話しかけてこられたとき、すでにご存知でしたのね」

「そうよ。なぜ？」

「誰か彼女に忠告する親切心を持つべきでした」

「彼女って誰に？」

「イネスにですよ。公衆の面前で恥をかかされるなんて、あまりいいことじゃありませんわ」

ボーは怒りで青ざめている。これまでボーがかっとなったところなど見たことがない。それが、怒りのあまり満足に口がきけなくなっている。

「でも、いったいわたしに何ができて?」ルーシーはもっともらしく訊《き》く。自分ではなんの関わり合いもないと思っていることで責任を問われ、うろたえてしまう。「ミス・ホッジが決定を公表する前に話してしまったら、不誠実になるわ。わたしが知るかぎりでは、彼女は決心をくつがえしたかもしれないの。彼女と別れたときには、ちがう見方になる可能性だって――」口がすべりかけて、ルーシーは言葉を切った。しかしボーは気づいた。きっとなってミス・ピムを見る。

「まあ。ミス・ホッジと話し合っていらしたのね。あの選択に賛成はなさらなかったのですね?」

「もちろんよ」あまりに間近に怒った若い顔を見て、本音を言うことにした。「あなただってわかっているでしょうけれど、賛成する者などいませんよ、ボー。先生方はあなたとそっくり同じふうに感じたわ。ミス・ホッジは旧友だしお世話になったし尊敬しています。でも今回の指名にかぎっては、彼女は『一人きり』なの。最初にあのニュースを聞いて以来、わたしは見捨てられた気分よ。彼女の意見を変えるためならなんだってしたいし、あしたの朝起きたらすべてが悪い夢だったってことになればいいのにと思う。でも前もって忠告したって――」ルーシーは絶望的と言うように、手を上げた。

ボーはすでに視線を水面に戻していたが、「あなたのような賢い方なら、何か思いつくことができたはずです」とつぶやいた。

「賢い方」という言葉を聞いて、とつぜんボーがひどく若く魅力的に思えてきた。平凡そのもののピムを賢いと考えたり助けを求めたりするとは、自信に満ちて洗練されたボーに似合わない。結局ボーは子どもなのだ。友だちが受けた不当な仕打ちに憤り、傷ついている子どもなのだ。ルーシーはこれほどボーをいとおしいと思ったことはなかった。

「ヒントだけでも」ボーは水面《みなも》を見下ろしたままつぶやく。「ほかに候補者がいるということをほのめかすだけでもよかったのに。なんでもいいから、彼女に警告してくだされば。ショックを和らげるようなことを。彼女があまりに無防備にならず警戒できるように。衝撃はまぬがれなかったでしょうけれど、殺戮《さつりく》である必要はなかったのです。あなたもヒントを示せば、少しは良心のとがめをまぬがれたのではないですか？」

ルーシーは遅ればせながら、そうすればよかったかもしれないと思った。

「どこなの？」ルーシーは訊《き》いた。「イネスはどこにいるの？」

「わかりませんわ。わたしが追いつく前に、学校からかけ出していってしまいましたから。こちらの方向だと思いますけれど、ここから先がわからないのです」

「ひどい痛手を受けているかしら？」

「あんな目にあっても、毅然《きぜん》としているとでもお思いなの？」ボーは声を荒げたが、すぐに言い直した。「まあ、ごめんなさい。申し訳ありません。あなたも残念に思っていらっしゃるのはわかります。ただ、今は話しかけられたくない気分なのです」

「わたしこそ、ごめんなさいね」ルーシーは言った。「ひと目見たときから、イネスは立派な人だと思っていたわ。アーリングハーストに行ったら、すばらしい成功をおさめていたでしょうに」

「そうだったでしょうね」ボーは低く言った。

「ミス・ラウスはニュースを聞いてどうだったの？　驚いたと思う？」

「見たくもなかったので」ボーはそっけなく言った。そしてまた、すぐに「上流に行こうと思いますの。彼女のお気に入りのいばらの茂みがあります。そこにいるかもしれませんから」

「イネスが心配？」ルーシーは訊《き》いた。ボーがなぐさめに行きたいだけなら、イネスは今は一人でいるほうがいいだろう。

「自殺をくわだてているなんてことをお考えなら、それはないと思います。けれど、もちろん心配していますとも。あんなショックは誰だってこたえます——特に、疲れ切っている学期末なら。それにイネスは——イネスはいつでも物事を真剣にとらえすぎていました」ボーはいったん言葉を切り、水面《みなも》に視線を戻した。「一年生のころ、マダムが例の皮肉でわたしたちをこきおろしたのです——マダムはやすやすとひどいことができるのです、ご存知でしょ——たいがいの者はなんとかやりすごせたのですが、イネスはひどく打ちのめされました。ほかの学生とちがって、あまりにひどいことを言われたときでも泣いたりはしません。イネスはただ——ただ、心が燃え尽きてしまったのです。心が燃え尽きるなんてひどいことです。そしていったん――」ボーはそこまでしか言わなかった。もう十分だと思ったようだ。礼を失するようなことを言いかけたのか、あるいは同情的とはいえあまり親しくない人間と友のことを語り合うべきではないと思ったのだろう。最後に「羽に脂がないのです、イネスは」と言った。

ボーは橋から降りて、ヤナギが並ぶ小道を登っていった。「もし失礼なことを申しましたら」姿が見えなくなるまえに、ボーは立ち止まって言った。「お許しください。悪気はなかったのです」

ルーシーは、静かでゆるやかな流れをずっと見ていた。二日前、独りよがりに小川に捨ててしまった赤い手帖《てちょう》を見つけることができればいいのに、と強く願った。そして「水をはじく羽」を持たない娘のことを――世間の荒波から身を守るすべのない娘のことを思った。泣くことも笑うこともできず、心が「燃え尽きてしまった」娘。最悪の時期がすぎるまで、イネスはボーに見つからないほうがいい、と思った。イネスは同情を求めてボーに泣きつくことはしなかった。仲間からできるだけ遠くに、できるだけすばやく逃げたのだ。今は、イネスの求めた孤独に浸らせてやるのが賢明ではないだろうか。

世間には思わぬ困難と落胆があることを学んだのは、ボーにとっては悪いことではない、とルーシーは思った。ボーにとって、人生はあまりに安易だった。イネスの犠牲によってそれを学ばなければならないとは、あいにくだけれど。

ルーシーは競技場に続く橋を渡り、広々とした田舎らしい風景に顔を向け、生垣のすき間を歩いた。イネスに追いつきたくないし、万一追いついてしまっても、気がつかないふりをするつもりだ。だがイネスはいない。日曜の田園風景のなかで動く人影はない。みんな、まだローストビーフを消化している最中なのだ。サンザシの生垣と牧草地と青い空に囲まれて、ルーシーは独りぼっちだった。やがて丘を登りきると、浅いくぼ地が遠くまで続いているのが見えた。ルーシーは腰を下ろしてカシの根本にもたれかかった。草むらで虫がぶんぶんうなり、むくむくした白い雲が空に浮かんでは流れてゆく。カシの木が、ぼんやりした影をルーシーの足元に落としている。ルーシーの何もしないでいられる才能には、ほとんど際限がなかった。教師たちも友人たちもあきれていたものだ。

太陽が生垣の高さにまで落ちてくると、ルーシーも心を奮い立たせ、次の行動を決めた。自問自答の結果、夕飯の席で学生たちと顔を合わせるのは耐えられないという結論に行きついた。宿屋が見つかるまで歩き続けよう。「就寝」の鐘が鳴り、レイズ全体が寝静まってから薄闇《うすやみ》のなかを帰ればいい。ルーシーは大きく円を描くように歩きまわり、三十分ほどで遠くに記憶にある尖塔《せんとう》が見えてきた。宿屋の件はあきらめ、〈ティーポット〉は日曜も開いているかしらと思った。閉店だったとしても、ミス・ネヴィルに空腹をうったえれば、缶詰でも開けてくれるだろう。ビドリントンの町外れにたどり着いたときには、七時をすぎていた。〈犠牲者の碑〉——町のなかで唯一目障りな建築物だ——をある種の仲間意識をもって眺めたが、〈ティーポット〉のドアが開いているのを見ると、元気が出てきた。ミス・ネヴィルはいい人だ。大きくて賢くて世話好きのミス・ネヴィル。

ルーシーは気持ちのいい店内に入っていった。向かいの家が作る影で暗くなり、余り客がいない。正面の窓際のテーブルは家族連れが陣取り、奥のテーブルには若いカップルが座っている。庭のすみに停まっている高そうなクーペは、おそらくカップルのものだろう。六月の日曜日、人通りがとだえたあとでも部屋を掃き清め、花の香りをさせておくミス・ネヴィルは偉いと思った。

「ミス・ピム！」声をかけられて、ルーシーは振り向いた。

ルーシーは、逃げ出したい衝動に駆られた。今は学生とおしゃべりしたい気分ではない。でも声の主はナッツ・タルトだった。すみに座ったカップルの女性は、ナッツ・タルトだったのだ。お相手はまちがいなく「あたくしの従兄《いとこ》」だ。ルーシーをすばらしいと思い、学生連中には「あのジゴロ」呼ばわりされているリックなる人物だ。

デステロは立ち上がってルーシーのところまできて――あらたまった場でもチャーミングなマナーを心得ている――ルーシーを自分たちのテーブルへといざなった。「すてきだわ！」デステロは言った。「お噂《うわさ》していたところですのよ。リックがどれだけお目にかかりたいか話していたら、こうしていらっしゃったわ。マジックですね。こちらは従兄のリチャード・ギレスピーです。洗礼名はリッカルドですけれど、まるで映画スターみたいでいやなんですって」

「さもなきゃ、バンドリーダーですよ」ギレスピーはルーシーと握手をかわし、椅子《いす》をすすめながら言った。控えめな身のこなしは実にイギリス的で、銀幕のラテン型スターに似た風貌《ふうぼう》を打ち消すようなところがある。ルーシーには、なぜ「ジゴロ」と呼ばれるのかがわかった。つやのあるゆたかな黒髪、まつげ、幅広の鼻梁《びりょう》、黒い口ひげの細いライン。あまりにステレオタイプだ。でもそれ以外は、まったくそれらしくない、とルーシーは思った。容姿はラテン系の祖先から受け継いだのだろう。だが立ち居ふるまい、育ち、性格は典型的パブリックスクール出身者のものだ。デステロよりずいぶん年上――三十近いんじゃないかとルーシーは思った――で、気持ちのいい信頼のできる人物のように見受けられる。

二人は注文したばかりのようで、リチャードは店の奥までビドリントン・レアビットをもう一人前追加しに行った。「チーズ料理ですの」デステロが言う。「でもロンドンのティールームが出すようなウェールズ風のとはちがいます。とてもしっとりしたバタートーストに濃厚なチーズソースがかかっていて、ナツメグとか――そんな変てこなスパイスで味つけしてあるのです。とろけるようなおいしさですわ」

ルーシーは食べ物の味について語る気分ではなかったが、おいしそうねと答えた。「ギレスピーさんてイギリス人なのね？」

「おお、そうです。あなた方が言うところの実の従兄《いとこ》ではありません」リチャードが戻ってきて、デステロは説明する。「あたくしの父方の祖父の姉が、彼の母方の祖父と結婚したのです」

「簡単に言えば」リチャードが引き取る。「我々の祖父母は兄弟関係にあったわけです」

「簡単かもしれないけれど、明瞭ではないわ」姻戚《いんせき》関係に無頓着《むとんちゃく》なアングロサクソンに対するラテン的軽蔑《けいべつ》をあらわに、デステロが言う。

「ラルボローにお住まいですの?」ルーシーはリチャードに尋ねた。「いいえ、住まいはロンドンです。本社もありますし。ラルボローには業務提携のためにきました」

ルーシーは思わず目をまるくしてデステロを見たが、彼女はメニューに没頭している。

「関連会社がここにあるので、一、二週間はたらいているのです」リックはよどみなく答える。目で笑いかけ、ルーシーをくつろがせるように言った。「ミス・ホッジには覚書を持って参上した次第です。親戚関係、社会的信用、経済力、風采《ふうさい》、まっとうな人間かどうか——」

「まあ、静かにしてよ、リック」デステロが言った。「父がブラジル人で母がフランス人だというのは、あたくしのせいじゃないわ。ねえ、サフラン・ドー・ケーキってなあに?」

「テレサは、食事に連れ出すには最高の人間ですよ」リックが言った。「飢えたライオンみたいに食いますからね。ほかの女友だちときたら、カロリーなんぞ計算して、あとでウエストのサイズがどうなるかってことばかり考えてますからね」

「ほかの女友だちは」デステロは言葉尻《ことばじり》をとらえて言う。「レイズ体育大学で十二カ月すごしたこともないし、限界まで汗をかいたあげくにマセドワーヌ（野菜をさいの目に切ったもの、ゼリー寄せにすることも）を食べさせられた経験もないからよ」

ルーシーは、食事のたびに山盛りのパンをがつがつ食べる学生の姿を思い出し、これは言いすぎだと思った。

「ブラジルに帰ったら、レディーらしく暮らして、文化的な人間のように食事をするわ。そうしたら、カロリーも気にするでしょうよ」

ルーシーは、いつ帰国するのかと尋ねた。

「八月末日には船に乗ります。卒業式と帰国のあいだに、少しはイギリスの夏を楽しむことができますわ。イギリスの夏って大好き。緑がゆたかで、おだやかで快適な季節ですもの。イギリスのものはなんでも好きですわ。服と冬と味覚は例外だけれど。アーリングハーストってどこにありますの？」

デステロがいきなり話題を変える癖があることを忘れていたルーシーは、アーリングハーストと聞いて仰天し、すぐには答えられずにいたが、リックが代わりに答えてくれた。いろいろと説明して、「イギリスで最高の女子校だ」と締めくくった。「なぜだい？」

「大学は目下その話題で持ちきりなの。同級生の一人がレイズからまっすぐそこに行くことになっているから。騒ぎを聞いたら、その子がデイム（国家的功績のあった女性に王室から与えられる位）の称号でももらったかと思ってしまうわよ」

「騒ぎになるのは当然だと思うな」リックは言った。「大学を出てすぐに最高の仕事につける者は、あまりいないからね」

「そうなの？　じゃあ、たいへんな名誉だと思うのね？」

「大きな名誉だろうな。ミス・ピム、ちがいますか？」

「たいへんな名誉ですわ」

「まあ、そうなの。なら嬉《うれ》しいわ。女子校で何年もつぶすなんて気の毒な気もするけれど、彼女にとって名誉なら、あたくしも満足だわ」

「誰にとって？」ルーシーは訊《き》いた。

「イネスですわ、もちろん」

「昼食の席にいなかったの？」ルーシーは狼狽《ろうばい》する。

「ええ。リックが運転してきましたので、一緒にボーミンスターの〈サラセン人の頭〉（宿屋の看板）に行ったのです。なぜお訊きになりますの？　それが、学校の出来事と関係ありますの？」

「アーリングハーストに行くのは、イネスではないの」

「イネスじゃない！　でも、みんな彼女だって言っていたのに。誰もがそう言いました」

「ええ、みんなそう思っていたけれど、ちがったのよ」

「ちがう？　では、誰が行くのです？」

「ラウスよ」

デステロは睨《にら》みつける。

「まあ、ひどい。いや、あたくしは信じたくないわ。まったくあり得ないことです」

「残念だけれど、本当のことなの」

「あなたは——あんな——選ばれたのが、あんな下衆《カネイル》、あんなやからだと——！」

「テレサ！」リックは、デステロの動揺をおもしろがりながらも、注意した。

デステロは黙って考え込んだ。

「あたくしがレディーでなかったら」しまいに、はっきりと言った。「唾を吐いているところだわ」

家族連れがデステロのほうに振り向いた。ぎょっとして、少々警戒しているようだ。もう店を出ようということになったらしく、荷物をまとめ、勘定の計算を始めた。

「きみのせいだよ」リックが言った。「みんな、こわがってるじゃないか」

このとき厨房《ちゅうぼう》から、チンツの服を着た大きなミス・ネヴィルがチーズトーストを持って出てきた。だがおいしそうな食事で気分が変わるどころではないナッツ・タルトは、最初にアーリングハーストに空きができたと聞かされたのがミス・ネヴィルからだということを思い出し、話題は新たな展開を見せた。耐えがたい話題からルーシーを救い出したのはリックで、チーズトーストが冷めてしまうと指摘してくれた。リックにとってはチーズトーストなどどうでもよかったのに、ルーシーがこの件で疲れてうんざりしているのに気づいてくれたのだ。ルーシーは思いやりに心温まり、感謝で涙が出そうになった。

「結局は」ナッツ・タルトがやっと食事に注意を向けたので、リックは言った。「ぼくはミス・イネスを知らないけれど、きみが言うほど優秀なら、いいポストにつけるはずだよ。たとえそれがアーリングハーストでなくても」

　これこそ、この長い午後中ルーシーが求めていた結論だった。理性的で論理的でバランスが取れている。だが、解毒剤としては道徳的すぎた。ナッツ・タルトが軽蔑《けいべつ》したように一蹴《いっしゅう》したのも、ルーシーには理解できた。

「なんだって、あれを選ぶのよ？」デステロはチーズトーストを頬張《ほおば》りながら、詰問する。「あれ」とはラウスのことだ。「敬意を表する、公衆の面前で名誉を与えると思わせておいて、みんながいるところで侮辱するようなまねができるのよ？」

　ボーは「公衆の面前で恥をかかされる」と言っていた。二人の反応は非常に似通っていた。ちがいは、デステロは侮辱だと考え、ボーは痛手だと考えている点だ。

「ちょうどこの部屋で、イネスのご両親とたいへん楽しい朝をすごしたのよ」デステロはしゃべり続ける。美しい目が、イネスの親が座っていたテーブルに向けられる。ルーシーも席を思い出していた。「とてもいい人たちだったわ、リック。あなたにも会ってほしかった。よき人間のつどいだったわ。あたくし、ミス・ピム、イネスのお父様とお母様《ペール・エ・メール》。文化的なひと時、あたくしたちはとってもおいしいコーヒーをいただいたのよ。それなのにまったく――」

　ルーシーとリックは力を合わせ、デステロの関心をそらさせた。だがレイズに戻るために車に乗り込むと、デステロはまたしても蒸し返して嘆き始めた。だがビドリントンからレイズまで、リックの車ではあっという間だったので、学校に着くまで本調子を取り戻すことができなかった。ルーシーはおやすみを言って、うまく逃げようとしたが、ナッツ・タルトは入口までついてきた。「おやすみなさい、リック」デステロは気軽な調子で言う。「金曜日にはきてくれるわね?」

「何ものもぼくを止められないさ」リックは請け合う。「三時だったよね?」

「いいえ、二時半です。招待状に書いてあるでしょ。あたくしが送った招待状に。ビジネスマンにしては、いいかげんな人ね」

「おいおい、仕事関係のものなら、ファイルで整理してるぜ」

「では、あたくしの招待状はどこにあるの?」

「ベストに隠した金の鎖につないであるのさ」この勝負はリックの勝ちだ。

「リチャードは魅力的な方ね」ルーシーはデステロと階段を昇りながら言った。

「そうお思い? 感激ですわ。あたくしもそう思いますの。彼はイギリス人的美徳をすべてそなえているうえに、イギリス人らしからぬぴりっとしたところもありますの。金曜のダンスを見にきてくれるので、嬉《うれ》しいのです。なぜお笑いになるの?」

ルーシーは、金曜にやってくる従兄《いとこ》についての、実にデステロらしい見方がおもしろくて笑ったのだが、あわてて話題を変えた。

「裏口から入ったら?」

「おお、そうですね、でも気にする人はいないんじゃないかしら。二週間もすれば、自由にこの階段を使える身になりますわ——まあそんな身にはなりたくありませんけれど——だから今だって使っていいと思うわ。商売人用の出入り口なんて真っ平です」

ルーシーは、自室に戻る前に職員たちにあいさつするつもりだったが、ホールは静まり返り、本館には人気《ひとけ》がなかったので、気力がくじけて一番楽な方法を選ぶことにした。あすの朝、皆に会えばいいのだ。

ナッツ・タルトは形だけでも校則を守った。廊下の静けさからして、「就寝」の鐘がすでに鳴ったことは明らかだった。二人は階段の上でおやすみを言い、ルーシーは一番奥にある自室に戻った。服を脱ぎながら、ルーシーはいつしか隣室から物音が聞こえてくるのを待っていた。だが、何も聞こえてこない。カーテンを開けても、窓から光がもれている様子もなかった。イネスはまだ戻っていないのか？

ルーシーは腰を下ろし、何かすべきかどうか、しばし考えた。イネスが戻っていないのなら、ボーのほうこそなぐさめを必要としているだろう。イネスが戻っているのに音がしないのだとしたら、こちらの同情を示すために、邪魔にならないさりげない親切、ちょっとした心遣いができないだろうか？

ルーシーは明かりを消し、カーテンを開けた。窓辺に座り、煌々《こうこう》と照らされた中庭を見る——この共同体では、カーテンを閉めたら変人だと思われる——一人ひとり静かに別行動を取っている学生たちを眺める。髪にブラシをかけている者、縫いものをする者、足に包帯を巻く者

（これは愚かな娘だった。マッサージに取りかかる際、事前にきちんと道具を並べることをせず、ハサミを探して飛び跳ねて怪我をしたのだ）、身をくねらせてパジャマの上着を着る者、蛾《が》を叩《たた》く者。ルーシーが見ているあいだに、二つの明かりが消えた。あすの朝はまた五時半に鐘が鳴るのだ。もう試験が終わってしまったから、深夜までノートに鼻を突っ込んでいる必要もない。

廊下を足音が近づいてくるのが聞こえて、ルーシーはここへくるのかと思い、立ち上がった。イネスの部屋のドアが静かに開き、そして閉まる。明かりはつかないが、そっと寝るしたくをしている音は聞こえてくる。すると今度は廊下にスリッパの音、続いてノックの音がした。返事はない。

「あたしよ、ボーよ」という声がすると、ドアが開いた。ドアが閉まるとき、ひそひそ声が聞こえた。コーヒーの香りと陶器がかすかにふれ合う音が伝わってくる。

こんなとき、食べるものを持ってくるボーは賢明だ。一時から十時になるまで、イネスが戦っていた悪魔がなんであれ、今はもう虚脱状態にちがいないから、目の前に出されたものならなんでも食べる気になっているだろう。小さな話し声が続いていたが、やがて「消灯」の鐘が鳴った。再びドアの開け閉めの音。隣室の静けさは、レイズ全体を包むおおいなる静寂のなかに溶け込んでいく。

ルーシーはベッドに倒れこむ。カバーを引き上げるのもおっくうなほど疲れていた。ヘンリエッタには怒りを、イネスには悲しみと、そしてボーのような友を持っていることへのかすかな嫉妬《しっと》を感じた。

もうちょっと眠らずにいて、あわれなイネスに、どれだけ気の毒に思っているか、どれだけ憤りを感じているかを伝えるにはどうしたらいいか考えることにした。しかし次の瞬間、ルーシーは深い眠りに入っていた。

# 14

月曜は何事も起こらなかった。ルーシーは、アーリングハーストの件については語りつくしてしまった共同体に戻った。教師も学生も丸一日侃侃諤諤《かんかんがくがく》の討議にふけったので、晩にはもう話すこともなくなっていた。うんざりするほど、あらゆる意見が繰り返され、月曜にふだんどおりの生活が復活すると、アーリングハーストはいつしか皆の興味の中心からはずれていった。ルーシーは忠実なモリスにいまだに自室に朝食を運ばせていたので、イネスが事件後初めて皆の前に姿を現した現場を見なかった。昼食時、やっと学生たちと顔を合わせたころには、習慣が荒れ地をならし、大学はすでにいつもどおりの姿だった。

イネスは落ち着いた表情を見せていたが、ルーシーの目には、いつもの内向的な表情が完全に心を閉ざした様子に変わったように映った。今イネスが戦っている感情がどんなものであれ、それを表《おもて》に出さず、毅然《きぜん》としてはいた。ラウスはいよいよセリア伯母の飼い猫フィラデルフィアにそっくりなので、ルーシーは部屋から追い出してやりたくなる。外でにゃあにゃあ鳴いたって放っておけばいいのだ。ルーシーが今回の一件で唯一知りたいのは、ラウスがどんなふうに予想外の発表を受けたかということだ。そこで、昼食に降りていくときに、わざわざミス・ラックスをつかまえて訊いてみた。

「ニュースを聞いたとき、ラウスはどんなふうだった？」

「エクトプラズム（原形質膜の内側の細胞質と接する部分）みたいだったわ」とミス・ラックス。

「なぜエクトプラズム？」ルーシーは、訳がわからない。

「わたしが思いつける範囲で一番いやなものだから」

かくして、ルーシーの好奇心は満たされずじまいだった。マダムがルーシーの逃亡をなじったが、その理由を詮索《せんさく》したがる者はいなかった。すでに卒業公演の影が差している。四日後に迫っているこの行事で、誰もが頭を一杯にしていた。アーリングハーストはもうきのうの事件で、いささか新鮮味がなくなっている。大学はいつもの調子を取り戻した。

月曜から金曜までのあいだに単調さを破ったのは、二つのちょっとした事件だけだった。

第一は、ミス・ホッジがウィッチャリー整形外科病院のポストをイネスに提示し、イネスが断ったという事件だ。そのポストはオドネルに紹介され、気を揉《も》んでいたオドネルは喜んで受けた（「まああなた、よかったじゃない！」デイカーズが言ったものだ。「これで、二度と着る訳がない病院用スモックをあんたに売ることができるわ、よかった、よかった」そしてスモックを売った。学期末にけっこうな現金を財布に入れることができたデイカーズは、浮かれて寮のなかで持ち物を売り歩き始めた。スチュアートから思いがけず、安全ピンは標準的な器具なのかと訊《き》かれたときだけは、売るのをあきらめたが）。

第二は、役者エドワード・エイドリアンの訪問である。

この予期せぬ事件は、水曜日に起きた。この曜日はいつも午後に水泳の授業があり、一年生と受け持ちの患者がいない二年生は、プールに集まっていた。ルーシーは、浴槽を歩くのが精一杯の人間で、水になど入るものかとかたく決心しており、一緒に泳いで涼みましょうという温かい誘いには乗らなかった。三十分間ばかり水中での大騒ぎを見物し、あとは寮でお茶を飲むことにした。ホールを横切って階段まできたとき、使徒の一人――ルークのような気がするが、いまだに四人の見分けはつかない――がクリニックのドアから飛び出してきて言った。

「おお、ミス・ピム、お願いですからちょっとだけアルバートの足に座っていただけませんか？」

「アルバートの足に座る？」ルーシーはたった今聞いたことが理解できず、おうむ返しに答えた。

「そうです、じゃなければつかんでください。でも、座るほうが楽ですよ。革帯の穴が破れてしまって、今使ってないのがもうないんです」学生は頭がくらくらするルーシーをクリニックへ案内する。なかでは見慣れない白いリネンの服を着た学生たちが、顔をしかめた患者たちを診察している。ルークらしき学生は、十一歳くらいの少年がうつぶせになっている台座を指し示し、「ほらね」と革帯を持ち上げて言う。「穴のところから裂けてしまったのです。手前の穴ではきつすぎるし、後ろの穴ではゆるすぎます。少しのあいだ、彼の足をしっかり押さえていてくださいませんか。お座りになりたくないのなら」

ルーシーはあわてて、押さえるほうがいいと言った。

「けっこうです。こちらはミス・ピムよ、アルバート。今回は、ミス・ピムが帯の代わりになってくださるからね」

「こんにちは、ミス・ピム」アルバートは上目使いで言った。

ルーク——だとすればだが——は、少年の両脇《りょうわき》をつかみ、足だけを台座に残して体をぐいと手前に引っ張った。「では両方のくるぶしをしっかりつかんでくださいね、ミス・ピム」ルークが命じたので、ルーシーはしたがった。このぶっきらぼうながらもすがすがしい態度はマンチェスターにぴったりだと感心し、またくるぶしを押さえつけるとなると、十一歳の少年はひどく重いものだと驚いた。ルーシーはルークの診察ぶりから、ほかの面々へと視線をさまよわせた。今のような身なりをしていると、ひどく奇妙でよそよそしく見える。ここの風変わりな生活には、いったいどれだけの側面があるのだろう？　親しくしてきたスチュワートでさえ、この状況ではちがった人間に見える。動作はいつもより落ち着いているし、患者に対しては職業的な声をかけている。笑顔もおしゃべりもない。あるのは、明るい病院にふさわしい静けさだ。

「もうすこしだけ引っ張って、そうそう」「きょうはずいぶんよくなりましたね！」「もう一回やってみましょう、きょうはそれでおしまいにしますからね」

ハッセルトが動いた拍子に、スモックのすき間からシルクの生地が見えた。患者の診察が終わってから体育館に行くまでに時間がないから、もうダンス用に着替えていたのだ、とルーシーにはわかった。もしお茶がまだだったら、向かう途中でカップをひっつかむのだろう。ルーシーが、診察着の下にダンス用のシルクを着る生活はなんと奇妙なことかと考えているあいだに、窓の前を車が通りすぎて正面玄関前に停まった。たいそう当世風な高級車で、むやみに長くてぴかぴかしていて、運転手つきだった。最近では、傷病兵でもなければ運転手つきの車には乗らないものだから、なかから現れるのはいったい誰だろう、とルーシーは興味深く見守った。

ボーのお母さんだろうか？　あれは、執事のいるような家の人が乗る車だ。

だが車から出てきたのは、若々しい男だった——背中しか見えないけれど——十月から六月の終わりにかけて、ロンドンの繁華街でならいつでも見かけるようなスーツを着ている。運転手とスーツからルーシーが連想したのは王族だったが、あいにくそれらしい御仁は思い浮かばない。きょう日、王族だって自分で運転するではないか。

「ありがとうございました、ミス・ピム。おかげでたいへん助かりました。アルバート、お礼をおっしゃい」

「ありがとう、ミス・ピム」アルバートが礼儀正しく言い、それからルーシーの目を見てウインクした。ルーシーは重々しくウインクを返した。

この瞬間、それまで奥の部屋で、タルカムパウダーの詰め替えをするフロイケンを手伝っていたオドネルが、大きな粉ふるいを持ってかけ込んでくると、興奮した面持ちでささやいた。

「なんだと思う？　エドワード・エイドリアンよ！　車に乗ってんのよ、エドワード・エイドリアンが！」

「それがどうしたの？」スチュワートはふるいを受け取りながら言う。「タルカムパウダーの詰め替えくらいでずいぶん待たせるわね」

ルーシーはクリニックのドアを閉め、ホールに出た。オドネルの言ったことは、本当だった。ホールに立っている人物は、エドワード・エイドリアンだった。ミス・ラックスの言ったことも、本当だった。彼は鏡に映ったおのれの姿をしげしげ眺めている。

ルーシーが階段を昇る途中、ミス・ラックスが降りてくるのに出くわした。ルーシーが階上《うえ》で振り返ると、二人の対面の現場を見ることができた。

「いらっしゃい、テディー」ミス・ラックスは気のないあいさつをする。

「キャサリン！」エイドリアンのほうは、最高の喜悦をあらわにして、ミス・ラックスに抱きつかんばかりに近寄る。だが女性側は儀礼的に冷たく片手を差し出し、男を制した。

「ここで何をしているの？　レイズに『姪《めい》』がいることにしたんじゃないでしょうね」

「ひどいなあ、キャス。きみに会いにきたに決まってるじゃないか。なぜ、ここにいると教えてくれなかったんだい？　芝居を見にきてくれれば、食事しながら昔話を――」

「ミス・ピム」ミス・ラックスの明晰《めいせき》なアクセントが階段の上まで流れてくる。「逃げないでくださいな。わたしの友人に会っていただきたいわ」

「でもキャサリン――」エイドリアンが低い声で抗議するのが、ルーシーの耳に聞こえてくる。

「こちら、有名なミス・ピムよ」ミス・ラックスが、言うとおりにすればいいのよ、ばかねという口調で言う。「そしてこちらは、あなたの大ファンよ」と、最後のわなをかける。

ミス・ラックスがどれだけ残酷か、この男はわかっているのだろうか？ それともうぬぼれが強すぎて、ミス・ラックスから見くびられても傷つかないのだろうか？ ミス・ピムは二人が近づいてくるのを見ながら思案した。

三人は誰もいない応接室に入っていった。と、ルーシーは不意に「くたびれた感じのおじさんよ、羽が抜け変わる時期のワシみたいでさ」というスチュワートの人物評を思い出し、なんとそれが当たっていることかと思った。この男はある種の美貌《びぼう》の持ち主ではあるし、四十をさほど越えてはいないだろう――四十三、四といったところか――が、容貌にはすでに老いの影が感じられた。先ほど遠目では若々しいと思ったが、ドーランも眉墨《まゆずみ》も口紅も塗らないエイドリアンは、ずいぶんとくたびれて見えるうえ、黒髪は後退している。ルーシーは突然、彼が不《ふ》憫《びん》になった。若さとたくましさと美を兼ねそなえた「デステロのリック」の記憶も鮮明な今、わがままなスター俳優がいささか気の毒に思えるのだ。

彼はルーシーに気に入られようとした――ルーシーの著作はすべて読んでいた、ベストセラーならなんでも読むので――ものの、片方の目はミス・ラックスから離れなかった。ミス・ラックスは、茶葉の残りをたしかめ、ティーポットの中身を調べ、もう少しお湯を足すことにしたらしく、やかんを置いたコンロに再度火をつけた。キャサリン・ラックスの意識的なふるまいには、ルーシーを困惑させるものがあった。ルーシーは、そんな態度を取るのはエイドリアンのほうかと思っていた。成功したスターが女子大のつつましい女教師を訪問するとしたら、もっと冷ややかであるはずだ。いかにも俳優らしく、見知らぬ人間の前では気取ろうとするだろう。もちろん、彼はルーシーのために「演技をして」いた。自分の魅力を総動員したし、かなり魅力的だった。だがそれは反射作用でしかない。彼の関心のすべては、自分を水っぽい紅茶程度にしか評価していない、冷淡な痩《や》せこけた女に注がれている。これは、そうそうお目にかかれない見物《みもの》ではないだろうか。ルーシーはおもしろがって考えた。エドワード・エイドリアンは、前ぶれもなしに玄関口に登場した。ほぼ二十年近く――悲劇のロメオを演じて、モンタギューという名前にうんざりしていた批評家たちに涙を流させて以来――この男の一挙一動はつねに注目の的だった。彼の行くところ、つねに小さな渦が巻き起こった。人々は、彼の言いつけを果たすために馳《は》せ参《さん》じ、喜ばせるためならなんでもした。彼に多くを与え、見返りを求めなかった。彼のためならなんでも投げ出し、感謝の言葉を期待しなかった。彼こそはエドワード・エイドリアン、誰もが知る人物であり、ポスターには六十センチの大きさに描かれる国家的財産なのだ。

しかし、この午後エドワード・エイドリアンは、キャサリン・ラックスに会うためにレイズにやってきた。そして彼の目は、おねだりをする犬のようにキャサリンのあとを追っている。当のキャサリンのエイドリアン評といえば、ティーポットにちょっとお湯を足してやろうか、という程度のものだ。何から何まで奇天烈ではないか。

「ラルボローではご活躍なんでしょう、テディー?」ラックスは、興味よりは礼儀から男に訊《き》く。

「うんそうだな、まあまあだ。学校からの団体が多すぎる。だがシェークスピアをやるときは、それも我慢しなくちゃならない」

「若い人の前で演じるのは、お好きではありませんの?」最近知り合った若者たちがあまり彼のせりふまわしを気に入らなかったのを思い出しながら、ルーシーは訊いた。

「それは――連中は最高の観客という訳にはいきませんからね。大人のほうがいいですよ。若者は割引券を買います。増収にはつながりませんよ。しかし、我々はそれを投資と考えています」

最後に寛大さを見せた。「彼らは未来の観客ですし、そうなるべく訓練する必要がありますよ」

結果からして、その訓練は全然かんばしくなかったのだ、とルーシーは思った。若者が行列してでも見たいのは、『燃えるとりで』とかいうものだ。彼らが劇場に「行かなくなった」というのも、まちがいである。もっと明確な意思の表明なのだから。彼らは劇場から「逃げた」のだ。

それはさておき、これは礼節に則ったティーパーティーであり、きびしい真実を突きつけるときではない。ルーシーはエイドリアンに、卒業公演にはくるのかと訊き――ミス・ラックスを当惑させた。彼は卒業公演のことなど聞いたこともなく、是非きたいと答えた。衣装の陰でつま先立って上体を揺らす以上の体操的な動きは、久しく見ていませんでした。ダンス？　なんてこった、ダンスもあるんですか？　もちろんうかがいますよ。それだけじゃなく、三人で劇場に行って、芝居がはねたら夕食をご一緒しましょう。

「きみの芝居嫌いは知っているよ。でもね、一度くらい見てみたらどうだい、キャサリン？　金曜の晩は『リチャード三世』だから、恋愛ものを我慢する必要はないんだ。いい戯曲じゃないけど、演出はすばらしいよ。本来なら、ぼくがこんなことを言うべきじゃないんだが」

「高潔な人物を誹謗中傷《ひぼうちゅうしょう》するし、露骨な政治的プロパガンダは出てくるし、なんといってもひどくばかげた戯曲だわ」ラックスは意見を開陳した。

エイドリアンの顔に、小学生じみた満面の笑みが広がる。「わかったよ、でもとにかく客席に座ってくれよ。あわれな俳優がごひいきにするラルボローの〈ミッドランド〉がどんなすごい料理を出すか、わかるよ。ヨハニスベルガー（ライン地方のワイン）だってあるんだぜ」

ラックスの頰《ほほ》がかすかに赤みをおびた。

「ね、きみの好みを覚えていただろう？　いつか言ってたヨハニスベルガーだよ。花のような香りがするんだろ。劇場のいやな臭《にお》いなんて吹っ飛んでしまうさ」

「くさいとは言っていないわ。きーきー音がするって言ったのよ」

「そりゃそうさ。二百年もたったご老体の劇場だもの」

「わたしが何を連想するかわかる？　戴冠式《たいかんしき》の王室馬車よ。アナクロニズムがゴロゴロ音を立てているみたい。昔からあるからというだけで、したがうはめになるくだらない習慣よ。メッキした遺物よ――」

やかんが沸騰し、ミス・ラックスはポットに熱湯を注いだ。

「ミス・ピムに食べるものをまわしてちょうだい、テディー」

まるで乳母のような口調だわ、と思いながら、ルーシーは男が差し出した皿からロール・サンドイッチを取った。あれがエイドリアンを惹《ひ》きつけるのかしら。軽く扱われていた暮らしを、なつかしく思い出すのだろうか。ずっとそんな暮らしをしたらいやになるに決まっている。でも、たえず人に注目される今の暮らしに飽きることも、ときにはあるだろう。休暇になるとたずねてくる、ただのテディー・エイドリアンとして接してくれる人間に会えば気分が変わっていいのかもしれない。

ルーシーはエイドリアンに話しかけようとして向きを変え、いろいろな食べ物を片っ端からはねつけるキャサリンを見る目つきに驚いた。妹の前で見せそうな喜びや愛情が感じられるものの、それだけではなかった。言ってみれば――絶望、だろうか？　それに近いものだ。肉親同様に育った女性に対する愛情とは無縁の何ものか、だ。しかも、大スターが不器量で皮肉屋のレイズの女教師を見つめるにしては、なんともふしぎな表情だ。

ルーシーは、男の視線に気づいていないキャサリンを見た。初めて、エドワード・エイドリアンと同じ視点で見てみた。ベル・レッド（不器量だが魅力のある女）の要素をそなえた女として。学究的な世界では、「きちんとした」服装も質素な髪型も化粧っけのなさも、適切なものとして認められる。しっかりした骨格もさっそうとした身のこなしも、当たり前のものとして受け取られている。ただの十人並みで頭のいいミス・ラックスだ。それが、劇場の世界だったらどれだけ変わるだろう！　大きなふっくらした唇、高い頬骨《ほおぼね》にこけた頬、短いがまっすぐな鼻、とがったあごのくっきりとしたライン——是非とも化粧を必要とする要素ばかりだ。ありきたりの見方をするならば、ラックスは使い走りの少年が「すげえ不細工」と言うようなたぐいの顔の造作をしている。だが視点を変えれば、ラックスが美粧を凝らして昼食どきの人気レストランに入っていったら、客たちははっとするにちがいない。

　ベル・レッドにしてエイドリアンの「あのころ」を知っている女とは、あまりおもしろくない人物どころではない。ルーシーは残りの時間ずっと、自説の見直しに余念がなかった。

　ルーシーは時期を見計らって、礼を失することなく退席し、エイドリアンが待ちかねていた二人きりになる機会を与えた。ミス・ラックスは、二人きりになるのを避けるべく最善を尽くしてきたのだが。エイドリアンは今一度、金曜の晩の劇場のパーティーへの出席を懇願した——車でくるから、卒演は六時には終わるだろうし大学の晩餐会《ばんさんかい》は興ざめもいいところだろう、『リチャード三世』はナンセンスに満ちているかもしれないけれど、見れば楽しいと保証する。〈ミッドランド〉の料理はこたえられないものだ、ドーヴァー・ストリートの〈ボーノ〉のシェフを引き抜いてきたのだから。ずいぶん久しぶりの再会だし、あの立派な本を書いた賢明なミス・ピムともろくに話していない。それになんといっても、芝居とゴルフの話しかしない役者仲間にはもううんざりなんだ。ぼくを喜ばせるためだけでも、きてくれないか、云々《うんぬん》——熟練した役者としての魅力と心からの願いが通じ、金曜の晩、ラックスとルーシーはエイドリアンとともにラルボローに行き、『リチャード三世』を鑑賞し、ほうびにうまい夕食をおごってもらい、帰りも車に乗せてもらうことに決まった。

学生寮に向かいながら、ルーシーは少々気落ちしていた。またしても、ミス・ラックスにまちがった評価を下していたのだ。ミス・ラックスは、もてない不器量な女だから美しい妹に尽くして人生の埋め合わせをしている訳ではなかった。彼女は潜在的に魅力的な人間であり、現代の世界でもっとも成功したハンサムな男にわずらわされずとも、満ちたりているのだ。

ミス・ラックスに関しては、完全に思いちがいをしていた。心理学者ミス・ピムは、自分はフランス語の教師としてよかっただけなのだ、と考え始めていた。

## 15

エドワード・エイドリアンの大学への侵入に心を動かされたのは、マダム・ルフェーヴルただ一人だった。大学内における演劇的世界の代表として、明らかに接待者としての自分の役割はもっと大きいはずだと考えていた。またマダムは、第一にエドワード・エイドリアンの知己になる権利などないこと、第二にすでに知り合いだからといって独り占めする権利はないことを、ミス・ラックスに理解させようとした。マダムは金曜の晩に直接エイドリアンに会えそうだし、いわば「彼と同じ価値観」にもとづいて話をすることができそうだとわかって、機嫌を直した。彼はレイズ体育大学の原始人たちに囲まれて途方に暮れたことだろう、とマダムは信じていた。

ルーシーは、木曜の昼食の席でマダムの刺を含んだなめらかな話しぶりに耳をかたむけながら、マダムがエイドリアンに取り入って夕食会に加わることにならなければいいのにと思っていた。ルーシーは金曜の晩を楽しみにしていた。食事のあいだ中、マダムのあの目で観察されるなんて願い下げだ。でも、ミス・ラックスが拒絶してくれるかもしれない。自分の意に染まないことを我慢する、というのはミス・ラックスの性分に合わないのだ。

マダムとミス・ラックスとあすの晩のことを考えながら、ルーシーは見るともなく学生たちのほうを見た。と、イネスの顔が目に留まり、ぎょっとした。

すれちがう瞬間より長くイネスの顔を見るのは三日ぶりだ。たった三日で若い娘の顔がここまで変わってしまうものだろうか？　どこが本当に変わったのか、ルーシーは見極めようとした。イネスは前よりも痩《や》せ、ひどく青白い顔色だったが、それが決定的なちがいではない。目の下の隈《くま》やこめかみのくぼみでもない。表情ですらない。落ち着きはらった様子で目の前の皿に集中している。それなのに、その顔はルーシーを打ちのめす。ほかの人は気づかないのかしら、とルーシーは思った。誰もそれにふれないのだろうか。「それ」はモナリザの表情と同じくらいかすかで、それでいてあらわなのだ。漠然としているが無視することはできないものが表れている。

あれこそ「心が燃え尽きる」ということなのだ、とルーシーは思った。「心が燃え尽きるなんてひどいことです」とボーは言っていた。それであんなすさんだ表情になってしまうのならば、まさしくそれはひどいことである。人間の顔がいったいどうして、沈着であると同時に――あんなふうになるだろう？　どうして、羽をもぎとられた鳥があんな冷静な顔をしていられるのだろう？

ルーシーの視線は、手前のテーブルの上座に座ったボーに移り、イネスを心配そうに見ている様子をとらえた。

「エイドリアンさんには招待状をお送りしたのでしょうね?」ミス・ホッジがラックスに言った。

「いいえ」エイドリアンの話題にうんざりしたラックスは答える。

「それからミス・ジョリッフェに、お茶をもう一人分用意するように伝えてくださったのだといいけれど」

「彼はお茶の時間には何もとりません。ですから、とくに伝えませんでした」

ああ、そんなくだらないおしゃべりはやめて、イネスを見てよ、とルーシーは言いたかった。彼女にいったい何が起こっているの? この前の土曜の午後には輝くばかりに幸せそうだった娘を見てよ。彼女を見て。彼女を見て、何を思う? 静かにきちんと座っているけれど、内面はぼろぼろなのよ。見かけは完璧《かんぺき》なのに、中身がうつろだからふれたら粉々に砕けてしまうだろう。

「イネスのぐあいがよくないようだけど」ルーシーは、ラックスといっしょに階段を昇りながら用心深い表現で言った。

「ひどく悪そうね」ラックスはぶっきらぼうに答える。「ふしぎなの?」

「何かしてあげられることはないかしら?」ルーシーは訊《き》いた。

「彼女にふさわしい仕事を見つけることは、できるかもしれない」ラックスはあっさり言う。

「今のところ、空いたポストはないのだから、現実的ではないけれど」

「一般募集に応募するしかないということ?」

「そうよ。学期末まであと二週間しかないし、ミス・ホッジのところにはもういいお話はきそうもないわ。九月に始まる仕事の口は、すでに埋まっているでしょう。最高の皮肉だと思わない? ここ数年で最高の学生が、手書きの応募用紙と返却無用の成績証明書を用意するはめになるなんて」

言語道断だ、とルーシーは思った。まったくもって言語道断だ。

「彼女はポストを提示されたわ。それでミス・ホッジの手持ちはおしまい」

「でもそれは医療関係の仕事だったから、彼女は断ったわ」とルーシーは言った。

「そういうこと! わたしを説得しなくてもいいわよ。もうあきらめているから」

ルーシーはあしたのことを考えた。親たちがきて、幸せな娘たちはここでの充実した学校生活の成果を披露するのだ。イネスは卒業公演をどう楽しみにすればいいというのか。彼女をこよなく愛し、彼女が望む勉学の機会を与えるためなら何も惜しまない両親と会うのを、どう楽しみにすればいいというのか。両親は、アーリングハーストの話を聞くのを心待ちにしているのだ。

学生に職を与えずに卒業させるだけでもよくないが、それは救済の余地がある問題だ。対処しようがないのは、不公正という問題である。ルーシーの個人的見解では、どんな悪をこうむるよりも、不公正のほうが耐えがたい。若いころ不公正の犠牲になり、驚き傷つき、やり場のない怒りにかられ、絶望にさいなまれた記憶が蘇《よみがえ》ってきた。やり場のない怒りが一番悪かった。ゆっくりと火にあぶられるように、人間を消耗させるのだ。対処しようがないので、はけ口はなかった。非常に破壊的な感情だ。ルーシーは自分もイネスのようだったのではないか、そしてユーモアのセンスに欠けていたのかもしれない、と思った。けれども、おのれの悲しみを見つめるのに適切な距離感を持った若者などいるだろうか？　いるはずがない。人から悪いタイミングでいやなことを言われたから二階で首をくくるのは、四十の人間ではない。十四歳の子どもが、そういう行為におよぶのだ。

ルーシーは今、イネスは怒りと絶望と憎しみという激しい感情に呑《の》み込《こ》まれているにちがいない、と思った。わたしはなんてするどいんだろう！　表面的には威厳を保っているイネスから、これだけのことを見抜いたのだから。ちがう気質の娘だったら相手かまわずべらべらしゃべって、小銭目当てに帽子を差し出す道端の歌謡《うたうた》いのように同情をかき集めていたことだろう。イネスにかぎってそんなことはしない。たしかにユーモアのセンスはないかもしれない――ボーが言うとおり「羽の脂がない」のだ――けれども、ユーモアのなさが引き起こす痛みを彼女は一人で背負い込んでいる。誰にも見せてはならないのだ――無意識のうちに「彼女たち」と呼んでしまうような相手には、なおさらのこと。

ルーシーは、同情の念を伝える無難な方法を思いつけなかった。花や甘いものやありきたりの友情の印《しるし》は問題外だし、それに代わるものも浮かばない。そして今や、一晩中壁の向こうにいるイネスの苦境が、意識の片隅に追いやられようとしていることに気づいて、自分がいやになった。「就寝」の鐘が鳴ってイネスが自室に引き取るたびに、ルーシーはこのことを思い出し、隣室からかすかな音が聞こえるたびにイネスの存在を思い出した。眠りにつく前に、ちょっとばかりイネスのことを案じ、気を揉《も》むのだ。だがめまぐるしい日々を送るうち、イネスのことは忘れそうになっていた。

ラウスが土曜の晩に就職祝いのパーティーを開く気配はない。だが、状況を察しているためなのか、大学全体の感情に気づいているためなのか、あるいは見かけどおりけちけちした性格のせいなのか、理由は誰にもわからない。イネスのために華々しく予定されていた大々的なパーティーは、もはや話題に上らなくなった。ラウスのための大々的なパーティーなぞ、考慮されるべくもない。

興奮が最高潮に達し、もっと皆がべらべら好き勝手にしゃべっていたであろうときにルーシーが大学にいなかったことを差し引いても、学内でアーリングハーストの話題に誰もふれないのは奇妙だった。毎朝トレーをどしんと置きながら気兼ねのないおしゃべりをしていく小柄なミス・モリスでさえも、アーリングハーストの話は口にしない。この件に関してルーシーは、学生側から見れば「職員」であり部外者だった。おそらく責任の一端があると思われているのだ。ルーシーにとっては、まったくありがたくない話である。

それでもルーシーにとって一番心外であり、意識から払いのけることができなかったのは、イネスの不毛な未来である。長年刻苦勉励《こっくべんれい》して目指してきた未来。勝利の喜びが待っていると思えた未来。ルーシーは、今すぐにでもイネスにポストを紹介してやりたくてたまらなかった。そうすれば、生活に疲れているが幸せそうなきらきらした目のあの女性が、報われない娘の姿を見なくてもすむのだ。

そうは言っても、体育教師を筆記用紙のように呼び売りするわけにはいかない。似合わなかった服を人にあげるように、友人に彼女を紹介することもできない。善意だけでは何もできない。そして、ルーシーが持っているものといえば、ほとんど善意だけなのだ。

なら、善意だけでどこまでやれるか、やってみようではないか。ルーシーは、職員たちが二階に向かっても、学長室についていった。「ねえヘンリエッタ、ミス・イネスにポストを作ることはできないかしら？　彼女が仕事にあぶれてるなんて、断然まちがってるわよ」

「ミス・イネスはそう長いこと職なしではいませんよ。だいたい、空想上の仕事の話をして、今の彼女のなんのなぐさめになるのか、わからないわね」

「空想するなんて言ってない、作り出すと言ったの。ほんとに作るのよ。国中探せば、まだ人が見つからないポストが山ほどあるはずよ。イネスにずるずる応募の結果待ちをさせておくよりも、わたしたちで空いたポストとイネスを結びつけることはできないかしら？　ただ待ってるなんて、ヘンリエッタ。それがどんなものだったか覚えている？　ていねいに書いてもけっして戻ってこない、応募用紙と推薦状のことを」

「ミス・イネスにはもうポストを提示したのだけれど、彼女断ったの。これ以上何もできませんよ。手持ちの空いたポストはもうないし」

「それはないでしょうけど、イネスの代わりに、一般募集しているところに接触できるはずでしょう?」

「わたしが? それはまったく例のないことだわ。第一、不必要です。イネスが応募するときには、わたしの名前を出すはずよ。仮に彼女が推薦に値しないのなら——」

「でもあなたならできるはずよ——ねえ、特別なポストを頼めるはずでしょう、特別に優秀な学生がいるのだから——」

「ばかなこと言わないで、ルーシー」

「わかってるわよ、でもイネスには、きょうの五時までには引く手あまたの身になってほしい」

ミス・ホッジはキプリング(十九〜二十世紀の英国の小説家、詩人)など読まなかったし——実のところ、その存在すら知らなかったのだが——ルーシーの顔をまじまじと見た。

「あんな立派な本を書いた女性にしては——ビートク教授がきのうのユニバーシティーカレッジのお茶の席で誉めてらしたけど——あなたは、ひどく衝動的で浮ついた性格ね」

この言葉は決定的だった。ルーシーは、自分の知性の限界はよくわかっていた。打ちのめされた気分で、窓に映るヘンリエッタの大きな背中を見た。

「心配だわ」ヘンリエッタは言った。「お天気が悪くなりそう。今朝の予報では、大丈夫そうだったのに。ずっと夏らしいお天気で慣れっこになっていたけれど、変わることも考えなくちゃ。あした中ずっと空の機嫌が悪いようだと、悲劇だわ」

そう、まったく悲劇だ！　図体が大きくて場所ふさぎで愚かな女。浮ついた性格はあなたのほうよ。そりゃあたしは、成績はC3レベル（及第の最低レベルがD）の頭だし、子どもっぽい衝動的な行動を取るかもしれない。でも悲劇が起きているときは、見ればわかる。悲劇っていうのは、安いパーティードレスを探してかけずり回ったり、キュウリのサンドイッチが湿っているのに文句を言うそこいらの人たちとは無縁のことだ。そう、断然ちがうのだ。

「ええ、そうなったら残念ね、ヘンリエッタ」ルーシーは、すごすご二階へと退散した。

ルーシーはしばし踊り場の窓辺にたたずみ、地平線上に垂れ込める厚い黒雲を眺めた。あしたは大雨が降ってレイズがナイアガラ並みの大きな滝に沈んでしまえばいい、びしょ濡《ぬ》れの人間たちが洗濯物みたいに乾いていくとき、もうもうと蒸気が上がるだろう、とルーシーは不吉なことを考えた。だがすぐに、この発想の残酷さに気づき、あわててちがう願いにした。あしたは、みんなにとって大切な日なのだ、神の祝福がありますように。あすを目指して、誰もが汗を流し、擦り傷と教師の皮肉に耐え、打ち身、骨折を乗り越え、背筋をしゃんとし、希望を持ち、涙を流し、生きてきたのだ。太陽が彼女たちの頭上に輝くことこそ、まさに正義と言うべきである。

それに、ミセス・イネスはどう見ても一足しか「よそ行き」の靴を持っていないではないか。

## 16

レイズでの滞在中、ルーシーは日を追って、少しずつではあるが朝の目覚めがよくなっていった。初めて五時三十分のすさまじい鐘の轟音《ごうおん》に叩《たた》き起《お》こされた朝は、音がやむと同時に寝返りを打って再び眠りに落ちた。だが、習慣が勝利しつつあった。早朝目覚めてから再び眠らなくなっただけではない。最後の一日、二日は、熟睡していても、これから起床の鐘が鳴りそうだという気配には感づくようになっていた。そして卒業公演当日、ルーシーはついに起床の合図の前に起きるという快挙をなしとげた。

ルーシーが起きたのは、胸骨の下がぞくぞくしたからだ。こんな感覚は子どものとき以来だ。これは決まって、学校で賞が授与される日に経験したものだ。ルーシーはいつでも賞をもらえた。あいにく、華々しいものではなかったけれど——フランス語で二番、図画で三番、歌で三番といったぐあい——それでも、もらえることはもらえたのだ。そしてまた、ときたまではあるが、「曲」を弾くこともあった——たとえばラフマニノフの前奏曲だ。ダ、ダ、ダというのではなく、ダ、ディ、ディ、ディというリズム。ディ、ディ、ディの部分をものすごく集中して弾けば、ごほうびは新しいドレスだった。だから、胸骨の下がぞくぞくしたのだ。そしてきょう、あれから何年も経っているというのに、あの感覚が蘇《よみがえ》ってきた。この数年というもの、その部分がぞくぞくするといえば、たんなる消化不良が原因だった――消化不良が「たんなる」ですむ場合は。だが、若い感情に取り巻かれている今、ルーシーはイネスへの同情よりも、卒業公演への期待のほうが大きくなりかけていたのだ。

ルーシーはベッドで身を起こし、天気の様子を見た。空はどんよりと曇り、冷たい霧がかかっている。霧はやがて晴れて、日差しが強くなるのかもしれない。ルーシーはベッドから降りて窓辺に寄った。外は静寂が支配している。静かな灰色の世界で動くものといえば、大学の猫だけだ。露に濡《ぬ》れた石の上を、当惑した面持ちで歩いている。四本の足を代わりばんこに振り、不快の念を表している。草にはたっぷり露が降り、濡れた草にねじれた愛着を持っているルーシーは、満ちたりた思いで眺めた。

と、鐘が鳴り、静寂は真っ二つに引き裂かれた。猫は急な用事を思い出したように、大慌てでかけ出した。ギディーが体育館に向かって、砂利を踏んで歩いていく。やがて、彼の真空掃《アブホレ》除機《ンス》のうなる音が、はるかかなたのサイレンのように、かすかに聞こえてきた。中庭を囲む窓という窓から、うなり声やあくびや天気を尋ねる声がもれてくる。だが、窓から外を見ようとする者はいない。起床というのは、ぎりぎりまで延ばしたい苦行なのだ。

ルーシーは着替えて、露の降りた灰色の朝のなかに出て行くことにした。ひんやりじめじめして、情け深い朝の世界。太陽の光を浴びないキンポウゲがどんなふうだか見てこよう。濡《ぬ》れた藤黄色みたいな色だろう。ざっと顔を洗い、手持ちの一番暖かい服を着込み、肩にコートをかけると、静まり返った廊下に出て、誰もいない階段を降りた。中庭に出る戸口で立ち止まり、学生用掲示板に貼《は》られた注意書きを読んだ。秘密めいて深遠なようでいて、そっけない文章だ。「学生たちは、両親および訪問者が寮と大学附属クリニックにまで案内される可能性があり、しかし学生寮の正面には案内されないことを銘記すること」「一年生は、訪問客のお茶の給仕ほか家事面で義務があることをまもること」そして、大文字だけの単純な宣言があった。

**卒業証明は、火曜日朝九時に授与されるものとする**

渡り廊下に向かいながら、ルーシーはリボンで結ばれた重々しい卒業証書を思い浮かべた。それから、卒業証明のようなものでも、この大学は独自の路線を行くのだということを思い出した。この大学の卒業証明は、コートに留めるバッジだ。エナメルと銀の細工で、仕事着の左胸に留めることになっている。このバッジは、当人がどこで何を目的に学生時代を送ったかを雄弁に物語るものなのだ。

ルーシーは道に出て、体育館までぶらぶら歩いていった。ギディーはとっくに清掃作業を終えている——部屋を出る前に、ギディーが芝生のすみっこでバラをめでている姿が窓から見えた——ラウスが朝の練習を終えたことは明らかだ——コンクリートの歩道には、運動靴の湿りけをおびた足跡がかすかに残っている——ということは、体育館には誰もいないのだ。壁際の道を戻ろうとして、ルーシーは立ち止まり、開け放たれたドアからなかに入った。混み合う前の競馬場や、選手の足跡だらけになる前の競技場がよりドラマチックであるように、行事の開始を待ち受けている空間はルーシーを魅了した。がらんとした感じ、静けさ、緑色の水中を思わせるような明かりは、昼間の体育館にはない厳粛で謎《なぞ》めいた雰囲気を醸し出していた。ラウスが使った一本のブームの影がちらつき、はるか向こうではギャラリーの下の照明が流動体のように揺らめいている。

ルーシーはこの誰もいない空間で、大声で号令をかけて自分の声を聞いてみたくなった。心臓発作を起こさずに肋木《ろくぼく》に登れるかどうか、試したい気もした。だが、体育館のなかを眺めるだけでよしとした。この歳になったら、眺めるだけで十分だ。おまけに、それはルーシーの得意技なのだから。

ルーシーとブームの中間あたりの床に、きらりと光るものがある。小さくてぴかぴかしている。釘《くぎ》の頭か何かだ、とルーシーは思った。それから、体育館の床に釘は打たれていないことを思い出す。なんとなく興味を持ち、近づいて拾い上げた。小さな線細工《フィリグラン》のバラ飾りだ。平べったくて、銀でできている。ほほえみを浮かべ、何気なしにジャージのポケットに入れながら、向きを変えて歩み去った。今朝の胸骨の下のぞくぞくでは学校時代を思い出したけれど、この小さな金属性の輪を見て子ども時代のパーティーがもっと鮮明に蘇《よみがえ》ってきた。いつのまにかルーシーは、クラッカーとゼリー、白いシルクという記憶の渦の只中《ただなか》にいた。足元にはブロンズ色の革のパンプスだ。パンプスのかかとは、伸縮性のあるひもを交差させてしばり、つま先には小さなシルバー・フィリグランのバラ飾りがついていたっけ。運動場のゲートへと道を下《くだ》りながら、もう一度フィリグランを手に取り、思い出に浸って笑顔になった。あのブロンズ色のパンプスのことは、すっかり忘れていた。黒のパンプスだってあるけれど、本当に趣味のいい人たちはブロンズ色を履くものだ。この大学でブロンズ色のパンプスの持ち主といったら誰だろう、とルーシーは思った。先がトウシューズになっているかどうかにかかわらず、レイズ校ではダンスの時間はバレエシューズを履くことになっている。体育館履きはふち飾りがつき、甲の部分に伸縮性がある。ここにきてから、つま先に飾りのついたパンプスを履いた学生など見たことがない。

たぶん、ラウスが朝体育館に走ってきたときに、履いていたのだろう。飾りが落ちたのは、今朝しか考えられない。ギディーが操る真空掃除機《アブホレンス》は、鋲《びょう》で留められているもの以外は、なんでも吸い込んでしまうからだ。

ルーシーはゲートの辺りをうろうろしたが、肌寒いうえ期待外れだった。霧が深くて木々は見えず、灰色の牧草地のキンポウゲは錆《さび》のようにしか見えない。サンザシの生垣はまるで薄汚れた雪だ。朝食前に寮に戻りたくなかったので、一年生がネットをつくろっているテニスコートに行ってみた。こんな日にネットをつくろうなんて変だ、と皆言っていた。卒業公演の日には、通常より大きなものにエネルギーを向けなければいけないのに。ルーシーは一年生が朝食に引き上げるまで、一緒におしゃべりをし、修繕に手を貸した。学生たちはルーシーの早起きにびっくりし、小柄なミス・モリスはご自分の部屋で冷えたトーストを食べるのがおいやになったのでは、と言った。興奮して寝ていられないのだ、とルーシーが正直に打ち明けると、部外者がかくもまっとうな感情を持つことに皆喜び、本番は期待を上回るものにしますと約束した。ルーシーはどうやら、まだ何も見ていないらしい。

ルーシーは濡《ぬ》れた靴を履き替えた。ずいぶんお元気ね、と集まってきた職員連にからかわれ、一緒に朝食の席に向かった。

今朝のイネスの様子を見たくて、ルーシーが学生のほうに頭を向けると、晴れ晴れとした顔のあいだに、一カ所すき間があるのに気づいた。誰がいないのかすぐにはわからなかったが、たしかに一つのテーブルに空席がある。ヘンリエッタは知っているのかしら。ヘンリエッタはいつもどおり、集合した学生たちのほうにきびしい視線を向けたが、学生たちのほうは座りかけていたので、全員そろっているかどうかすぐにはわからなかった。

ヘンリエッタは知らないのかもしれないので、ルーシーはそれ以上詮索《せんさく》するのはやめて、視線を元に戻した。たとえ規則違反を犯していたとしても、どの学生にも懲罰が下されるようなことにはなってほしくない。もちろん、誰かが「気分が悪くなった」だけなのかもしれない。だとしたら、欠席した学生に関してなんの話も出ない説明がつく。

フィッシュケーキをぱくぱく食べていたヘンリエッタは、フォークを置き、象のように小さな目で学生たちをさっと見回し、「ミス・ラッグ」と言った。「ミス・ナッシュに、わたしのところにくるように言ってください」

ナッシュは一番近くのテーブルの上座から立って、ヘンリエッタのところにきた。

「ミス・スチュワートのテーブルで今いないのは、ミス・ラウスですか?」

「はい、ミス・ホッジ」

「なぜ朝食にこないのですか?」

「存じません、ミス・ホッジ」

「ミス・ラウスの部屋に誰か一年生を行かせて、訳を訊《き》いてきなさい」

「わかりました、ミス・ホッジ」

いつも貧乏くじを引かされる、タトルという名のぼんやりした素直な一年生が、今度も使いに出され、戻ってくるとラウスは部屋にいなかったと言った。ボーはこの報告を職員のテーブルに伝えた。

「最後にミス・ラウスに会ったのは、どこですか?」

「会ったかどうかもよく覚えていません、ミス・ホッジ。今朝は、わたしたちは学校中でいろいろな準備をしていましたから。みんな一緒に座って授業を受けたり、体育館に集まったりはしなかったのです」

「誰か」ヘンリエッタは学生全体に呼びかけた。「ミス・ラウスがどこにいるか、知っている人は？」

誰も知らないようだった。

「今朝、ミス・ラウスを見かけた人はいませんか？」

考えてみても、誰も見ていなかった。

タトルが二階に行っていたあいだにトーストを二切れたいらげたヘンリエッタは「けっこうです、ミス・ナッシュ」と言い、ボーは自分の朝食に戻った。ヘンリエッタはナプキンをまるめてフロイケンの目を見たが、フロイケンはすでに立ち上がり、心配そうな顔つきだった。

「一緒に体育館にきてください、フロイケン」ヘンリエッタは言い、二人は連れ立って部屋を出た。残りの職員もついて部屋を出たが、体育館までは同行しなかった。ベッドを直すために二階に上がる途中、ルーシーは気づいた。「体育館にはいなかったって、言っておけばよかった。思いつかないなんて、うかつだったわ」ルーシーは部屋をかたづけた——学生たちが自分でやることになっているのだから、わたしだってやらなくては——そのあいだずっと、ラウスはどこへ行ってしまったのだろうと考えていた。そして理由は？　今朝になっていきなり、あの単純なブームの技ができなくなって、ヒステリーの発作に見舞われたのだろうか？　ここの学生が食事を摂らないなどという――それも朝食を抜くなどという――珍事は、それでなくては説明がつかない。

ルーシーは本館まで渡り、正面の階段を降りて庭に出た。ヘンリエッタが早口で電話をかけている声が学長室から聞こえてきたので、邪魔しないことにした。礼拝までまだ三十分以上もある。庭で郵便物に目を通して時間をつぶそう。霧がさっと晴れて、さっきまでどんよりしていた灰色の世界に光が差してきた。ルーシーは、田園風景が見渡せる、庭のすみっこのお気に入りの場所に腰を下ろした。九時までこうしていよう。もう、お天気の心配はない。うららかな一日になりそうだ。ヘンリエッタが言った「悲劇」は起きるまい。

本館の角まで戻ると、正面玄関から救急車が走っていくのが見えた。ルーシーは当惑した。でも、こういう場所では救急車といっても、一般人が考えるような恐ろしいものではないだろう、と思いなおした。大学附属クリニックの患者か誰かが乗っているのだろう。

ルーシーが応接室に行くと、いつも九時二分前には職員が勢ぞろいしているのに、ミス・ラックスしかいなかった。

「ラウスはいたの?」ルーシーは訊《き》いた。

「ええ」

「どこに?」

「体育館よ。頭蓋骨《ずがいこつ》骨折状態で」

衝撃を受けながらも、この簡潔な言葉はいかにもラックスらしい、とルーシーは思った。「でも、どうやって？　何が起きたの？」

「ブームを支えていたピンが、ちゃんと入っていなかったの。ラウスが飛びついたら、頭の上に落ちてきたようね」

「なんてこと！」ルーシーは、自分が頭にゆっくりと丸太の一撃をくらった気分だった。これだからブームは嫌いなのだ。

「フロイケンが救急車に同乗して、ウェスト・ラルボローに向かったわ」

「賢明な処置でしたね」

「ええ。ウェスト・ラルボローなら遠くないし、こんなはやい時間だから救急車が出払ってなかったの。こちらにくるときも、道がすいていたそうだし」

「誰に取っても、運の悪いことね。卒業公演の日なのに」

「まったくよ。学生たちの耳には入れないようにと思ったけれど、もちろんそんなことはできやしない。だから、これ以上広まらないようにするしかないの」

「どれくらい重傷だと思う？」

「誰にもわからない。ミス・ホッジは身内に電報を打ったわ」

「卒業公演にくるはずではなかったの？」

「ちがうようね。ラウスに親はいません。養い親の伯父《おじ》さんと伯母《おば》さんがいるだけ。ということは」ラックスは一瞬の間を置いた。「みなしごだったのね」過去形を使ったことを、自覚していないようだ。

「ラウスの不注意だったんでしょ？」ルーシーは訊《き》いた。

「あるいは、ゆうべ彼女がブームを上げるのを手伝った学生のせいね」

「誰なの？」

「オドネルらしい。ミス・ホッジが事情を訊きたいからって呼びにやったわ」

その瞬間、ヘンリエッタ自身が部屋に入ってきた。この二、三日というものルーシーが友人に抱いてきたあいまいな憎悪は、その顔を見たとたんに消えうせてしまった。友は十歳も老けて見えた。痛々しいほどやつれ、六キロは痩《や》せたように見える。

「あの方たちは電話を持っているようだから」ヘンリエッタは言った。心にある唯一の話題の続きなのだろう。「電報が着く前に、お話できるでしょう。先生方がわたしの代わりに長距離電話をかけてくれています。日が暮れる前に、こちらに着くはずね。電話がつながったらすぐ出たいから、ミス・ラックス、礼拝をお願いしますね。フロイケンはそれまでに帰れそうもありませんから」フロイケンは二年生の体育教師だから、ミス・ホッジに次ぐ地位にある。「ミス・ラッグは礼拝には出席しません。体育館をきちんと使えるようにしているところです。でもマダムはくるでしょう。ルーシーも手伝えるでしょうし」

「もちろんよ」ルーシーは言った。「もっと何かできるといいのだけれど」

ノックの音がして、オドネルが入ってきた。

「ミス・ホッジ、お呼びでしょうか?」

「ええ、わたしの部屋でね、ミス・オドネル」

「そちらにいらっしゃらなかったものですから――」

「ではいいわ、あなたがいるのだから。話してください。ゆうべミス・ラウスと一緒にブームを上げたとき――手伝ったのは、あなたですね?」

「はい、ミス・ホッジ」

「ラウスと一緒にブームを上げたとき、あなたはどちらの側を手伝いましたか?」

息が詰まるような沈黙が下りる。オドネルがどちらの側が落ちたかを知らないのも、数秒後に出す答えが彼女の運命を決するのも明らかだ。だがオドネルが口を開いたとき、ある種やけになったような口調だったので、本当のことを言っていることはわかった。

「壁側です、ミス・ホッジ」

「壁に据えつけられた支柱にピンを差したのですか?」

「はい」

「そしてミス・ラウスは床の中央の支柱を受け持ったのですね?」

「そうです、ミス・ホッジ」

「あなたが受け持った側について、まちがいありませんか?」

「はい、まちがいありません」

「なぜ、確信を持てるのですか？」

「いつも壁側を受け持っていたからです」

「それはなぜ？」

「ラウスはわたしより背が高いので、高いところでブームを押さえることができます。だからいつもわたしが壁側を持って、ピンを差すときには肋木《ろくぼく》に足をかけられるようにしていました」

「わかりました。けっこうです。ミス・オドネル、よく正直に話してくれましたね」

オドネルは部屋から出ようとして、振り向いた。

「どちらの側が落ちたのですか、ミス・ホッジ？」

「中央側です」ミス・ホッジは言った。オドネルの不安を取り除いてやらずに行かせるところだったにもかかわらず、愛情めいたものを感じさせるまなざしで見つめた。

ふだんは青白いオドネルの顔に、さっと赤みが走った。「ああ、ありがとうございます」と、ささやくような声で言うと、かけ出さんばかりにして部屋を出て行った。

「かわいそうな子」ラックスが言った。「恐ろしい瞬間をすごしましたね」

「器具のことで注意を怠るなんて、ミス・ラックスらしくありません」ヘンリエッタは考え込むように言った。

「オドネルが本当のことを隠している、というおつもりじゃないでしょうね？」

「それはちがいます。オドネルは、明らかに本当のことを言っていました。彼女が肋木《ろくぼく》を支えにできる壁側を取るのは、しごく当然です。でもね、なぜあれが起きたのか、まだわからないのです。ミス・ラウスがいつも注意深いことを抜きにしても、ブームが落ちるには、ピンの差し方がよほど悪くなくてはなりません。そのうえ、持ち上げるためのロープがゆるくて、ブームは九十センチ近くも落ちたのですよ！」

「たまたまギディーが何かしたという可能性は？」

「ギディーが何かできたかなんて、見当もつきません。わざわざ背伸びしなかったら、あの高さのピンをいじるのは無理ね。彼が掃除用具でさわってしまったというのも、ありえないことです。ギディーは真空掃除機《アブホレンス》が強力だと自慢しているけれど、ブームに差し込んだピンを吸い込むのは不可能ですよ」

「不可能ですね」ラックスは少し考えた。「ピンの位置を変えるとすれば、揺れの影響しか考えられません。なんらかの振動ですね。でも、そんなことはありませんでしたし」

「体育館のなかではありませんね。ミス・ラウスは昨夜いつもどおり鍵《かぎ》をかけて、それをギディーに渡しました。そして今朝は、最初の鐘が鳴ってすぐにギディーが鍵を開けたのです」

「ではやはり、ラウスが不注意だったという説しかないわけですね。あそこを最後に離れたのも、最初に戻ったのも彼女――あんな時間にあそこに行くのは、よほどの欲求にかられないと無理――だからラウスの責任ですね。それでよしとしましょうよ。たしかに残念な事故だけれど、ほかの誰かの不注意が原因だとして、責任を感じなければならないとしたら――」

礼拝の時間を鐘が告げ、階下《した》で電話がするどい音を出す。

「祈禱書《きとうしょ》に印《しるし》をおつけになりました?」ラックスが訊《き》いた。

「青いリボンをはさんであります」ミス・ホッジは答え、急ぎ足で電話に向かった。

「フロイケンはまだ戻りませんの?」戸口に現れたマダムが言った。「まあ、いいわ、あたくしたちでやりましょう。人生は続けなくては、同じことばかり申しますけれどね。そして、今朝のブームの持ち上がりぐあいがあまり適切すぎないことを願いましょうよ。またしても聖典の説く適切な裁きが下されてはたまりませんからね」

またしても、マダム・ルフェーヴルなぞオーストラリア沖の無人島に行ってしまえばいいのに、とルーシーは思った。

職員を待ち受けていたのは、静まり返って沈んだ集団だった。礼拝は、いつにない意気消沈した雰囲気のなかで進んだ。それでも、賛美歌の段になると皆少々調子を取り戻した。賛美歌はブレーク(米国のラグタイム・ピアニスト、作曲家)作曲のもので、軍隊マーチ風のスイングが入り、学生たちは元気に歌った。ルーシーも元気に歌った。

「そして剣もわが手に眠るまじ」ルーシーは精一杯歌った。そして突然歌をやめた。腑《ふ》に落ちたのだ。

腑に落ち、そしてショックのあまり声も出なかった。

ちょうどあることを思い出した。なぜラウスが体育館にはいないと確信したのか、その理由を思い出した。ラウスの湿った足跡を、コンクリートの歩道に見たのだ。だからラウスは当然すでに体育館に入り、そして出て行ったと思ったのだ。だがラウスはいなかった。ラウスはあのあときて、ぐらぐらしたブームに飛びつき、朝食後姿が見えないからと探しに行かれるまで、あそこに横たわっていたのだ。

では——あの足跡は誰のものなのか?

# 17

「皆さん」昼食を終えて席から立ち上がり、職員たちには座っているよう合図して、ミス・ホッジが言った。「今朝方起きた不幸な出来事については、ご存知のことと思います――全面的に当事者の不注意による事故でした。運動選手が第一に学ぶのは、使用する前に道具を点検することです。ミス・ラウスのような責任感のある立派な学生が、これほど簡単で基本的な義務を怠るのですから、あなた方は全員注意しなければなりません。これが一つ。それからもう一つ、大切なことがあります。きょうの午後、わたくしたちはお客様をおもてなしいたします。今朝起きたことについて、秘密は一切ありません。たとえ秘密にしたくても、それはできないことです。けれども、皆さんにはそれを話題にしないよう、お願いします。お客様は、楽しむためにいらっしゃるのです。この朝我が校の学生が重傷を負って入院したとなれば、お客様の楽しみはいささか減じるでしょう。体操の実技をご覧になっている最中、不必要な懸念を抱かれなかったとしてもです。あなた方のなかに、きょうの事件を脚色したい人がいたら、どうか慎んでください。お客様方が遠慮や後悔をなさることなしに我が校をあとにするよう取りはからうのが、あなた方のつとめです。わたくしは、この件をあなた方の良識にゆだねることにいたします」

この朝は、身体的にも、知的にも、精神的にも、すべてを調整しなくてはならなかった。ウェスト・ラルボローの病院から戻ったフロイケンは、不安な多くの二年生に、一人の欠員を埋め合わせるべく実技指導をした。フロイケンの確固たる冷静さのもとで、学生たちは必要な修正箇所を練習し、たいした落ち着きを見せた。それでもフロイケンは、三分の一の学生は右側手前のブームをつかんだり、ブームが落ちていた場所をすぎるたびにおどおどした子馬のように尻《しり》ごみしている、と指摘した。そしていささかさじを投げた様子で、一人も恥をかかずに午後の演技を終えられたら、それは奇跡だと言った。フロイケンが解散を告げるやいなや、マダム・ルフェーヴルがさらに長いセッションに取りかかった。身体能力がすぐれていたラウスは、バレエ・プログラムのほとんどの演目に出演することになっていた。それは取りも直さず、ほとんどすべての演目が、つぎはぎするか一から作り直す必要がある、ということだ。この骨の折れる作業は昼食時までかかった。そして作業のなごりはその後も留まっていた。昼食の席の会話は、おおかた次のような発言で占められていた。「スチュワートが前にきたとき、あたしが右手を出す相手はあなたなの?」するとデイカーズが、お決まりの絶句に陥って皆の不安を和らげ、それから大きな声で「なんてこと、さっきの練習のおかげで、一人の人間が同時に二つの場所にいられることが証明されたわ」と宣言するのだった。

だがもっとも基本的な修正は、フロイケンとマダムがそれぞれの見直しを終えたときになされた。ミス・ホッジがイネスを呼んで、ラウスが行くはずだったアーリングハーストのポストを提示したのだ。病院はフロイケンの「頭蓋骨《ずがいこつ》骨折」という診断を裏づけたし、ラウスの回復には何カ月もかかりそうだった。イネスがこの申し出をどう感じたかは、誰も知らない。皆にわかっているのは、イネスが承諾したということだけである。この指名は、今さらという印象しか与えなかったうえ、現在の大騒動のせいで影が薄く、当然のこととして受け取られた。ルーシーの知るかぎり、教師も学生もそれについて何も考えていなかった。マダムの冷笑的な「神が裁きを下すのです」という発言が唯一のコメントだった。

だがルーシーはさほど嬉《うれ》しくなかった。精神が消化不良を起こしているかのように、心のざわつきに苦しめられた。あまりに都合よくことが運びすぎているのが気になる。あの事故はタイミングがよかっただけではなく、あのような事故が発生しうる最後の時点で起きたのだ。あすなら、ラウスはもう体育館に行って練習する必要がない。ブームが取り付けられていることもなければ、ピンがぐらぐらする位置に差し込まれていることもない。そして、今朝の足跡だ。あれがラウスの足跡でないなら、いったい誰のだろう？　ラックスがいみじくも言ったように、野生の馬並みの衝動にかられなければ、あんな時間に体育館にやってくる人間はいない。

あれがラウスの足跡で、体育館で数分ブームの練習をする前に何かしたという可能性はある。

足跡はたしかに建物のなかに入っていった、とも言い切れない。足跡を見て左右の区別がつかったのでた記憶もない。ただ渡り廊下で湿った跡を見て、早朝に練習するなんてラウスしか考えられなかったので、深く考えずに彼女が先客だと思っただけなのだ。足跡は建物のまわりにずっと続いていたのかもしれない。体育館にはまったく関係なかったのかもしれない。学生とすら無関係かもしれない。あいまいでぼんやりした、ヒールではないような足跡は、メイドが朝履いていた靴がつけたのかもしれない。

いずれもありうることだ。だが、ラウスと関係なさそうな、床に落ちていた小さな金属の飾りは変だ。強力な真空掃除機《アプホレンス》が二十分前に掃除した床にあったのだ。ドアと準備されたブームのあいだに落ちていた。あれこれが推測にすぎないにしても、一つだけたしかなことがある。飾りはラウスが落としたものではない。ルーシーよりも先に体育館にきたはずがないから、というだけではない。ラウスはパンプスなど持っていない。ルーシーがそれを知っているのは、今朝のお手伝いの一つがかわいそうなラウスの所持品の箱詰めだったからだ。いつもならそういうことはミス・ジョリッフェがするのだが、今回は午後の催し物の準備に追われているため、ラッグの役目になった。ラッグの学生は皆、マダムの練習に出席せねばならず、代わりをつとめられる者がいなかったし、かといって一年生に任せられることでもない。そこで役に立つのが嬉しくて、ルーシーが代理を買って出たのだ。十四号室に入って最初の行動は、棚からラウスの靴を出して眺めることだった。

見当たらないのは、体育館履きだけだった。今朝履いていたのだろう。だが確認のため、二年生が体育館から戻ってきたのが聞こえると、ルーシーはオドネルを呼んだ。「ミス・ラウスのことはよく知っているわよね？　この靴を見て、全部そろっているかどうかたしかめてちょうだい。そしたら、荷造りを始めるから」

オドネルはじっと見てから、これで全部ですと答えた。「体育館履きだけありませんけれど」とつけ足す。「ラウスが履いていていました」

これで決まりだ。

「靴磨きに出ているものもない？」

「いいえ。自分の靴は自分で磨きますから――冬のホッケーブーツ以外は」

結局、そういうことだ。ラウスが今朝履いていたのは、大学規定の体育館履きだった。ラウスは、小さなフィリグランのバラ飾りがついているような靴は、持っていなかった。

では、飾りはどの靴から外れたのだろう？　自分のときとは似ても似つかぬ注意深さをもって荷造りしながら、ルーシーは自問を続けた。どの靴からなの？

パーティー用のドレスに着替えるときも、ルーシーはまだ考えていた。バラ飾りは化粧テーブルの小さな引き出しにしまい、とぼしい着替えのなかに午後のガーデン・パーティーにふさわしいものはないかとぼんやり眺めた。庭に面した二番目の窓からは、一年生が小型のテーブルと柳枝製の椅子《いす》とパラソルの設置に追われているのが見える。蟻《あり》のようにちょこちょこかけずり回る彼女たちは、芝生の三辺のカラフルなふちどりに見える。日の光が降り注ぎ、眺め全体も細部の多様性も、さしずめ突然陽気になったブリューゲル作品といったところだ。

だがこの光景を眺めながら、どれほどこの行事を楽しみにしてきたかを思い出したルーシーは、内心がっくりきていた。それでいて、なぜ意気消沈しなくてはならないのか、わからずにいた。一つだけはっきりしていることがある——今夜は小さなバラ飾りを持って、ヘンリエッタのところへ行かねばならない。興奮がすぎ去り、ヘンリエッタが静かに考える時間を持てるようになったら、問題——問題があるとすればだが——は彼女の手にゆだねなくてはならない。前回はヘンリエッタを助けるつもりで、小さな赤い手帖《てちょう》を水に流すという愚を犯してしまった。今度こそ義務を果たすのだ。バラ飾りは、自分の関わることではない。

そうだ。わたしが関係することではない。無関係なのだ。

ルーシーは、青いリネンの服に細い赤のベルトを締めることにした。これなら〈ハノーヴァー・スクエア〉であつらえたと言っても通るし、地方からやってくるやかましい親たちも文句はないだろう。忠実なミセス・モントモランシーが一緒に送ってくれたブラシでスエードの靴を磨き、手伝えそうなことはないかと一階に降りていった。

午後二時、第一陣が到着し、学長室のミス・ホッジにあいさつしてから、興奮した次世代の若者たちに迎えられた。父親たちはクリニックの奇妙な器具を疑わしげにつつき、母親たちは寮のベッドのスプリングのぐあいをたしかめ、そして園芸好きの伯父《おじ》たちは庭に咲いたギディーのバラにふれた。ルーシーは見かけた親と似ている娘を「組み合わせ」て気を紛らせつつ、無意識のうちにイネス夫妻を探していた。そして、イネスと夫妻の対面になかば恐ろしいことが伴うのを予想していた。なぜ恐ろしいのだろう？　ルーシーは自分に問うた。恐ろしいことなど、何もないではないか？　そんなはずはないのだ。何もかもが美しい。何はともあれ、イネスはアーリングハーストを勝ち得たのだ。この日は、彼女の勝利の日なのだ。

スイートピーの生垣を曲がったところで、ルーシーは思いもかけずイネス夫妻に出会った。あいだにはさまれたイネスは、両手を両親とからめ、明るい表情だった。一週間前に見せた輝きはないものの、それでも十分ではないか。疲れてはいても、落ち着いた様子だ。内面の葛藤《かっとう》がおさまり、よかれ悪しかれ決着がついた、という印象を受ける。

「両親のことはご存知ですね」イネスは、両親を示しながらミス・ピムに言った。「それなのに、何もおっしゃらないなんて」

まるで旧友と再会したみたいだ、とルーシーは思った。この人たちと接したのが、ある夏の朝コーヒーテーブル越しの一時間だけだったなんて、信じられない。ずっと以前からの知り合いのような気がする。相手も同じように思っているのがわかった。二人とも、ルーシーとの再会を心から喜んでいた。夫妻はいろいろなことを覚えており、それについて尋ね、ルーシーが話したことにふれ、ルーシーが夫妻の立場上おろそかにできないだけでなく、夫妻の世界の一員だから大切なのだというふうに接してくれた。べらべらまくしたてるだけで、相手の内面には無関心な出版業界のつき合いに慣れていたルーシーは、今さらながら心温まる思いだった。

イネスは大人三人を残し、午後一番に行なわれる体操のプログラムの準備に行ってしまった。ルーシーもあとから、夫妻とともに体育館に向かった。

「メアリーはひどくぐあいが悪いようですけれど」母親が言った。「何かあったのですか?」

ルーシーは、イネスはどこまで話したのだろうと思い、ためらった。

「あの子は事故のことも、アーリングハーストのポストを受け継いだことも話してくれました。ほかの学生の不運が自分の利益になったことを喜べないのはわかりますけれど、ほかにも何かあるのです」

ルーシーは、夫妻がこの件についてもっと知ったら、もっといいのではないか、と思った。もっと――まあ、とにかくましになるだろう。

「誰もが、最初からお嬢さんが指名されるはずだと思っていました。そうでないと知ったときは、ショックだったはずです」

「そうだったのですか」ミセス・イネスはゆっくり言った。さらなる説明はいらないのだ、とルーシーは感じた。この瞬間、イネスの苦難と忍耐のすべてを、母親は理解したのだ。

「わたしが話したと知ったら、イネスはよく思わないかもしれません、ですから――」

「ええ、あの子には申しませんわ」イネスの母親は言った。「お庭がとてもすてき。ジャーヴィスとわたしは庭いじりをするのですけれど、主人の区画だけが説明図どおりになるのです。

わたしのはどうしても、別物になってしまいます。あの小さな黄色いバラをご覧なさいな」

それから、三人は体育館のドアに着いた。ルーシーは夫妻を階上《うえ》に案内し、真空掃除機《アプホレンス》を見せ——小さな金属のバラ飾りを思い出し、胸がちくりと痛んだ——ギャラリーに座る場所を見つけ、そして午後の競技が始まった。

ルーシーは前列の一番端に座った。そこから、若者たちが真剣な面持ちで出番を待つ様子を、好もしい思いで見つめた。フロイケンの指示を、一言も聞きもらすまいとしている。「心配することはないわ」ルーシーに、二年生の言葉が聞こえてきた。「フロイケンはずっと見ていてくださるから」学生たちの目は信頼しきっている。彼女たちにとっては試練であり、動揺もしたけれど、フロイケンは見届けてやるだろう。

ルーシーは、この前一緒に学生たちの演技を見たときヘンリエッタの目に宿っていた愛情が理解できた。あれから二週間も経っていないのに、ルーシーはすでに学生たちに対して保護者のような関心と誇りを持っていた。レイズでの日々を経て、秋にはイギリスの地図はちがったものに見えるだろう。マンチェスターは使徒たちのいる場所だ。アベリストゥイスは、トーマスが睡魔と戦っている土地だ。リングは、デイカーズがおちびさんをかわいがっているところだ。ルーシーがほんの数日ともにすごしただけでそんなふうに感じるとすれば、まっさらな状態でレイズに入学し、成長し、進歩し、奮闘し、失敗しあるいは成功するのを見てきたヘンリエッタが、学生を実の娘のように見つめるのは当然のことだ。自慢の娘たちなのだ。

学生たちは演技の第一段階を終え、ややかたかった表情がほぐれた。落ち着きを取り戻しつつあるのだ。最後のポーズが終わると拍手が起こり、静寂が破れ、演技者たちはほっとし、場がなごんだ。

「なんて魅力的な人たちでしょう」ルーシーの隣に座ってオペラグラスを持った年配の婦人（誰の身内？　この人は学生の親には見えないけれど）はこう言い、ルーシーのほうに向いて内緒話をするように訊《き》いた。「教えてくださらない、あの子たちはえり好みされたのでしょうか？」

「おっしゃることが、わかりませんけれど」ルーシーは小声で言う。

「つまり、ここには二年生全員がいるのですか？」

「ああ、出来のよい学生だけ集めたのか、ということですね？　ちがいますわ。全員そろっています」

「ほんとうに？　実にすばらしい。それに美しいですね。驚くほど美しいわ」

この人は、出来の悪い学生に小遣いの半クラウンもやって外に出したとでも思っているのだろうか。

いや、この老婦人の言うことは正しい。二年間のトレーニングを受けた学生たちが、眼下でせっせとブームを引っ張り出している、この鍛錬され抑制された若者たちほど心にも目にも心地よいものをルーシーは知らない。天井近くで巻かれていたロープがだらりと落ち、窓際のはしごが垂直になり、二年生は三つの器具にいともやすやすとよじ登った。彼女たちがロープとはしごをかたづけ、ブームをセットすると、心からの大きな拍手が沸き起こった。じっさい見ごたえのある光景だったのだ。

ルーシーが今朝おとずれたときの、緑がかった影のある謎《なぞ》めいた建物とはまるでちがう。金色で現実的で生き生きしている。屋根から差し込む光が、淡い色の床板を輝かせている。もう一度記憶のなかで一本のブームが用意されている薄暗い誰もいない場所を思い出しながら、ラウスが発見された場所でバランスを取るのは誰の受け持ちだろう、とルーシーは思った。右側正面のブームの内側の端には、誰が行くのだろう？

イネスだ。

「始め！」フロイケンが号令をかけた。八つの若い肢体が宙返りをして、ブームに飛び乗った。束の間、ブームの上に座り、それから一斉に直立の姿勢になる。片足を前に出し、それぞれのブームの両端でたがいに向き合った。

ルーシーはイネスが失神しませんようにと必死に祈った。イネスの顔色は、青白いなどというものではない。真っ青だ。彼女の相棒スチュワートはおずおずと始めたが、イネスが準備できていないのを見て、待っていた。だがイネスは身じろぎもせずに立ったままで、どうやら筋肉を動かせないようだ。スチュワートは気も狂わんばかりに合図する。イネスは硬直したままだ。言葉抜きのメッセージが二人のあいだでやり取りされ、スチュワートは自分の演技を続行した。この状況ではあっぱれというべき完璧《かんぺき》な動きを見せた。イネスは全神経を、ぐらついたり飛び降りたりして演技全体をぶちこわしにしないよう、ほかのメンバーと同時に床に降りるまではブームで直立していることに集中させていた。重苦しい静寂と観客の集中が、イネスの痛ましい失敗を際立たせる。立ったままでいるイネスに、困惑と同情が集中する。気の毒に、彼女は気分が悪いのだ、と観客は思っている。明らかに動揺している。ひどく顔が青い。かわいそうに、かわいそうに。

スチュワートは演技を終え、イネスを見て待っていた。ゆっくりと、二人は同時にブームに沈み、座る姿勢を取った。ともに前傾姿勢になり、前方宙返りで床に着地した。

嵐のような喝采《かっさい》が彼女たちを包んだ。イギリス人というのは、安易な成功には儀礼的な拍手を送るだけだが、勇気ある失敗には心動かされるのだ。観客は今一度同情と賞賛を表した。まったく動けないながらも、ブームの上に留まった意志の強さを理解したのだ。

だが、同情はイネスに届かなかった。ルーシーは、イネスが拍手を聞いたかどうかもあやしいと思った。イネスは人間のなぐさめなどとうてい届かない、自分だけの苦しみの世界にいるのだ。ルーシーはイネスの顔を見るに忍びなかった。

その後に続くせわしないあれこれがイネスの失敗をカバーし、ドラマに終止符を打った。イネスはほかのメンバーとともに位置につき、機械のような完璧な動きを見せた。最後の跳馬の演技になると、その演技はあまりに華々しかったので、公衆の面前で首の骨を折るのではないか、とルーシーは案じた。表情から察するに、フロイケンの心にも同じことがよぎったようだ。

だがイネスの演技がよくコントロールされ、完璧《かんぺき》であるかぎり、教師には何もできない。そして彼女のすることはすべて、いかに並外れたものであっても、完璧でコントロールされていた。何も恐れないので、一番危険な跳躍も可能だった。学生たちが最後にのびやかな演技を終えて息を切らせ、顔を輝かせながら、元どおりの一列になると、お客たちは一斉に立ち上がって拍手喝采《かっさい》した。

列の端でドアのすぐ横にいたルーシーは、最初に体育館から出た。イネスがフロイケンにあやまっているところにき合わせた。

フロイケンは立ち止まり、それから関心なさそうに、あるいは聞きたくなさそうに歩いていった。

だが歩きながら、何気なさそうに片手を上げ、イネスの肩をぽんと叩いた。

# 18

来客たちが椅子《いす》に取り巻かれた芝生に出たので、ルーシーも一緒に行った。座る前に、椅子の数が足りているかたしかめていると、ボーに腕をつかまれた。「ミス・ピム！　いらしたのね！　ずっと探していたんですよ。両親をご紹介したいわ」

ボーは、椅子にかけようとしていた男女のほうに振り向いて言った。「ねえ、やっとミス・ピムを見つけたわ」

ボーの母親は、たいへん美しい女性だった。最高級の美容室と最高料金の美容師が作り出せる種類の美人だ——もともと、きれいなのだろう。二十歳のころは、ボーにそっくりだったにちがいない。今もなお、明るい自然光のもとでも、三十五をすぎているようには見えない。腕のよい仕立屋も抱えているらしい。つねに美しい女としてすごしてきた女性特有の、鷹揚《おうよう》な社交性にあふれている。自分の魅力をよく知っているので、どう見られるかを気にする必要がなく、目の前の相手のことだけを考えていられるのだ。

ミスター・ナッシュは、見るからにエグゼクティブと呼ばれるタイプの人間だ。つやのよい色白の肌、仕立てのよい服、たいそう身ぎれいで、新品の吸い取り紙を並べたマホガニーのテーブルを連想させる。

「あたしは着替えるから。急がなくちゃ」ボーは言って、席を外した。

三人そろって座りながら、ミセス・ナッシュはルーシーを物問いたげな目つきで見た。「やっとご本人にお目にかかれましたわ、ミス・ピム。あたくしどもがぜひ知りたかったことを教えてくださいな。いったい、どのようになさったんですの？」

「するって、何をでしょう？」

「パメラを感服させたでしょう」

「さよう」ミスター・ナッシュも言った。「それを是非、お尋ねしたい。我々はこれまでずっと、パメラになんらかの感銘を与えようとしてきました。だがあの子にとって我々は、たまたま生活の面倒を見てくれる夫婦だから、ときどきは機嫌を取らなくちゃならん、という程度の存在なのです」

「それがあなたは、手紙に書きたくなるような大切な方なのです」ミセス・ナッシュは言って片方の眉《まゆ》を上げて笑った。

「いささかでも、おなぐめになりますかしら」ルーシーは申し出た。「わたくしのほうこそ、お嬢さんにはたいそう感銘を受けておりますわ」

「パムは、それはいい子です」母親が言う。「あたくしどもは、たいそう愛しております。ですけれど、もっと感銘を与えられたらよかったと思いますわ。四歳まで面倒を見ていた乳母がいなくなってからというもの、あなたが登場なさるまで、誰もあの子に強い印象を残すことはありませんでした」

「しかも、その印象というのは身体的なものでして」ミスター・ナッシュが口をはさむ。

「ええ。一度だけお尻《しり》を叩《たた》かれたのです」

「それからどうなったのですか?」ルーシーは訊《き》いた。

「乳母をくびにしなければならなかったのです!」

「体罰をお認めにはならなかったのですか?」

「あたくしたちはかまいませんでしたけど、パメラが気に入りませんでした」

「生まれて初めて、座り込みのストライキを断行しましてね」ミスター・ナッシュが言った。

「七日がんばったのですよ」ミセス・ナッシュが言った。「なんとか服を着せて無理やり食べさせることしかできませんでした。もう、乳母をくびにするしかありませんでした。乳母だって一流でしたのに。あの人がいなくなったのは、あたくしたちにとって大きな痛手でした」

音楽が始まり、丈の高いツツジの茂みを背景として、鮮やかな色彩のスウェーデン風民族衣装をまとった一年生が登場した。フォークダンスの始まりだ。ルーシーは椅子《いす》の背にもたれ、ボーの子どもっぽい反抗ではなくイネスのことを思った。疑惑と不吉な予感という黒雲が、陽光がにせものであると示しているさまを思った。

ルーシーはイネスのことばかり考えていたので、ミセス・ナッシュの声が聞こえてきて、ぎくっとした。「メアリー、まあ。お久しぶり。また会えて嬉《うれ》しいわ」ルーシーは夫妻の後ろにいるイネスを見た。少年の服装をしている。十五世紀風の男性用上着《ダブレット》と膝《ひざ》までのズボンを身に着けている。頭巾《ずきん》は髪を完全におおい、顔にぴったりしているので、独特の顔の骨格がいよいよ際立っていた。目の下には隅ができ、ただでさえ落ちくぼんだ眼窩《がんか》にますます沈んでいるように見える。その表情には、今までなかったものが感じられた。何ものも寄せつけない顔だ。それは――なんと言ったっけ?――「破滅的な」顔だ。ルーシーは、初めて会ったとき、過去の時代に属する丸顔に見えたことを思い出した。

「きみは勉強しすぎたのだよ、メアリー」ミスター・ナッシュはイネスを見ながら言う。「みんな、そうですわ」ルーシーはイネスから注意をそらせようとして言った。

「パメラはちがうわ」パメラの母親が言う。「パムはこれまで、努力したことなんてありませんもの」

ある訳がない。ボーは、何もかもやすやすと手に入れてきたのだ。あれだけ魅力的な娘に成長したのは、奇跡と言っていい。

「ブームで恥をさらしたところを、ご覧になりました?」イネスが楽しげな気軽な調子で訊《き》いてきたので、ルーシーはいささか面食らった。この話題は避けるだろうと思っていたのだ。

「かわいそうに、あたくしたち冷や汗をかいたわよ」ミセス・ナッシュは言った。「何があったの？　めまいでもしたの？」

「いいえ」と言ったのは、後ろからやってきてそっとイネスの脇《わき》に腕をすべりこませたボーだ。「あれはただ、イネス特有の目立ちたがりよ。身体能力が劣っているのではなくて、頭脳がすぐれているだけ。イネス以外にあんな芸当は思いつかないわ」

ボーは、安心させるようにイネスの腕をつかんだ。ボーも少年に扮装《ふんそう》していたが、実に生き生きしていた。明るい髪が隠されていても、はつらつとした魅力と美貌《びぼう》はそこなわれない。

「一年生の奮闘もあれで終わりね——緑色の背景の前で、陽気に見えないこと？——これからイネスとわたしと仮装チームのみんなで、イギリス風のこっけいな仕草で楽しませてあげますわ。それが終わったら、本物のダンスまで持ちこたえるためにお茶を飲むのよ」

そして二人は一緒に立ち去った。

「まあ、しょうがないわ」ミセス・ナッシュは娘を見送りながら言った。「暗黒アフリカかどこかの原住民を矯正したいなんていう欲求にかられるよりは、ましなんでしょうよ。それでも、家にいてうちの娘でいてくれたら、とは思いますけれどね」

ルーシーは、ミセス・ナッシュくらい若々しい外見でいられるのなら、自分の家にも娘がほしいと思った。

「パムはいつも体操やほかのスポーツに熱を上げていました」ミスター・ナッシュが言った。

「止めることはできませんでね。あの子が夢中になったら、こちらはお手上げですよ」

「ミス・ピム」ナッツ・タルトがルーシーのすぐそばに来て言った。「あたくしが二年のリグマロール（さまざまなナンセンスな仕草をするパントマイムの一種）に出ているあいだ、リックが同席してもよろしくて？」そして、椅子《いす》を抱えて後ろに立っているギレスピーを指差した。相変わらず、まじめくさった顔でおもしろがっている。

ナッツ・タルトの後頭部には、幅広の平たい帽子がちょこんと載っており――「バースの女房（『カンタベリー物語』の登場人物）」風だ――無邪気な驚きとでもいった楽しげな雰囲気を醸し出している。ルーシーとリックは、ナッツ・タルトへの賞賛を視線でかわした。リックはルーシーの向かいに腰を下ろしながら、ほほえみかけてきた。

「あの服装だと、彼女はなかなかきれいじゃないですか？」ツツジの向こうに行くデステロを見ながら、リックは言った。

「リグマロールはダンスとは言えないと思っていたわ」

「彼女、じょうずですか？」

「わかりません。見たことはないので。でも、じょうずなはずですよ」

「舞踏会などで一緒に踊ったこともないんですよ。ふしぎでしょう？　去年のイースターまでは、存在すら知らなかった。一年ものあいだ彼女がイギリスにいたというのに、知らずにいたんです。三カ月じゃあ、テレサのような人の心を動かすには足りません」

「彼女の心を動かしたいの?」

「ええ」たった一語だが重みがある。

中世イギリスの服装をした二年生たちが芝生に飛び出し、おしゃべりが静まった。ルーシーは脚を見分けたり、一時間もはげしい運動をしたあとで走り回れるエネルギーに驚嘆したりして、気を紛らわせ、自分に言い聞かせた。「さあ、今夜は小さなバラ飾りを持ってヘンリエッタのところに行くのよ。だから忘れてしまいなさい。ずっと楽しみにしてきた午後なんだから。いいお天気だし、みんながあなたに会って喜んでいるし、おおいに楽しまなくっちゃ。だからリラックスなさい。たとえ——たとえバラ飾りのせいで恐ろしいことが起きたとしても、あなたには関係ない。二週間前には、この人たちを誰一人知らなかったし、ここから立ち去ったら誰一人会うこともない。彼女たちに何が起ころうと起こるまいと、あなたの知ったことではないのよ」

こんなご立派な忠告を並べ立てても、ルーシーの気分は以前とまったく変わらなかった。後方でミス・ジョリッフェやメイドたちがお茶の接待に追われているのが見えると、手と、それから頭も少々使うことができるので、ルーシーはいそいそと席を立った。

意外なことに、リックがついてきた。「皿を回すぐらいお安いご用ですよ。ジゴロの気《け》があるんでしょうな」

ルーシーは、恋人のリグマロールを見ていなくてはだめだ、と答えた。

「彼女の出番は最後です。テレサに関して自信をもって言えるのは、虚栄心より食欲のほうが大事だということです。そりゃ、すごいもんですよ」

いとしのテレサのことはよくわかっているのね、とルーシーは思った。

「心配事でもおありですか、ミス・ピム？」

思いも寄らない質問だった。

「なぜそうお思いになるの？」

「さあ。そんな気がしたのですよ。お役に立てることがありますか？」

ビドリントンでチーズトーストを前に泣きそうだった日曜の晩、疲れ切ったルーシーの気分をリックがいかに察知し、暗黙のうちに助けてくれたかを思い出した。二十歳のころ、アランのあの喉仏《のどぼとけ》や穴だらけのソックスなんかではなしに、ナッツ・タルトの恋人と同じくらい理解力があって若くてハンサムな男と知り合えていたら、と思えてならない。

「わたしは、ある正しいことをしなくてはならないの」ルーシーはゆっくりと言った。「そしてその結果がこわいのです」

「あなたにとっての結果？」

「いいえ。ほかの人たちにとってだけれど」

「かまうことはない。おやりなさい」

ミス・ピムはケーキの載った皿をトレーに置いた。「おわかりでしょ、適切なことというのは、必ずしも正しいことではないわ。わたし、まちがっているかしら？」

「あなたの意味することを、ぼくが理解しているかどうかわかりませんが」

「ええ――誰を助けるかによって、ひどくジレンマがあるのです。雪崩《なだれ》からある人を救うことによって、村を破壊する大雪崩を引き起こしてしまうとしたら、あなたは実行する？　そういうことなの」

「そりゃあ、ぼくなら実行しますね」

「そう？」

「大雪崩が猫の子一匹殺さずに村を埋めることだってある――あのトレーにサンドイッチを載せましょうか？――実行して元気をお出しなさい」

「あなたはいつでも正しいことをして、結果は放っておくの？」

「そんなところです」

「たしかにそれが一番単純ね。じっさい、単純すぎると思うけど」

「神のふりをするつもりがないのなら、単純な道を選ぶべきですよ」

「神のふりをするですって？　あなた、それじゃあ牛タンのサンドイッチを盛りすぎよ」

「神のごとく『ことの前後』を見極められるほど賢いのでなかったら、原則どおりにするのが一番です。うわあ！　音楽はやみ、獲物を狙《ねら》うヒョウのごとき我が乙女《おとめ》のお出ましだ」リックは、自分にほほえみかけるデステロを見つめた。「あの帽子、すごいですね！」そして一瞬ルーシーを見下ろした。「明らかに正しいとわかっていることを、おやりなさい、ミス・ピム。あとは神が裁きを下《くだ》します」

「見てなかったの、リック?」デステロが言うのが聞こえる。次の瞬間、ルーシーもリックもナッツ・タルトも、お茶の給仕に殺到する一年生の大群に呑《の》み込《こ》まれた。白いキャップとスウエーデン刺繍《ししゅう》の洪水から、ルーシーは逃げ出した。と、エドワード・エイドリアンがいた。独りぼっちで所在無さげにしている。

「ミス・ピム! お会いたかったですよ。お尋ねしたかったんですが――」

一年生がお茶の入ったカップを彼の手に押し込むと、エイドリアンは相手が待ち焦がれていたとびきりの笑顔を返した。同時に、卒業公演の日にも忠義を忘れない小柄なミス・モリスがやってきて、ルーシーにお茶とケーキの載ったトレーを差し出した。

「座りましょうよ」ルーシーは提案した。

「恐ろしい事件があったのを、お聞きになりましたか?」

「ええ。深刻な事故なんて、めったにないことだと思いますわ。よりによって卒業公演の日に起こるなんて、本当に不運です」

「ああ、事故、そうですね。でも、キャサリンが今夜はラルボローに行けないと言い出したのをご存知ですか? たいへんなことが起こった、学校にいなくちゃならない、とかで。でも、そんなのばかげてますよ。これ以上ばかなことってありますか? たいへんなことが起こったんならなおさら、ちょっとぐらい出かけなくっちゃ。ぼくがすべて手配しました。今夜のテーブルには特別に花も用意させたんです。それからバースデイ・ケーキも。来週の水曜日は彼女の誕生日ですよ」

今レイズ校の敷地内にいる人間で、キャサリン・ラックスの誕生日を知っている人間がほかに誰かいるだろうか、とルーシーは思った。

ルーシーは同情しようと最大の努力を払いながらも、ミス・ラックスの言うことはよくわかる、とやさしく言った。なんと言っても、あの娘はひどい怪我を負い、かなり危険な状態で、自分だけラルボローにお楽しみに行くなんて、少々思いやりに欠けると考えているはずだ。

「お楽しみじゃあないですよ！　旧友と静かに食事するだけじゃないですか。学生が一人事故にあったからって、古い友達を見捨てる理由はとんとわかりませんね。説得してくださいよ、ミス・ピム。彼女に言い聞かせてくださいよ」

ルーシーは、できるだけやってみるけれど、自分だってどちらかといえばミス・ラックスと同じ考えなのだから、期待しないでほしい、と言った。

「あなたまで！　なんたることだ！」

「理屈が通らないことはわかっています。ばかばかしいと言ってもいいかもしれません。でもね、わたしたち二人とも楽しい気分にはなれませんから、今晩は盛り上がらないでしょう。あなたも、そんなのおいやでしょ？　あしたの晩ではいけませんの？」

「だめです。晩の公演が終わったら、すぐに汽車で帰りますから。土曜のことだから、マチネーにも出ないと。あしたの夜、ぼくがやるのはキャサリンの嫌いなロメオなんですよ。彼女がかろうじてぼくに我慢できるのは今夜の『リチャード三世』だけなんです。おおまったく、何もかもめちゃくちゃだ」

「元気をお出しになって」ルーシーは言った。「悲劇というほどのことじゃありません。ミス・ラックスがここにいることがわかったのですから、またラルボローにいらして何度でもお会いになればいいじゃありませんか」

「キャサリンがぼくの言うことを聞く気になるなんて、二度とありませんよ。ありっこないんだ。今回も、幾分かはあなたのおかげなんです。あなたの前では、ゴーゴン（ギリシャ神話に登場する、ヘビの頭髪を持つ三姉妹の怪物）みたいに無慈悲にふるまいたくなかったんでしょう。ぼくの芝居を見てもいいとすら言ってくれた。かつてなかったことですよ。今夜こなかったら、また同じことを言わせるのは無理なんだ。ミス・ピム、彼女を是非説得してください」

ルーシーはやってみましょうと約束した。「約束を取り消されたのを別として、この午後は楽しんでいらっしゃいますの？」

ミスター・エイドリアンは、おおいに楽しんでいるらしかった。学生たちの魅力的な容姿と能力と、どちらをより賞賛すべきか決めかねていた。

「それに、マナーもすばらしいですな。この午後は、一度もサインをせがまれませんでしたからね」

これは皮肉なのだろうか、とルーシーは思った。だがちがう。これは「本音」の発言なのだ。マナーがいいという以外には、誰もサインをせがまない理由を思いつけないようだった。かわいそうな、おばかさんの赤ちゃん、これまでずっと何も知らずに世間を渡ってきたのね、とルーシーは思った。俳優とは皆こんなふうなのか？　心は繭に保護されているのだろうか。けっこうなことだ、つらい現実にぶち当たることなく、安心していられるとは。そもそも彼らは生まれてさえいない。羊水のようなものにぷかぷか浮いているだけなのだ。

「バランスの演技でとちった女の子は誰です？」

ほんの二分でもイネスから逃れることはできないのだろうか？

「メアリー・イネスといいます。なぜですか？」

「なんてすばらしい顔だろうと思ってね。生粋のボルジア（イタリア・ルネサンス時代、権勢を振るった一族。権謀術数、悲劇のイメージ）ですよ」

「まあ、とんでもない！」ルーシーはきっとなって言った。

「この午後はずっと、彼女が誰に似ているのかと考えていました。ジョルジョーネの描いた若い男の肖像画だと思う。どの男がわからないけど。もう一度彼の作品を見なくては。とにかくすばらしい顔ですよ。繊細で力強くて、善良でそれでいて邪悪です。突拍子もない美しさなんだ。あんなドラマチックな顔の女の子が、二十世紀の女子体育大学でいったい何してるんだろう」

少なくとも、誰かが自分と同じようにイネスを見たという気休めにはなる。時代からはみだした、型にはまらない奇妙な美しさを持ち、悲劇の可能性を感じさせるイネス。ヘンリエッタにとっては、イネスは自分ほど頭脳に恵まれていない人間を見下《みくだ》しているつまらない人間だ、ということをルーシーは思い出す。

ルーシーは気晴らしに、エドワード・エイドリアンに何を話そうと思った。と、ぎらぎらした色のカラーにひらひらしたサテンのボウタイが、小道をこちらに近づいてくる。発声法の教師ミスター・ロッブだ。ルーシーの知るかぎり、ドクター・ナイト以外では唯一の客員講師だ。四十年前、ミスター・ロッブはさっそうとした俳優だった——同年代では最高のランスロット・ゴッボ（『ベニスの商人』に出てくる道化）役者と言われていた。ミスター・エイドリアンに、この元俳優の相手を押しつけるのも一興かもしれない。だがエイドリアンがせっかく準備したもの——花、ケーキ、気を引くためのプラン——を思い、ルーシーは寛大にふるまうことにした。あこがれの俳優からつつましく距離を取って見ているオドネルを見ると合図した。エドワード・エイドリアンは、ほんものの生粋のファンに励まされるべきなのだ。なおかつ、オドネルだけがファンだということを知る必要はない。

「ミスター・エイドリアン」ルーシーは言った。「こちら、アイリーン・オドネル。あなたの熱烈なファンの一人ですわ」

「まあ、ミスター・エイドリアン——」オドネルがしゃべり出す。

ルーシーは二人を残して立ち去った。

# 19

お茶の時間が終わり（そのころには、ルーシーは少なくとも二十組の両親に紹介されていた）、皆がぞろぞろ庭から戻り始めると、ルーシーは本館に向かうミス・ラックスをつかまえた。

「今夜の約束は守れないかもしれないわ」ルーシーは言った。「なんだか頭痛がするの」

「それは残念ね」ラックスは気がない返事をした。「わたしも断ったわ」

「まあ、なぜ？」

「ひどく疲れているし、ラウスのことで動転しているし、町に遊びに出かける気分じゃないの」

「驚いたわ」

「驚いた？　なぜ？」

「キャサリン・ラックスが心にもないことを言うとは、夢にも思わなかったからよ」

「へえ。それで、わたしがどんなごまかしをしたと言うの？」

「自分の胸に聞いてみれば、そんな理由で出かけない訳じゃないとわかるはずよ」

「ちがうって？　じゃあ、なぜかしらね」

「あなたは、エドワード・エイドリアンの楽しみを取り上げて喜んでいるのよ」

「ひどい表現ね」

「でも真実よ。ただ彼に対して高飛車に出るチャンスに飛びついたんでしょう？」

「約束を反故《ほご》にしてもなんとも思わないことは、認めるわ」

「それに、ちょっと不親切じゃない？」

「猛々しい女が好きほうだいやっている。そう言いたいんじゃないの？」

「彼はあなたに会うのを、それは楽しみにしているのよ。わたしには理解できないけど」

「それはどうも。なぜだか説明してあげる。わたしに会えば、盛大に泣き言を並べられるからよ、自分はいかに演技が嫌いかくどくどとね——演技なしでは生きていけないくせに」

「もし彼が退屈だとしても——」

「もしですって！　やれやれ！」

「——一時間くらいは我慢できるはずよ。ラウスの事故を奥の手みたいに使うことないでしょうに」

「どうしてもわたしに本音を言わせたいの、ルーシー・ピム？」

「そういうことよ。彼が気の毒だわ、ほったらかしにされ——」

「まったく——あなたって——人は」ラックスは一語発するたびにルーシーに人差し指を突き

つける。「エドワード・エイドリアンを気の毒になんて思わないでちょうだい。女たちは人生の最高の時期を、彼を気の毒に思いながらすごすの。そして最後は、そんなふうにすごしたことを後悔するのよ。あんなに自己中心的で、自己欺瞞《じこぎまん》に満ちた――」

「でも彼、ヨハニスベルガーを注文したのよ」

ラックスは立ち止まり、ルーシーにほほえみかけた。

「お酒があるなら、行ってもいいな」ラックスは考えるように言った。

少し歩いてから、「本当に、テディーがかわいそうだと思う？」と訊《き》く。

「ええ」

「わかったわ。あなたの勝ち。たしかにちょっとひどかったわね。行くことにする。彼がお決まりの『おお、キャサリン、ぼくはこんなうわっつらだけの生活はうんざりだよ』を始めたら、わたしは意地悪くこう考えるわ。『あのピムって女がこんな目にあわせているんだわ』ってね」

「かまわないわよ」ルーシーは言った。「ラウスの様子は誰か聞いたの？」

「ミス・ホッジが電話したばかりよ。まだ意識は戻らないんですって」

ルーシーは、学長室の窓越しにヘンリエッタの頭を見ながら――学長室と呼ばれてはいるものの、じっさいは正面玄関の左側にある小さな居間だ――自分の心をふさいでいることを束の間忘れるために、なかに入って卒業公演の成功を祝福することにした。ミス・ラックスはそのまま歩いていった。ヘンリエッタはルーシーに会って嬉《うれ》しそうだった。さんざん浴びてきた月並みな誉め言葉をまたぞろ聞くことさえ、嬉《うれ》しいようだった。ルーシーはしばらくヘンリエッタとおしゃべりした。ダンスを見に行くとギャラリーはすでにほとんど満席だった。

座席間の通路にエドワード・エイドリアンの姿を認めたので、ルーシーはしばし立ち止まってこう言った。

「キャサリンはきますよ」

「それで、あなたは?」エイドリアンは見上げて言う。

「残念ですけれど行けません。六時半きっかりに頭痛をもよおすことになっておりますので」すかさずエイドリアンは「ミス・ピム、なんてすばらしい方だ」と言い、ルーシーの手にキスした。

彼の隣席の客はぎょっとしたし、後ろの客はくすくす笑ったが、ルーシーは悪い気はしなかった。ときにはささやかなごほうびもなかったら、毎晩ローズウォーターをふりかけグリセリンを手に塗る甲斐《かい》があるだろうか?

ルーシーは前列端の席に戻り、オペラグラスを持った老婦人がダンスの前に帰ってしまったのに気づいた。空席になっている。だが照明が消える直前——体育館はカーテンが引かれ、電気がついていた——リックが後ろからやってきて言った。「そこを誰かのために取っているのでなかったら、座らせていただけませんか?」

リックが腰を下ろすと最初のダンサーたちが登場した。

演目を四つ五つ見るうち、ルーシーはだんだん気持ちが萎《な》えてくるのを感じた。この学校のダンスが必然的にアマチュアのレベルに留まっていることが斟酌《しんしゃく》できなかった。これまでのところ、学生たちは最高の演技を披露していた。だが他の分野に時間とエネルギーを費やしながら、ダンサーとしてハイレベルに達するのは不可能なのだ。ダンスとは、精進を要するものなのだ。

国際的なバレエ団の技術的水準を見慣れてしまった目には、学生たちの踊りはよかったものの、見事とは言いがたかった。アマチュアにしては上出来、もしくはそのちょっと上という程度だ。プログラムはダンスの教師に好まれる民族舞踊や昔のダンスばかりで、学生たちはミスをしないように正確に踊っていたが、それは見ていて楽しいものではなかった。変更箇所に注意しなければならないため、自発性がそこなわれたのかもしれない。全体的に見て、訓練も素質も十分でない、というのがルーシーの印象だった。観客もまた自発的な反応を見せなかった。体操を見ていたときの熱心さは見当たらない。お茶を飲みすぎたのかもしれない。あるいは、一般人が映画を見るようになって、それまで縁遠かった世界に対する鑑識眼を持ってしまったせいかもしれない。いずれにせよ、観客の拍手は情熱的というより儀礼的なものだった。

ロシア風ブラヴーラ（巧妙、華麗、勇壮な技巧を要する楽曲）が披露されると、観客はしばし興奮し、次の演目に期待した。カーテンが開くと、デステロの姿が現れた。たった一人だ。腕を頭上に上げ、ほっそりした腰を横向きにする。南半球の故郷の原住民が着るような衣装を身に着けている。スポットライトが当たると、原色の衣装と未開人風の装身具がきらきら輝き、デステロはまるでブラジルの森から飛んできた色鮮やかな鳥のようだった。ハイヒールを履いた小さな足が、長いスカートの下でもどかしげにコツコツ音を立てる。デステロは踊り出す。ゆったりと、何気なく、まるで時間稼ぎをしているように。やがて、彼女が恋人を待っていること、その恋人が時間どおり現れないことがわかる。恋人の遅刻が彼女にとって何を意味するか、すぐに明らかになっていく。こうなると、観客はもう身を起こしていた。何もない空間に、彼女は恋人を作り出した。恋人の浅黒い顔に浮かぶしょんぼりした表情が、今にも見えそうだ。彼女は恋人をきびしく罰する。観客は座席の前に身を乗り出す。すると、ついさっき恋人におしおきをした彼女は、今度は誘惑し始める。この男は自分の幸運に、こんなウエストと目とヒップと口とかかとを持った、何もかも優雅な女性を恋人に持った幸運に気づいていないのだろうか？　そんなこともわからない、無骨者なのか？　だから彼女は見せてやる。一挙一動がウィットに富み、客は誰もが笑みを浮かべる。ルーシーは客席を見渡した。一分もすれば、この連中は甘い声を出しかねない。まるで魔法だ。デステロが折れて、恋人の言い分を聞いてやる段になると、観客はもはや彼女の奴隷だった。そして、いまだに見えないけれども、まちがいなく服従させられた恋人を伴って彼女が舞台から去ると、観客は大西部ショーを見にきた子どものように大喜びで喝《かっ》采《さい》した。

舞台上で喝采に応える姿を見ながら、ナッツ・タルトは適切なダンスの学校に行くには「ほんものの熟練《メティエ》が必要」だからレイズを選んだ、ということをルーシーは思い出した。

「彼女、ダンスに関しては謙虚だったということね」ルーシーは大声で言った。「プロにだってなれたでしょうに」

「ならなくてよかったですよ」リックは言った。「こちらにきて、彼女はイギリスの田園を愛するようになりました。都会で訓練を受けていたら、バレエ界に巣くう下等な外国人としか出会えなかったでしょう」

おそらくリックの言うことは正しいのだろう、とルーシーは思った。

学生たちが再び舞台に登場してプログラムを進めたが、明らかに熱気は冷めていった。スチュワートはスコットランド人らしい活気あるダンスを披露し、さわやかだったし、イネスは優雅さと情熱を見せた。だがデステロのダンスを見たあとでは、ルーシーでさえイネスを含めてほかの学生のことは忘れてしまった。デステロは実に魅力的だった。

最後のカーテンコールで、デステロは大喝采を独り占めした。

そしてルーシーは、リックの表情をうかがいながら、心がちくりと痛んだ。

手にキスされるだけでは足りないのだ。

「デステロがあんなに踊れるなんて、誰も言ってくれなかったわ」ミス・ラッグと一緒に夕食の席に向かいながら、ルーシーは言った。すでにお客たちは、車のエンジンをかけ、大声でさよならを言いながら帰っていった。

「ああ、彼女はマダムのかわいいペットですよ」ラッグは、マダムの弟子だが競技に参加しないという罪を犯した学生のことを、無感動に話す。「わたしから見れば、彼女は芝居がかっていますね。ここではいささか場違いです。正直言って、最初のダンスはあまりよくなかったです。そうお思いになりませんでしたか？」

「わたしはすばらしいと思ったわ」

「まあ、そうですか」ラッグはあきらめたように言い、つけ足した。「きっとじょうずなんでしょう。さもなければ、マダムが熱心に指導するはずありませんものね」

夕食の席は静かだった。疲労困憊《ひろうこんぱい》、クライマックスのあとの気抜け、暇になって今朝方の事故を思い出したこと、それらすべてが学生たちの意気阻喪を招き、口を重くさせた。教師たちもまたショックを受け、作業に追われ、社交上の努力を強いられ、不安にさいなまれたせいで疲れ果てていた。こんなときこそおいしいワインの出番なのに、とルーシーは思い、今ごろラックスと一緒にヨハニスベルガーを飲んでいられたのに、と少々後悔した。と、ルーシーの心臓が早鐘のごとく打ちはじめた。もう少ししたら、学長室に小さなバラ飾りを持っていって、どこで見つけたのかをヘンリエッタに話さなくてはならないのだ。

ルーシーはまだ、引き出しからあれを取り出していない。そして夕食後、二階に取りに行こうとすると、ボーに追いつかれた。ボーはルーシーの腕に自分の腕をすべりこませて言った。

「ミス・ピム、わたしたち談話室でココアを入れようと思いますの、みんなそろって。どうかいらして、わたしたちを元気づけてくださいな。二階のさびしい部屋に座っていたくはないでしょう?」――「さびしい部屋」とは応接室のことだろう――「そうでしょう? わたしたちを励ましにいらしてください」

「わたし自身、そう元気でもないのよ」ココアなんてぞっとすると思いながら、ルーシーは言った。「でもわたしの憂鬱《ゆううつ》を我慢してくださるなら、こちらもあなた方の憂鬱につき合うわ」

二人が談話室に向かおうとすると、どこからともなく強い風が吹いてきて、廊下からすべての開け放たれた窓へと通り抜け、緑ゆたかな木々の枝をたがいに打たせ、葉を吹き飛ばし、背景があらわになった。「いいお天気もおしまい」ルーシーはつぶやき、立ち止まって耳を澄ませた。すばらしい時間に仕返しするかのような、執拗《しつよう》で破壊的な風はいつだって大嫌いだ。

「ええ、それに寒いですね」ボーが言った。「暖炉に火を起こしました」

談話室は本館の一角にあり、古いレンガ造りの暖炉をそなえている。室内は明るい雰囲気に満ちている。炎が燃え、薪がぱちぱちはぜ、陶器がかちゃかちゃ鳴り、鮮やかな色のドレスを着た学生たちが、さらに鮮やかな色の寝室用スリッパを履き、くたびれて寝そべっている。今夜は、気楽なものを履いているのはオドネルだけではなかった。おおかたの学生がふだん履いている靴できていた。ソファに寝そべって包帯を巻いたつま先を頭より高くしているのは、デイカーズだ。ミス・ピムに向かって陽気に手を振り、自分の足を指差した。

「止血してるんです」デイカーズは言う。「一番いいバレーシューズを履いて出血しちゃいました。ちょっとでも汚れてたら、シューズなんて誰にも売れないでしょう？　ええ、あきらめました」

「暖炉のそばに椅子《いす》がありますわ、ミス・ピム」ボーが言い、ココアを注ぎに行った。イネスはソファでまるくなって、一年生がふいごで火を吹くのを監督していたが、いつもどおりにこりともせずに椅子を叩いてミス・ピムを迎えた。

「お茶の残りをミス・ジョリッフェにおねだりしてきたわ」ハッセルトがいろいろな残りものの載った大皿を持って現れた。

「いったいどうやったの？」一同は尋ねた。「ミス・ジョリッフェは、匂いだってあたしたちにくれたことがないのに」

「南アフリカに帰ったらピーチ・ジャムを送るって約束したのよ。お皿は一杯に見えるけど、たいして量はないわ。メイドたちがほとんど食べちゃったから。あらミス・ピム。わたしたちの演技はいかがでした？」

「皆さんすばらしかったと思うわ」ルーシーは言った。

「まるでロンドンの警官みたいに」ボーが言った。「誘導尋問がじょうずね、ハッセルト」

ありきたりの誉め言葉しか言えないことをルーシーがわびると、熱意があることを証明するために、さらに細かい評価を求められた。

「でも、デステロが今夜の主役だったわよね？」学生たちは言った。そして鮮やかな衣装をまとい、暖炉の脇《わき》で背筋を伸ばして悠然と座っている友人に、親しみをこめた嫉妬《しっと》の視線を投げかけた。

「あたくしは、一つのことしかしないわ。一つのことをうまくやるのは、簡単ですもの」

ルーシーはほかの人間同様、このそっけないコメントが謙遜《けんそん》なのか非難なのか判断しかねた。おおむね謙遜のつもりなのだろう、と見当をつけた。

「そのくらいでいいわ、マーチ。じょうずに火を起こせたわね」イネスは一年生を誉め、ふいごを受け取ろうとした。イネスが身を起こすと今まで隠れていた足が現れ、ルーシーには黒いパンプスが見えた。

そして、左のつま先についていたであろう小さな金属の飾りがなかった。

おお、いやだ。ルーシーは心のなかで言った。いや、いや、いや。

「そちらがあなたのカップですわ、ミス・ピム。こちらはイネスの。ちょっとくずれたマカロンをどうぞ、ミス・ピム」

「だめよ。あたしミス・ピムにチョコレート・ビスケットを持ってきたんだから」

「ちがうわ。エアシャーのショートブレッド（バターをたっぷり使ったサクサクしたビスケット）を召し上がるのよ。新鮮で缶から出したばかりなの。あんたが手荒く扱った食べ物とはちがうんだから」

ルーシーのまわりでおしゃべりが続く。ルーシーは皿から何かつまんだ。話しかけられれば答えた。カップのなかの代物を飲みさえした。

そんなのいやだ。いやだ。

あれはここにある——ずっと恐れてきたものだ、あまりにこわくて考えるのもいやだった——あれはここにある。具体的で明白だ。ルーシーはぞっとした。突然の悪夢だ。明るく騒々しい部屋の外は、嵐の前兆で空が暗くなっている。そしてなくなったものがここにある。小さいささいなものに、恐るべき重要性があるという悪夢。ただちに行動を起こさなくてはならないが、何をなぜしなくてはならないか考えることができないという悪夢。

すぐに椅子《いす》から立って礼儀正しく退席の辞を述べ、ヘンリエッタに会って話をし、最後にこう言うのだ。「そして、誰の靴から落ちたのかも知っているわ。メアリー・イネスの靴よ」

イネスはルーシーの足元に座っている。食べはしないものの、ココアをごくごく飲んでいる。もう一度足を引っ込めたが、ルーシーにはそれ以上見る必要がなかった。ほかにもパンプスを履いている学生がいるかもしれないという、かすかな希望にすがる。さまざまな色彩の履物があふれているものの、パンプスはもう一足としてなかった。

いずれにせよ、今朝六時に体育館にこようという動機を持った学生はほかにいないのだ。

「ココアをもっといかが」ほどなくイネスが振り向いて言った。だがミス・ピムはろくに自分のカップのココアを飲んでいなかった。

「では、わたくしがいただきます」イネスが言い、立ち上がった。

本名はファーザリングだが、教師たちにも「タペンスハペニー《ほんのわずか》」と呼ばれているひどく痩《や》せて長身の一年生が入ってきた。

「遅かったじゃない、タペンス」誰かが言った。「こっち来て菓子パンを食べなさいよ」だがタペンスは所在無さそうに立っている。

「どうしたの、タペンス？」当人のショックを受けた様子に当惑して、皆が訊《き》く。

「フロイケンの部屋にお花を活けに行ったの」タペンスはゆっくりしゃべった。

「すでにほかの花があったなんて言うんじゃないでしょうね」誰かが言い、一同はどっと笑った。

「先生方がラウスの話をしているのを、聞いてしまったの」

「それで？　回復したの？」

「彼女、死んだわ」

イネスがつかんでいたカップが暖炉の床に当たって砕けた。ボーがかけ寄り、かけらを拾う。

「そんなはずないじゃない」学生たちは言う。「聞き違いよ、タペンスったら」

「聞き違いじゃない。先生方が踊り場で話していたわ。三十分前に亡くなったそうよ」

今度の発言は重苦しい沈黙に迎えられた。

「あたしが準備したのは、壁側だった」オドネルは静寂を破って大きな声を出した。

「もちろんよ、ドン」スチュワートがオドネルのところにきて言う。「みんな、わかっているから」

ルーシーはカップを置き、二階に行ったほうがよさそうだと考えた。学生たちはもごもご残念ですと言いながら、ルーシーを送り出した。楽しかったパーティーが粉々になってしまった。

二階に行くと、ミス・ホッジはラウスの身内と会うために病院に向かったあとだった。身内に電話で知らせたのは彼女だった。不幸は無感動に受け止められたらしい。

「彼女はちっとも好きになれませんでした。神様、お許しください」マダムはかたいソファの上で体を伸ばして言った。神への嘆願は本心のように聞こえた。

「おお、彼女はよかったです」ラッグが言った。「よく知ってみれば、いい人なのです。それに最高のセンターハーフ（クリケットなどで、ハーフバックのうち中央にいるプレイヤー）でした。恐ろしいことではありませんか！　これから取調べやら警官やら検死審問やら、いやらしいマスコミの取材やら何やらが始まるんです」

そう、警察やら何やらだ。

今夜は、小さなバラ飾りについては何もできない。それでも、ルーシーはそれについて考えたいと思った。

一人になって「それ」について考えたかった。

# 20

ゴーン！　ゴーン！　遠くの尖塔《せんとう》の時計がまた鳴った。

二時だ。

ルーシーは横たわり、暗闇《くらやみ》を見つめていた。屋外では冷たい雨が地面を打ち、ときどき突風が吹いてきて混沌とした状態を引き起こす。カーテンがあおられて帆のようにはためき、何もかもが翻弄《ほんろう》され混乱する。

天はしぶとく雨をしたたらせ、ルーシーの心も、ともに涙を流した。心のなかに吹き荒れる嵐は、戸外の風よりすさまじい。

「明らかに正しいとわかっていることを、おやりなさい、ミス・ピム。あとは神が裁きを下します」とリックは言っていた。そしてそれは分別ある裁定に思えた。

だがそれは、「重大な身体的損傷を引き起こす」（こういう言い方だっけ？）という仮説的な事柄にすぎなかった時点のことであり、今やことは仮説の段階をすぎ、もはや「身体的」損傷ではなくなっている。それは——こういうことなのだ。

気休めの言葉にいろどられているものの、裁きを下すのは神ではない。法なのだ。制定法全書にインクで印刷されたものなのだ。ひとたびそれが引き合いに出されたならば、神はもはや、前進する運命の車輪に押しつぶされる無垢《むく》な人間たちを救うことはできなくなる。

目には目を、歯には歯を。いにしえのモーセの律法はこう定めた。これは、単純で公正な響きがある。砂漠を背景にした、二人の当事者だけの問題に聞こえる。刑罰を現代の判決文の決まり文句で「死ぬまで首を吊《つ》るべし」とすると、まったくちがった様相を呈する。

もしもヘンリエッタのところに行って——。

もし?

ああもちろん、行くつもりだ。

朝になってヘンリエッタのところに行ったら、自分もほかの人間もコントロールできないものを動かし始めるのだ。ひとたびこの力が行使されたら、何もかもが巻き込まれ、平穏な生活は奪われ、人間たちは混乱の渦に突き落とされるだろう。

ルーシーはミセス・イネスのことを思った。今ごろラルボローのどこかで幸福な眠りに落ちているところだろう。あすは家に帰り、彼女の人生そのものである娘の帰宅を待ち受けるのだ。けれど彼女の娘は帰らない——永遠に。

ラウスだってそうだ、と別の声が指摘する。

もちろん帰らない。そしてイネスはその償いをしなくてはならない。自分の犯した罪によって利益を得るなどということは、許されない。だがきっときっと、無垢なる人間までもさらにむごい目にあうことを避ける方法があるにちがいない。

正義とはなんだろう?

一人の女性の心を引き裂くことだ。ヘンリエッタを打ちのめし、恥をかかせ、これまで築いてきたすべてのものを破壊することだ。ボーの輝きを永遠に消し去ることだ。悲しみになじみがないボー。これが命には命を、ということか? イネス夫妻とヘンリエッタの——いやもう一人、ボーまでもが一人のために。

しかも、さして価値のないラウス一人の——。

とんでもないことを。自分では判断できない。リックが言ったように「ことの前後を見極めなくてはならない」からだ。プレイボーイの顔を持ち、ラテンの色男のようにセクシーな男としては、リックは一風変わった理性の人だ。

隣室ではまたイネスが動き回っている。ルーシーにわかる範囲では、イネスもまた眠っていない。なるべく音を立てないようにしていたようだが、人の動く音や蛇口から水の流れる音がときおり聞こえてきた。喉《のど》をうるおすためか、それともドキドキ脈打っているにちがいないこめかみを冷やすためだろうか、とルーシーは思った。ルーシーの頭蓋骨《ずがいこつ》のなかを、思考がわなにかかったネズミのようにかけ巡っているとすれば、イネスは何を考えているのだろう? ユーモアはないかもしれないし、人間好きでもなさそうではあるが、鈍感でないことはたしかなのだ。霧深い早朝、駆り立てられるように体育館まで行ったのが、くじかれた野心ゆえか、あるいは純粋な怒りと憎しみのゆえかはわからないが、罰をまぬがれようと考えてあのような行為におよぶ人間ではないのだ。彼女の気質を考えると、ブームに細工をしたときに破壊されたのは、彼女自身にほかならない。犯罪の事例史を振り返ってみれば、無慈悲な女性は願望の成就を邪魔する存在がなくなると、次なる願望を抱くことがある。だがそういった女性たちはメアリー・イネスとはちがう。イネスは別種のさらにまれな人種に属し、手遅れになってから、もう自分は生きていけないと悟るタイプだ。払った代償は高すぎた。

もしかしたらイネスはみずから罰を下すかもしれない。

ここまで考えると、ヒマラヤスギの木陰で日曜の午後に初めてイネスを見たときの印象が蘇《よみがえ》ってきた。一か八か。自己破壊者。

彼女が行く手に立ちはだかった生命を破壊したのは、ほとんど偶発的といってもいい。いずれにせよ、破壊を意図したものではなかった。ルーシーはそのことだけは確信していた。だからこそ、運命の車輪を始動させるのがいやなのだ。考えたくもないのだ。ぐらぐらするピンにこめられた意図は、一時的に技ができなくすることだけだった。ラウスが九月にアーリングハーストに行けなくなる保証——そして自分が行ける保証だ。

ルーシーはなおも考える。ウィッチャリー整形外科病院の話を断ったとき、彼女はそれを頭に置いていただろうか？　いや、それはない。イネスは冷酷に計画を立てる人間ではない。あれは、ぎりぎり最後の瞬間に、自暴自棄の余りなされたことだ。

少なくとも、最後の最後の瞬間に「遂行された」のだ。

時期の遅さは、それまで機会がなかったからという可能性もある。体育館に行くまでに誰にも会わずにすむのは、あの日が初めてだったのかもしれない。または、それまではラウスのほうが早かったという可能性もある。

「ボルジアの顔」――エドワード・エイドリアンは嬉《うれ》しそうに言ったものだ。

そして、イネスが似ているというテレサの曾祖母《そうそぼ》の祖母は、計画した。未亡人として成功に次ぐ成功で長生きした。ゆたかな土地を管理し、一人息子を育て上げ、精神が破壊された兆候を見せることはなかった。

風が室内に吹き込んできた。イネスの部屋の窓がガタガタ鳴り始める。イネスが部屋を横切って窓のところへ行くのが聞こえ、やがて窓の音はやんだ。

ルーシーは、今すぐにも隣室に行き、持ち札を見せてやりたくてたまらなかった。切り札を持っているけれど、使うつもりはないことを、イネスに教えてやりたい。二人一緒に対策を講じることができるだろう。

一緒に？　ブームの下のピンをゆるめた娘と一緒に？

そんなことはできない。先週の土曜、廊下で話しかけたときは、輝いて威厳と知恵に満ちていた娘。今夜は眠れない娘。あの母親の娘。

彼女のやったことは、意図的であったにせよ、その結果は決定することも予測することもできなかったものだ。結果とは、彼女にとっての破局だった。

そもそもこの破局を招いた張本人は誰か？

ヘンリエッタだ。驟馬《がんこもの》のように、出来の悪い学生を偏愛するヘンリエッタ。

ヘンリエッタはイネスと同じように眠れずにいるだろうか、とルーシーは思った。ウェスト・ラルボローから戻ったヘンリエッタは、ひどく痩《や》せて老け込んでいた。内側に組んでいた枠がくずれ、詰め物の位置がずれたような印象だ。幼稚園で一カ月いじくりまわされて、くたくたになったぬいぐるみのようだ。ヘンリエッタはそんなふうだった。

ルーシーは友人が心底気の毒だった。彼女は――愛する者を亡くしたのだ。愛する？　そう、愛していたのだろう。盲目的な愛情のせいで、ラウスの欠点に気づかなかったのだろう。喪失。そして愛するレイズ校への気遣い。ヘンリエッタの苦悩には、ルーシーも心を動かされた。それでも、ヘンリエッタがあんな行動を取らなければ、悲劇は起こらなかったと思わずにいられない。直接の原因はイネスの弱さだ。だがすべての悲劇を引き起こすボタンを押したのは、ヘンリエッタだ。

そして今、さらに恐ろしい事態を引き起こす機械のボタンを押そうとしているのは、ルーシーだ。機械のギアが入れば、罪を犯した無邪気な人間を傷つけ滅ぼすことになる。ヘンリエッタは罰を受けたかもしれないが、イネス家の人々はこの恐怖を押しつけられるような何をしたというのか？　この名状しがたい恐怖を。

あるいは、彼らも関与しているのか？　家庭環境がどれだけイネスの回復力のなさを招いたのだろう？「羽の脂」を持たずに生まれたとしたら、両親はそのことに慣れるよううながしただろうか？　そもその原因がどこにあるかなんて、誰にわかるというのか？

たぶん、法を通すとしても、裁きを下すのは神なのかもしれない。キリスト教徒だったら、そう考えるのが当然だ。原因がなければ何も起こらないはずだ、と考えるのだから。イネスの殺人事件の裁判によって苦しむ人間がいるとすれば、それは「自業自得」だという発想だ。これは聞こえのいいけっこうな理屈で、ルーシーもそんなふうに考えられたら、と思った。だがイネスを養育し、いつくしんできた両親の落ち度が、このむごい悲劇を招いた、などとは信じたくない。

それとももしかしたら――。

ルーシーはベッドの上で身を起こし、この新しい考えに集中した。

もし神が裁くとしたら――つい先日、神が事故を起こしたもうたように――だとしたら、裁きはすでに下っているのだ。ほかならぬルーシーが小さなバラ飾りを見つけた時点で、神の裁きは始まっていたのだ。バラ飾りは、変だと気づいたらヘンリエッタのところに直行して人間の作った法の適用をうながすような、意志の強い人間の手には渡らなかった。そうだ。逡巡《しゅんじゅん》する心弱き人間、いかなる疑問にも三通りの答えを見てしまう、ルーシーのような人間の手に渡ったのだ。そのことに意味があるのだろう。

それでも、神様はほかの媒介者を見つけてくれればよかったのに、とルーシーは心の底から思った。いつだって責任からは逃げていたかった。おまけに今度の重責は、とてもルーシーが背負いきれるものではない。いっそあの小さなバラ飾りを捨ててしまえたら――すぐにも窓から放り投げて、最初から見なかったことにしてしまえたら。だが、そんなことができるはずはない。いくらルーシーが臆病《おくびょう》で不出来な人間でも、つねにもう一人の自分――レティシア・ピムという半身だ――がいて、きびしく目を光らせているのだ。もう一人の自分からは逃げおおせたためしがない。レティシアに睨《にら》まれると両膝《りょうひざ》ががたがた震えてぶつかり合い、口をつぐんでいたくても舌が動き、立つ気力がなくても寝そべっていることができなかった。それだから今度も、退却することができないのだ。

ルーシーはベッドから降りて、どしゃ降りのざわついた夜へと身を乗り出した。窓の下の木の床に、雨水でできた水たまりがあった。はだしでひやりとしたが、それはある意味心地よいものでもあった。身体的な不快感にすぎないし、理解できるものだからだ。少なくとも、自分でふき取らなくてよいし、カーペットの心配をしなくてもよい。あらゆる悪天候の要素がここに入り込み、誰もがそれを当然だと思っている。イネスが自発的に口にした数少ない言葉のなかに、ある朝目覚めたら枕に雪が積もっていたので感激した、という話がある。そんな経験は一回きりだそうだが、朝、枕に載ったものを見れば、季節がわかるのだ、と語っていた。秋なら蜘蛛《くも》、六月ならシカモア（欧州産の庭園樹、街路樹、カエデの一種）の種。

ルーシーはそのままほてった頭を冷やしていたので、しまいには足が凍えてしまい、ベッドにもぐりこんだときにはジャージでくるまなければならなかった。これがとどめだ、とルーシーは思った。心も体も冷えきってしまった。かわいそうなルーシー・ピム。

やっと眠くなってきた三時ごろ、自分がもくろんでいることの意味に気づいてぎょっとした。重大な意味を持つ証拠の隠滅を、本気で考えていた。事後従犯人になろうとしているのだ――犯罪者に。

まっとうな遵法者、ルーシー・ピムともあろう人間が。

どうしてこうなったのか？　何を考えていたのか？

ルーシーに選択の余地がないことにかわりはない。誰が裁きを下し、あるいは下さないかは、ルーシーの関わることではない。それは公的な取調べに関わることであって、ルーシーには報告の義務があるのだ。文明に、国家に、自分自身に対する義務がある。個人的な感情など、どうでもいい。法がいかに不公平であやまったものであっても、証拠隠しは許されない。

いったいどうして、あんな気ちがいじみたことを考えられたのだろう？

リックは正しかった。明らかに正しいとわかっていることをして、裁きを下すのは神に任せればいい。

午前四時半、今度こそルーシーは眠りに落ちた。

# 21

重苦しい朝がおとずれ、ルーシーは強い嫌悪感をもよおした。卒業公演が終われば朝食前の授業はないにもかかわらず、起床の鐘はいつもどおり五時半に鳴った。学生側が譲歩することはあっても、鐘が習慣をやめることはないのだ。ルーシーはもう一度眠ろうとしたものの、朝日とともに現実が入り込み、深夜には熱にうかされた仮説だったものは、今や冷厳な事実となった。一、二時間のうちにルーシーは恐ろしい事態を引き起こす機械のボタンを押し、以前はその存在すら知らなかったような他人の運命を変えてしまうのだ。再び動悸《どうき》がはげしくなる。

ああ、なんだってここにきてしまったんだろう？

着替えをすませ、しかるべき箇所に隠しヘアピンを刺し終わったとき、ヘンリエッタより前に、まずイネスのところに行かなくてはならない、とルーシーは気づいた。これが子どもじみた「フェアプレー」の精神にもとづくものなのか、それとも自分の責任を少しは軽くするための打開策を見つけたいからなのか、よくわからない。

行動を起こす衝動が萎《な》えないうちに、ルーシーはイネスの部屋のドアまで行った。イネスがバスルームから戻ってくる音を聞いていたので、もう着替えはすんだころだと見当をつけていた。ドアを開けたイネスは、疲れてだるそうな様子だったが、落ち着いて見えた。こうして面と向かってみると、昨夜悩んで思い描いたイネスと同一人物だとは思えない。

「ちょっと、わたしの部屋にきてもらえないかしら」ルーシーは訊《き》いた。

イネスは一瞬とまどったようだったが、承諾した。「ええ、かまいませんわ」と言ってルーシーについて部屋に入った。

「ひどい雨でしたね」イネスは快活に言った。

天気の話をするなんて、イネスらしくない。そして、快活などというのはおよそイネスらしからぬことだ。

ルーシーは引き出しから小さなバラ飾りを出し、てのひらに載せてイネスに見せた。

「これがなんだか、わかる?」

たちまちのうちに快活さは消えうせ、イネスの顔はこわばり警戒を見せた。

「どこで手に入れたのですか?」きつい口調だ。

このときルーシーは初めて、心の奥底ではイネスがこんな反応を示さないことを期待していたのだと気づいた。こんなふうに言ってほしいと、無意識のうちに願っていたのだ。「ダンス用のパンプスから落ちたもののようですね。そんな靴は大勢の学生が持っていますけれど」心臓が鼓動を弱め、胃の辺りまで沈んでいく気がする。

「きのうの朝早い時間に、体育館の床で見つけたの」ルーシーは言った。

警戒が解け、緩慢な絶望が広がっていく。

「それで、なぜわたくしにお見せになるのですか?」イネスはのろのろと言った。

「大学には旧式のパンプスは一足しかないと思うからよ」

沈黙があった。ルーシーは小さなものをテーブルに置き、待った。

「ちがうかしら?」やっと口を開いたのはルーシーのほうだった。

「いいえ」

またも沈黙が下りる。

「おわかりではないのです、ミス・ピム」堰《せき》を切ったようにイネスが語り始めた。「そんなつもりではなかったのです――わたくしが言い逃れをしているとお思いでしょうけれど、そんなつもりでは――あんな結果になるとは思いもよりませんでした。ただ、アーリングハーストを逃して、がっかりしてしまったので――しばらく、まともにものを考えることができませんでした――愚かなまねをしました。頭にあるのは、アーリングハーストだけになってしまって。考えられるのは――第二のチャンスを得ることだけでした。それ以上のことではなかったのです。信じてください。本当に――」

「それは信じるわよ。さもなければ、このことをあなたにも知らせようとは思わなかったわ」

ルーシーはバラ飾りを指差した。

間があって、イネスが言った。「これからどうなさるおつもりですか？」

「ああ、それがわからないのよ」あわれなルーシーは言った。事実に直面して途方に暮れていた。これまで聞いたことのある犯罪といえば、俗っぽい推理小説に出てくるものばかり。ヒロインはどんなにあやしく思えても、つねに無実なのだ。あるいは犯罪史をひもといても、犯罪はすべて過去のものだから危険はなく、外科用メスに関わる範疇《はんちゅう》のことになっていた。事例史の記録には、犯人のやったことをとても信じられない友人や身内の記載もあり、今のルーシーはまさにその気分を味わっていた。だがそんなことを知っていても、なんのなぐさめにもならず、行動の指針にもならなかった。これは、誰かほかの人のうえに起こるような出来事——マスコミの報道を信ずるならば、毎日のように起きているにしても——なのであり、誰も自分にふりかかるとは考えつかないのだ。

これまでともに笑いおしゃべりし、好意や尊敬の念を抱き、共同生活をしてきた人間が、他人の死に責任を負っているなどと、どうやって信じればいいのか？

知らず知らずルーシーは、眠れぬ夜のこと、「裁きを下す」ことについての自説、一人の人間が犯した罪のために多くの人間を傷つけたくはないこと——について語っていた。自分の問題にとらわれる余り、イネスの目に宿った希望の光を見すごしていた。感づいたのは、「もちろんラウスの死によって、あなたが利益を得ることなど許されないわ」と言ってしまったときだ。

自分が選ぶつもりはなかった道を、遠くまで歩んできてしまったと気づいたときだ。

だがイネスはこの発言に飛びついた。「ああ、わたくしはそんなことはしません、ミス・ピム。それにこれは、小さな飾りを発見なさったこととは関係ないのです。昨夜彼女が亡くなったと聞いたとき、自分はアーリングハーストには行けないと思いました。これからミス・ホッジに申し上げるつもりです。わたくしも、ゆうべは眠れませんでした。いろいろなことをじっくり考えました。ラウスの死に対する責任だけではなくて——敗北を受け入れることができない自分の性格についても。それでも——その、あなたが関心をお持ちにはならないようなことをいろいろ考えました」イネスは、しばし口をつぐんでルーシーを見つめた。「ミス・ピム、もしわたくしが残りの人生をかけて、きのうの朝の行為を償うとしたら、あなたは——あなたは——」

正義についてのルーシーの論述を聞いたあとでも、イネスはあつかましい提案を言葉にすることができなかった。

「事後従犯人になれと言うの？」

冷ややかな法律用語に、イネスはたじろいだ。

「いいえ。どなたにも、そんなことをお願いする訳にはいきません。でもわたくしは償いをします。生半可なことではないでしょうけれど。わたくしは——彼女のために生きます。喜んでそうするつもりですわ」

「それはそうでしょう。でも、どうやって償うつもり？」

「ゆうべ、そのことについて考えました。初めは孤島のハンセン氏病患者収容所に行こうかなどと思っていたのですけれど、それは現実的ではありませんし、レイズで受けた教育を考えれば意味もありません。もう少しいい考えがあります。父と一緒にはたらこうと思うのです。もともとは医療の仕事をするつもりはありませんでしたけれど、わたくしは得手ですし、故郷の町には整形外科の病院もないのです」

「立派な話に聞こえるわ」ルーシーは言った。「でもどこが償いなの?」

「小さいころからわたくしの野心は、小さな市場町から脱出することでした。レイズ入学は、自由へのパスポートでした」

「そう」

「信じてください、ミス・ピム。これが償いなのです。それは不毛なものではないのです。ただの個人的な苦行にはなりません。人生で有益なことをしたいのです、何か——引き換えによい価値のあることをしたいのです」

「わかったわ」

またしても長い沈黙。

朝食五分前の鐘が鳴ったにもかかわらず、ルーシーはレイズに来て初めて鐘の音に気づかなかった。

「わたくしの言葉を信じていただくしかありませんけれど——」

「あなたの言葉を信じるわ」

「ありがとうございます」

あまりに安易な解決策ではないか、とルーシーは思っていた。もしもイネスが罰を受けるべきだとすれば、退屈だが役に立つ生活など、とうてい十分な処罰とは思えない。当然ながら、イネスはアーリングハーストをあきらめた。それはなんらかの犠牲である。だが、それは一人の人間の死へのあがないと言えるだろうか？

そもそも、死への償いとは何か？　死以外にはない。

そしてイネスは、生きながらの死とみなしていることを申し出ている。結局は、そう悪い取引ではないかもしれない。

ルーシーが直面しているのは、自分の思案、内省、議論の比較が、この瞬間一つの単純きわまる問題に融合しているという事実だ。自分は今、目の前に立っている娘に死刑を宣告しようとしているのだろうか？

せんじ詰めれば、そんな単純なことなのだ。この朝小さなバラ飾りをヘンリエッタのところへ持っていったなら、秋に学生たちがレイズに戻ってくるまえに、イネスは死ぬだろう。死なない場合は、二十代を「不毛」きわまりない、生きながらの死にささげるだろう。

イネスには、自分で選んだ牢獄《ろうごく》ですごさせればいい、そこで彼女は同郷人の役に立つことができる。

まったくのところイネスに刑を言い渡すなど、ルーシー・ピムには荷が重すぎる。そういうことなのだ。

「すべてあなた次第なのよ」ルーシーはゆっくりとイネスに言った。「わたしには、人をしばり首にすることなんかできない。自分の義務が何かはわかりきっているのに、それはできないの」変だ、とルーシーは思う。イネスがわたしにへりくだるのではなくて、あべこべなことをしている。

イネスは疑わしげにルーシーを見つめた。

「つまり――」イネスは乾いた唇をなめる。「つまり、バラ飾りのことは黙っていてくださるのですか?」

「ええ、けっして誰にも話さない」

イネスの顔色は突然真っ白になった。

あまりに白くなったので、本で読んだことはあっても、目にしたのは初めての現象だ、とルーシーは気づいた。「シーツのように真っ白だ」という表現がある。それは漂白していないシーツの色かもしれないが、少なくとも「白くなる」のだ。

イネスは化粧台脇《わき》の椅子《いす》に手を伸ばすと、くずおれるように腰を下ろした。ルーシーの怪訝《けげん》そうな顔を見て、こう言った。「大丈夫です。気絶したりしませんわ。これまで気絶したことなどありませんもの。すぐにしゃんとしますから」

ルーシーは、それまでイネスの落ち着きや都合のいい申し出に反感を持っていた——当面の問題に関してあまりに平然としているように感じられた——のだが、このとき良心の呵責《かしゃく》めいたものに襲われた。つまるところ、イネスは落ち着いてなどいなかったのだ。押さえつけられていた感情が、逃げ道を見つけたとたんしっぺ返しをすると言うのは、よくある話だ。

「お水、あげましょうか?」ルーシーは流しに向かいながら言った。

「いいえ、けっこうです。大丈夫ですわ。ただ丸一日おびえていたので、あなたが銀色のものを持っていらっしゃるのを見たのが、とどめになったのです。それがいきなりおしまいになって、あなたが執行猶予を認めてくださって、そして——そして——」

嗚咽《おえつ》がこみ上げてきて、イネスは言葉が出なくなった。涙を一滴も流さない、激しい嗚咽だ。両手で口を押さえたが押さえることができず、今度は顔全体をおおって落ち着こうと努めた。だがなんの効果もなかった。頭を抱えて机につっぷしてしまった。

その姿を見ながらルーシーは思った。こういうやり方をする若い娘はいる。涙を武器にして、同情を引くのだ。でもイネスはちがう。自制心が強くうちとけない質《たち》なのに、こうして身を投げ出している。こんなふうに取り乱さなかったら、誰も彼女が苦しんでいるとは思わないだろう。こうして衝動に身を任せているのを見ると、いかにはげしい苦悩にさいなまれてきたかがわかる。

ぼんやりと聞こえていた鐘の音が、ゆっくりと大きくなってくる。

イネスはそれを聞き、よろよろと立ち上がった。「失礼して」と言う。「冷水を浴びてきます。そうすれば、おさまるでしょうから」

嗚咽のせいで話もできなかった若い娘が、このように客観的な方策を思いついたことに、ルーシーは感嘆した。ヒステリックに泣きくずれていた人間とは、別の人格がいるようだ。

「どうぞお行きなさい」ルーシーは答えた。

イネスはドアノブに手をかけて、立ち止まった。

「いつか、あなたにきちんと感謝できる日がくると思いますわ」と言って立ち去った。

ルーシーは小さな銀のバラ飾りをポケットにすべりこませ、朝食の席へと降りていった。

# 22

恐ろしい週末だった。

天気はどしゃ降りだった。ヘンリエッタはまるで大失敗の大手術を受けた病人だ。マダムはご機嫌ななめで、行動の点でも言葉の点でもまったく人の役に立たない。「自分の」体育館でこのような不祥事が起きたというので、フロイケンはかんかんだった。ラッグはといえば、相も変わらず人の気が滅入るようなわかりきったことをべらべらとしゃべるカサンドラ（誰も信じてくれない予言をする人間）ぶりだ。ラックスは疲れて無口だった。

ラックスは、淡いグリーンのティッシュペーパーに包まれた小さなピンク色のロウソクを持ってラルボローから帰ってきた。「テディーがこれをあなたにって」とラックスは言う。「わたしには、訳がわからないわ」

「まあ、ケーキに刺してあったの?」

「ええ。そろそろわたしの誕生日なの」

「覚えていてくれるなんて、いい人ね」

「あら、彼は誕生日ノートを持っているのよ。宣伝活動にもなるから。しかるべき人々すべてに、しかるべき日に電報を打つのが、彼の秘書の仕事なの」

「彼を認めてあげたことはないの？」ルーシーは尋ねる。

「テディーを？　本心からいいと思ったことはないわね。十歳のころから知っていることを忘れないでちょうだい。五秒だって、わたしの目をごまかすことができないんだから」

「わたしの美容師は」ルーシーは言った。「髪をいじりながらお説教するんだけれど、誰でも三つの欠点は許してあげなくちゃいけないって言うわ。それさえ許容すれば、残りの部分は驚くほど魅力的に見えるものなんですって」

「テディーから三つの欠点をのぞいたら、何も残らないわよ、おあいにくさま」

「なぜ？」

「三つの欠点ていうのが、虚栄心と自己本位と自己憐憫《じこれんびん》だからよ。その一つひとつがすさまじいんだから」

「すごいわね！」ルーシーは言った。「降参するわ」

そう言いながらも、ばかげた小さなロウソクを化粧台に置き、やさしい気持ちでエドワード・エイドリアンのことを思った。

大事なボーのことも同じくらいやさしく考えられればいいのに、とルーシーは思った。ボーは、イネスがアーリングハーストを棒に振ったことに腹を立て、ことを面倒にしてしまったのだ。あんなに仲のよかった二人が、けんか寸前まで行ったらしい。

「イネスったら、死んだ人の後釜《あとがま》に座っても嬉《うれ》しくないなんて言うんです」ボーは憤懣《ふんまん》をぶつける。「こんなばかな話ってあるでしょうか？　まるで一杯のお茶か何かのように、アーリングハーストの話を断るなんて。自分が第一候補にならなかったからって、死ぬほど悔しがっていたのに。ミス・ピム、後生ですから、手遅れにならないうちに彼女の目を覚まさせてくださいな。アーリングハーストだけの問題じゃないんです、彼女の将来のすべてがかかっているのです。社会人生活をアーリングハーストで始めるということは、トップでスタートすることなんです。話していただけますね？　ろくでもない考えをあらためさせてくださいね！」

ルーシーは、たえず人から「話をする」ように頼まれている気がした。鎮静シロップの役目でなければアドレナリン、さもなければただ消化促進のためのスプーン一杯のアルカリの粉薬だ。「デウス・エクス・マキナ（困難な場面に突然現れて強引な解決をもたらす人物）」の役を求められるかと思えば、正義の道を踏み外す人間になれと言われる。だがルーシーは、それについて考えないようにした。

イネスに話せることなどもちろんないが、ほかの人間たちは話をしていた。ミス・ホッジは長々と真心をこめて話し、イネスを疲れさせた。ミス・ホッジは、初めに指名したくなかったイネスが辞退したことにうろたえていた。こうなると、アーリングハーストに送り出せる学生がいないのだ。先方に事情を説明し、みすみす指名がよそに行くのを見送らなくてはならない。

死亡事故のニュースが教育界にもれたなら、アーリングハーストは次回から、体育教師を求めるときはよその学校に声をかけるようになるだろう。管理の行き届いた体育館では、事故など起きるはずはないのだ。死亡事故などもってのほかである。

これはまた、警察側の見解でもあった。警察の対応はていねいで、思慮深いものだった。マスコミのけしからぬ報道が学校側に及ぼす影響について、よく考えてくれた。それでも、捜査をしないわけにはいかない。そして捜査というものは、残念ながら人目を引き、誤解を招きやすい。ヘンリエッタの弁護士が地元の新聞記者と会い、ことを荒立てないようにと話したものの、編集助手が切抜きを見て刺激が足りないと思ったら？　そうなったらどうなるか？

ルーシーは捜査が始まる前に帰りたかった。法のもとにたえず自分の罪を突きつけられる状態から逃げるために。だがヘンリエッタから、留まるように懇願された。これまで彼女に「いや」と言えたためしなどないし、今のあわれに老け込んだ友の願いはとても拒絶できるものではなかった。かくしてルーシーは居残った。ヘンリエッタの雑用を手伝い、大半の時間は本来関わりのない、事故によって引き起こされた山のような仕事をかたづけた。

だが審問には行かなかった。

事実を抱え込んでいながら、突然立ち上がって真実を語り、責任という重荷を下ろしたくなる衝動を抑えることなど、できそうにない。

警察がどんなネズミをかぎ出すかなんて、誰にわかるだろう？　彼らはレイズにやってきて体育館に入り、いろいろなものの長さを測り、ブームの重さを量り、誰彼かまわず聞き取りをし、さまざまな専門家におうかがいを立て、ともかく人の話は聞くけれどみずからは何も語らなかった。ぐらぐらして死亡事故を招いたピンは、持って行ってしまった。それはただの決まった手順なのかもしれないが、本当のところどうだかわかったものじゃない。どっしりした広い胸と感情をあらわにしない礼儀正しげな表情の奥で、どんな疑念を抱いているのか見当もつかない。

ところが審問には、まったく予想外の救い主が登場した。アーサー・ミドルハムと名乗る、ウェスト・ラルボロー・ロード五十九番地在住の紅茶の輸入業者である。ウェスト・ラルボローとレイズの門をつなぐ幹線道路沿いに並ぶ、住宅地の住人だ。ミドルハム氏はレイズ校に関して、そういう学校が「ある」ということ、それから肌を露出した服装で自転車を乗り回す若い女性たちがそこの学生だということしか知らなかった。だが氏は事故のことを聞き知った。レイズの体育館のピンがその朝にかぎってずれていたことを奇妙だと思った。同じ朝、それも同じ時刻とおぼしきころに、サウス・ラルボローの工場から来たタンクローリーの一団が通過したとき、応接間の窓ガラスが外れてしまったのだ。彼の説はミス・ラックスと同じだった。振動による事故、である。ミス・ラックスの説は当てずっぽうで価値がなかった。ミドルハム氏の説は理論的で、三次元的な証拠の裏づけがあった——割れた窓ガラスだ。

そして誰かが主導権を握ったときのつねで、賛同者が続出した（誰かが作り話を思いついて、昨日午後五時半に空に緑のライオンを見かけたという手紙を新聞に送ったら、最低でも六人は、そういえば自分も見たと言い出すものなのだ）。ミドルハム氏の証言を聞いて興奮したある女性は、傍聴席から立ち上がり、何年も前に買った糖菓壺《つぼ》（ドーム状の蓋のついた、球状で広口の中国産陶壺）が、ちょうどその時間、窓辺の小さなテーブルから落ちた、と言い出した。

「あなたはどこにお住まいですか？」検死官はこの女性をなんとか群集のあいだから連れ出し、証人として喚問した。

レイズとビドリントンのあいだに住んでいる、と女性は答えた。幹線道路沿いですか？　そりゃもう道路沿いも何も、幹線道路そのものに住んでいるようなもので。夏にタンクローリーなんぞが通ればあなた、もうもうとほこりが立つし——いいえ、壺を落とすような猫など飼っておりません。いいえ、部屋には誰もいませんでした。朝食がすんですぐ部屋に入り、床に落ちているのを見つけたのです。今まであんなことは、ありませんでした。

あわれなオドネルは、緊張しながらもひるむことなく、壁側を上げたこと、ラウスが内側を受け持ったことを証言した。「上げる」というのは、滑車を通したロープでブームを吊《つ》り上げ、その下にピンを差し込んで固定することです。ブームは一定の高さまでロープで吊り上げられて、ロープの端は綱止めに巻きつけて固定されるようになっています。いいえ、帰る前にこの器具を試すことはしませんでした。

フロイケンは、ピンの代わりになると証明されていないロープについて問われ、ピンが外された状態でも、たるまないほど強くは巻かれなかった、と証言した。綱止めにロープを巻きつけるのは習慣的な操作であり、それが予防策になると考えている学生はいなかった――じっさいは予防のためだったのだが。なんらかの過失によって金属ピンがずれ、ロープに重圧がかかった。ロープは今までブームを超えた重量を受けていなかったので、急な六十キロもの加重に耐えられなかった、ということはありうるが、フロイケンはそう思わなかった。体育館のロープは厳重なテストを受け、保証されている。ミス・ラウスの巻きつけ方が不適切だったという可能性のほうが高いのではないか。

それで決着がついたようだった。不幸な事故だったのだ。警察が持ち去ったピンは、卒業公演のあいださんざん酷使されたので、証拠品としては役に立たなかった。

明白な、不慮の事故であった。

ああ、これで一件落着だ、とニュースを聞いたルーシーは思った。何も不都合が起きない訳がないと思いながら、雨の降る庭を眺めて応接室で待っていたのだ。なんのつまずきもなく、犯罪行為は一切なかったことになる。ルーシーはさんざん事例史を読んできたので、それがわかった。

いや、つまずきは一つだけ起こった。あの小さな飾りが靴から落ちたときだ。ほかに警察が何を見逃したかなど、誰にわかるだろう？　もはやすべてが終わり、イネスは安全だった。そして今やっと、イネスのためにこそレイズに敬意を払ったのだと自覚した。自分では、イネスの母親やヘンリエッタや究極の正義のために、ああいう行動を取ったのだと思っていた。だが最後のほうになると、イネスのしたことは、法律が下す結果を招くほどひどくなかったからというのが理由になった。イネスは非常な努力をし、忍耐の限界がふつうより低かったのだ。彼女にはメッキや、目の粗い補強物といった、それがあれば緊張状態に耐えられるようなものが欠けていた。あまりに繊細だから、やけを起こしてしまったのだ。

水曜の朝ルーシーは、卒業証明を受け取るイネスに送られた喝采《かっさい》に興味を持った。二年生に対するさまざまな喝采は、相手によって大きさだけでなく性質もちがっていた。たとえば、デイカーズが証明を授与されたときは笑いが起こり、親愛の情が感じられた。ボーは、二年生代表としての賞賛を受けた。人気抜群の上級生への祝福だ。だがイネスに送られた喝采には、特別なものがあった。温かい尊敬の念、同情、そして幸福を祈る気持ちといった感情は、ほかの二年生に対しては示されなかったものだ。あれはたんに、アーリングハーストへの指名を辞退したことに、一年生が感動したからだろうか。ラウスの人柄と試験中の不正行為についての話をしたときヘンリエッタは、イネスは人気がないと言っていた。けれどもきょうの喝采には、人気だけでは説明できないものがある。みんな、イネスを敬愛しているのだ。それが喝采の質に表れていた。

卒業証明の授与式は、審問のせいで火曜から水曜に延期されていたが、これがルーシーのレイズ滞在中の最後の行事となった。ロンドン行きラルボロー十二時発に乗る手はずになっている。ここ二、三日というもの、ささやかなプレゼント攻めにあい、ルーシーは感激していた。それらはメッセージつきで、ルーシーの部屋に届けられていた。部屋に戻るたびに新たな一品を見つける、と言ってもいいほどだ。大人になってからは、贈り物をくれる人などめったにいなかったけれど、ルーシーはいまだに、たとえどんなに小さくても何かものをもらうと、子どもじみた喜びを感じるのだ。しかもこれらのプレゼントは自発的に贈られたもので、そのことがルーシーの心を温かくした。申し合わせたお義理の行為でもなければ、寄付をつのるたぐいの行為でもない。一人ひとりが、思いついたものをプレゼントしてくれたのだ。使徒たちは、大型の白いカードをくれた。次のように書いてある。

「このカードは、ミス・ルーシー・ピムが
　マンチェスター四使徒クリニックにおいて
　いかなる種類であろうと
　いかなるときであろうと
　希望どおりの治療を受けられることを保証する」

デイカーズはへたくそに包装した小さな包みをくれた。ラベルには、「わたしたちの出会いを、毎朝思い出していただくために」と書いてある。開けてみると、背中を洗うための平たいヘチマのたわしだった。あのひょうきんな子馬のような顔がバスルームの仕切り越しにルーシーをのぞいた朝は、今となってはもう別世界だ。今の自分はもはや、あのとき浴槽に座っていたルーシー・ピムとは別人なのだ。

忠実なるミス・モリスは、小さなフェルトの財布を作ってくれた――あの子にいつ、こんなものを縫う時間があったのか、神のみぞ知る、だ――そしてこうした工夫を凝らしたプレゼントとはちがい、ボーは豚のなめし革でできた高価なかばんを贈ってくれた。添えられたメッセージはこうだ。「お別れのプレゼントをたくさんおもらいでしょうから、そのための入れ物が必要でしょう」そしてイニシャルのスタンプが押してある。ギディーまでも、リューマチとネズミを話題に三十分ほどしかともにすごさなかったにもかかわらず、鉢植えの植物をくれた。ルーシーにはなんだかわからない――柔らかく、少々わいせつな印象だ――ものの、ともかく小さいのでほっとした。鉢植えを抱えた旅行というのは、個人的にはしっくりしないのだ。

ボーは、朝食と卒業証明授与式のあいだに荷造りを手伝いにきてくれたが、骨の折れる荷造りはすべて終わっていた。全部入れたあとでちゃんと閉まるかどうかは、また別の問題だ。

「朝のクリニック実習に行く前に、またきてスーツケースに座ってさしあげます」ボーは言った。「それまでは時間がありますの。クリニック以外には、金曜に帰郷するまで何もすることがありません」

「レイズを離れたくないでしょうね」

「それはもう。かけがえのない時間をすごしましたもの。でも夏休みで気が紛れますわ」

「いつかイネスが、あなたと一緒にノルウェーに行くと言っていたけれど」

「その予定でした」ボーは答える。「でも、もうやめました」

「まあ」

「イネスにはほかに予定があるのです」

二人の関係が、もはやかつてのようなものでないことは明らかだ。

「さあ、一年生が授与式の一番いい席を独占してないか見てこなくては」そしてボーは行ってしまった。

しかし、良好な進展を見せた関係も一つあった。

ナッツ・タルトがドアをノックして、親愛なるミス・ピムにお餞別《せんべつ》をさしあげると言った。部屋に入ると荷物の山を一瞥《いちべつ》して、いつもどおりの率直な意見を述べた。「荷造りは得意でいらっしゃらないのね？　あたくしもです。そんなのは凡人の才能ですもの」

ここ数日、ルーシーがもらったお餞別はウールワース（雑貨店チェーン）のサルが宙返りするおもちゃから南アフリカの半ペニー貨まで多岐に渡っていたが、ナッツ・タルトならどんなものを思いつくのか好奇心をかきたてられた。

一粒の青いビーズだった。

「百年前、中央アメリカで掘り出された、ひどく古いものです。たいへんな幸運を招きますわ」

「そんなものはいただけないわ」ルーシーは抗弁した。

「あら、あたくしはこれで作った小さなブレスレットを持っていますわ。ブレスレットとして掘り出されたのです。あなたのために、そのうちの一粒を外したのです。まだ五粒ありますから、それで十分です。それから、お知らせしたいことがありますの。ブラジルに帰るのはやめました」

「帰らないの？」

「イギリスに留まって、リックと結婚します」

それは嬉《うれ》しい知らせだ、とルーシーは言った。

「十月にロンドンで式を挙げます。ロンドンにお住まいだから、いらしていただけますわね？」

ええ、喜んで参列するわ。

「本当に嬉しいわ」ルーシーは言った。こんな数日をすごしたあとでは、幸福にふれる必要があった。

「ええ、たいへんけっこうなことです。いとこ同士ですけれど、近すぎる関係ではないし、そんなことは身内だけが知っていればいいのです。あたくしはずっと、イギリスの男と結婚したいと思ってきました。なんといってもリックは似合いの相手です。まだ若いのに社長ですし。あたくしの両親はたいへん喜んでいます。それからもちろん、祖母も」

「あなた自身も喜んでいるのでしょ？」ルーシーは、言った。この無味乾燥なせりふの羅列に一抹の不安を感じたのだ。

「おお、そうですわ。祖母をのぞけば、リックはこの世でただ一人、あたくしにやりたくないことをやらせる力がある人ですもの。あたくしのためになるでしょう」

ナッツ・タルトはルーシーのいぶかしげな顔を見て、それから大きな目をきらきらさせた。

「なんといっても、あたくしは彼が大好きですしね」

卒業証明が用意されているあいだ、ルーシーは職員たちと午前なかばのコーヒーを楽しみ、別れを告げた。午前中に出発するので、駅まで見送りに行ける者はいない。ヘンリエッタは、心からの涙を浮かべ、ルーシーがいてどれだけ助かったか礼を言った（だがどんなに想像力をたくましくしても、ルーシーにどれだけ助けられたかわかりはしないだろう）。レイズを我が家のように思って、いつでもきたいときにきてほしい、また講演の仕事がしたくなったら、あるいは――それから――。

だからルーシーは本音を言うわけにはいかない。レイズにいて楽しかったけれども、ここには二度と戻ってきたくない。もしも彼女の良心とラウスの影が許すなら、心のなかから消し去ってしまいたい場所なのだ。

教師たちは所用をかたづけに出かけ、ルーシーは荷造りを仕上げるために部屋に戻った。土曜の朝、現実とは思えないような会話をかわして以来、イネスと話していなかった。じっさい、ミス・ホッジの手から卒業証明を渡される現場を目撃した以外は、見かけてすらいないのだ。

イネスは、何も言わないままわたしを行かせるつもりだろうか？

だがルーシーが部屋に戻ると、テーブルに手紙が残されていた。手書きだ。ルーシーは封筒を開けて読んだ。

「ピム様

一筆したためます。残りの人生をかけて、わたくしは取り返しのつかない行為の償いをします。心から罰を受けます。彼女のために生きていきます。

あのことで、あなたのレイズ滞在が台無しになったことをおわびします。そして、わたくしのためになさったことを、後悔なさいませんように。あなたの行為を無駄にはいたしません。

おそらく十年後くらいには、西部地方にお越しになって、わたくしの暮らしぶりをご覧になるのでしょう。その日を待ち望んでおります。わたくしだけの道しるべです。

いつまでも変わらぬ感謝を——言い表せないほどの感謝をこめて。

メアリー・イネス」

「タクシーは何時に予約なさったの?」ノックの音とともにボーが入ってきた。

「十一時半よ」

「もうすぐですね。忘れものはありませんの? 水筒は? お持ちじゃありませんでしたね。一階の傘は? ああ、傘もなかったですね。どうなさる? 降りやむまで玄関でずっとお待ちになる？　それとも手近な一本を盗んでいかれます？　わたしの伯母《おば》は、いつでも一番安いのを買って、雨がやむとすぐ手近なゴミ箱に捨てていました。とんだ無駄づかいだって、乳母は申しておりましたけどね。それはそれとして。それで全部ですの？　よくお考えになって。あのスーツケースはいったん閉めたら、二度と開けることはできませんからね。引き出しにも何も入っていないかしら？　忘れ物は、引き出しの奥と決まってますけれど」ボーはテーブルの小さな引き出しをあけ、両手をすべりこませた。「西半球の離婚の半分は、こうして見つかったものが引き金となるのです」

　ボーが右手を出すと、小さな銀のバラ飾りをつかんでいた。ルーシーはどう処分したものか決心しかねたので、入れっぱなしになっていたのだ。

　ボーはそれをひっくり返して見た。

「わたしの靴の小さな留め飾りのようだわ」ボーは言う。

「あなたの靴？」

「ええ。ダンスの授業で履く黒いパンプスです。とてもきれいだから、足が疲れたときはよく履くのです。手袋みたいなものね。今でも、十四歳のときの靴が入るんですよ。ひどく大きな足の子どもでした。きっと背が高くなるからと言われても、ちっとも嬉《うれ》しくなかったわ」ボーの注意は、自分の手にあるものに戻った。「ああ、ここでなくしたのね」ボーは言った。「ずっと気にかかっていたのですよ」それをポケットに入れた。「このスーツケースにおかけにならなくては。お座りになったら、わたしが鍵《かぎ》をなんとかします」

ルーシーは言われるままスーツケースに乗った。

この青い目がどれだけ冷たいか、どうして今まで気づかなかったんだろう？　華やかで冷たくて、浅はかな目。

ボーが鍵と格闘すると、金髪がルーシーの膝《ひざ》にばさりとかかった。鍵はボーの思いどおりかかるに決まっている。なんでも、誰でも、生まれたその日から彼女の思いどおりになってきたのだから。そうならない場合は、なるような手段を取ってきた。そういえば四歳にして、大人全部を敵にまわして勝ったのだ、とルーシーは思い出す。すべてを思いどおりにしたいというボーの意志は、大人が束になってかかってもかなわないものだった。彼女は挫折《ざせつ》を知らないのだ。挫折の可能性すら想像できないのだ。

もし自分の友人にアーリングハーストに行く明白な権利があるのなら、アーリングハーストに行くべきなのだ。

「ほら！　できました。もう一つのも、うまくいかなかったら乗るおつもりでいてくださいね。ギディーは悪趣味な小さな植物をくれたんですね。うんざりしますわね」

いつごろからイネスは疑っていたんだろう、とルーシーは思った。すぐわかったのか？　あの午後より前、というのはたしかだ。事故現場で真っ青になったもの。

でもルーシーの手に銀のバラ飾りがあるのを見、発見された場所を知るまでは、確信はしていなかった。

かわいそうなイネス。気の毒なイネス。イネスが罰を受けるなんて。

「タクシーがきましたよ！」廊下に声が響いた。

「車がきましたね。荷物はお持ちします。大丈夫、軽いですもの。わたしがどんなトレーニングを受けているか、お忘れですね。お帰りになるなんて残念ですわ。わたしたち、とても悲しいわ」

ルーシーは、何も考えずにお決まりのあいさつを返していた。ボーの最初の「仕事の」休暇に、クリスマスにお邪魔する、という約束までしていた。

ボーはルーシーを車に乗せ、やさしい抱擁を受け、運転手に「駅まで」と言った。タクシーはすべるように動き出し、窓越しにボーの笑顔が見え、一瞬ののち消え去った。

運転手は仕切りのガラスを開けて訊いた。「お客さん、ロンドン行きの汽車ですかね？」ええ、ロンドン行きよ、とルーシーは答えた。

そしてロンドンで暮らすのだ。あそこで安全に優雅に落ち着いて暮らし、やがてそれになじんでしまうのだ。心理学の講演もやめてしまうかもしれない。

いったい、心理学について何を知っていたというのだろう？

心理学者どころか、所詮《しょせん》は出来のいいフランス語教師にすぎなかったのだ。

顔の特徴で誤解される性格についての本なら書けるだろう。少なくとも、それに関しては考えが当たっていた。おおかたは。
人を火刑に処す眉毛《まゆげ》。
そう、観相学についての本を書いてみよう。
もちろん別名を使うのだ。インテリのあいだでは、観相学ははやっていないから。

## 訳者あとがき

人気「にわか」心理学者ルーシー・ピムが、ロンドン郊外の体育大学で講演を頼まれ、居心地のよさに長居して卒業試験監督まで引き受ける。試験中、ある学生のカンニングをふせいだが、その証拠品をもみ消したのち、大事件が起こる。真犯人は誰か？

ジョセフィン・テイ（一八九六～一九五二）は、スコットランド生まれ。一九一八年にバーミンガムのアンスティ体育大学を卒業後、一九二六年まで体育教師をつとめた。執筆活動を始めたのは一九二〇年代。ゴードン・ダヴィオットの名で多数の戯曲を書いたが、小説家としての人気のほうが圧倒的に高い。ほかにはヒッチコックの映画『第三逃亡者』の原作『ロウソクのために一シリングを』、歴史ミステリとして名高い『時の娘』などがある。

昨今の血なまぐさい犯罪小説と異なり、一九四六年に発表された本書は牧歌的で軽妙な学園小説のおもむきがある。ミス・ピムを始めとするおっちょこちょいの面々、マダム・ルフェーヴルを始めとするシニカルな面々とも、その言動にはくすくす笑わせられる。登場人物の生き生きとした描写は、学生、教師として長年体育大学ですごした経験のたまものだろう。無味乾燥な生活を送っているように見えて実は満ちたりているキャサリン・ラックス、一見軽薄だが人の本質を見抜くナッツ・タルト、容姿はプレイボーイ風なのに思慮深いリチャードなど、ステレオタイプな人物造形をこわしていくテイの手腕は、実に鮮やかだ。テイ自身は運動が得意で演劇を愛したが、本書では運動嫌い、芝居嫌いの人間の感情をユーモラスに描写し、何事も客観的に見ることができる作者の資質がうかがわれる。シェークスピアの『リチャード三世』を「高潔な人物を誹謗中傷《ひぼうちゅうしょう》するばかげた戯曲」と決めつけるラックスの台詞には、唐突な印象を持たれる方もあるかもしれない。テイは『時の娘』で主人公グラント警部に、王位継承者を暗殺したとされるリチャード三世の無実を証明させようとしているのだ。

　テイの作品に一貫して見られるテーマは「無実の人間が受ける迫害」と「公正な裁きのむずかしさ」であり、イネスに対するピムの心理でそれを見事に描き出している。超然とした魅力がある一方、周囲を見下《みくだ》しているのかもしれないイネスには、読者もミス・ピム同様さまざまな思いを抱くだろう。かなりコミカルな前半、カンニング未遂事件やヘンリエッタの不当な選択によってやや息苦しくなる中盤、心弱いミス・ピムが究極の選択を迫られる終盤、と次第にサスペンスが盛り上がっていく。そして苦い思いでレイズ校をあとにしようとするピムを待っていた、あっと驚く結末。主人公がここまで「自分は何もわかっていなかった」とつぶやきながら幕を閉じるミステリもめずらしい。

　最後に、いろいろご指導いただいているインターカレッジ札幌の先生方に、この場を借りて心からお礼申し上げたい。

*Miss Pym Disposes*
(1946)
by Josephine Tey

〔訳者〕
中島なすか（なかじま・なすか）
津田塾大学国際関係学科卒業。インターカレッジ札幌在籍中。
熊本市在住。

裁《さば》かれる花園《はなぞの》
——論創海外ミステリ 13

2005年2月10日 初版第1刷印刷
2005年2月20日 初版第1刷発行

著 者 ジョセフィン・テイ
訳 者 中島なすか
装 幀 栗原裕孝
編集人 鈴木武道
発行人 森下紀夫
発行所 論 創 社
〒101-0051 東京都千代田区神田神保町2-23 北井ビル
電話 03-3264-5254 振替口座 00160-1-155266

印刷・製本 中央精版印刷

ISBN4-8460-0525-9

# 論創海外ミステリ

〈重版出来！〉

## 1　トフ氏と黒衣の女〈トフ氏の事件簿❶〉

**ジョン・クレーシー／田中孜 訳**

貴族でありながら、貧民街イーストエンドをこよなく愛するトフ氏は数々の凶悪犯罪を解決してきた。ある夜、若く魅力的な女性アンシアとレストランで食事を楽しんでいたトフ氏の前に、雌豹に似た美しさをもつ、黒いドレスを着た殺し屋アーマが現れる。トフ氏とアーマ――ロンドンの闇に浮かび上がる二人の因縁。Ｊ・Ｊ・マリック名義のギデオン警視シリーズで知られるクリーシーのもうひとつの代表作〈トフ・シリーズ〉初登場！　本体 1800 円

## 2　片目の追跡者

**モリス・ハーシュマン／三浦亜紀 訳**

舞台は 1960 年代のニューヨーク。横領事件の調査中に姿を消した相棒を探索する、隻眼《せきがん》の敏腕探偵スティーブ・クレイン。男と女、優しさと裏切り、追跡と錯綜、果たして友の消息は……？ニヒルなキャラクターと乾いた描写が魅力の緊迫感あふれるハードボイルド・ミステリ。　本体 1600 円

## 3　二人で泥棒を――ラッフルズとバニー

**Ｅ・Ｗ・ホーナング／藤松忠夫 訳**

バカラ賭博で莫大な借金を負ったバニーは、友人ラッフルズに助けを乞う。それが二人の冒険の始まりだった……。青年貴族ラッフルズが、スポーツマンシップにのっとり、大胆不敵に挑む盗みの事件簿。甘く危険な友情とサスペンスが織りなす異色ピカレスク！「アルセーヌ・ルパン」に先駆け描かれた、「泥棒紳士」の短編集第１弾！　本体 1800 円